Published by
DREAMSPINNER PRESS

5032 Capital Circle SW, Suite 2, PMB# 279, Tallahassee, FL 32305-7886 USA
http://www.dreamspinnerpress.com/

Liebe mit Brief und Siegel
Urheberrecht der deutschen Ausgabe © 2015 Dreamspinner Press.
Originaltitel: Signed and Sealed
Urheberrecht © 2011 B.A. Stretke.
Original Erstausgabe. Juli 2011
Übersetzt von Heike Reifgens.

Umschlagillustration
© 2016 Paul Richmond.
http://www.paulrichmondstudio.com
Die Illustrationen auf dem Einband bzw. Titelseite werden nur für darstellerische Zwecke genutzt. Jede abgebildete Person ist ein Model.

Deutsche ISBN. 978-1-63477-202-0
Deutsche Erstausgabe. April 2016
Deutsche eBook Ausgabe. 978-1-62380-381-0
Deutsche Erstausgabe. Juli 2015
v. 1.2

Gedruckt in den Vereinigten Staaten von Amerika.

LIEBE MIT BRIEF UND SIEGEL

B.A. STRETKE

1

„WILLIAM DRAKE?", fragte eine männliche Stimme barsch.

„Ja?", antwortete Will vorsichtig.

„Sind Sie Katrina Drakes Bruder?"

Die Frage war unerwartet. „Ist alles in Ordnung mit ihr? Ist etwas passiert? Ist sie krank?" So wenig er seine Schwester auch mochte und so sehr er ihr auch misstraute, er würde es nicht ertragen können zu hören, dass ihr etwas zugestoßen war, dass sie vielleicht krank war – oder sogar noch Schlimmeres.

„Es geht ihr gut", unterbrach der Mann ihn schnell und nicht allzu freundlich. „Wissen Sie, dass sie vorhat, Martin Hunter zu heiraten?" Der Mann klang wütend, aber Will hatte keine Ahnung, was der Grund dafür sein konnte.

„Nein, ich habe schon seit geraumer Zeit nicht mehr mit meiner Schwester gesprochen", sagte er vorsichtig. „Was hat das mit Ihnen zu tun? Wer sind Sie?"

„Sie hat keine Ahnung, auf wen sie sich da eingelassen hat", sagte der Fremde scharf. „Wenn sie glaubt, dass sie mit dieser Erpressung durchkommt, dann hat sie sich gewaltig getäuscht." Der Mann war eindeutig wütend, und die Sache war ihm offenbar sehr ernst; seine Stimme hatte einen bedrohlichen Tonfall angenommen.

„Wovon reden Sie da? Was für eine Erpressung? Was ist überhaupt los?", wollte Will wissen.

„Oh, spielen Sie hier bitte nicht den Unschuldigen, Mr Drake. Katrina hat gesagt, dass es Ihre Idee gewesen ist," schrie der Mann am anderen Ende.

„Meine Idee?", schrie Will zurück. Er würde sich nicht in diese Sache mit hineinziehen lassen. Was auch immer seine Schwester da im Schilde führte, er hatte absolut gar nichts damit zu tun. „Ich habe seit fast zwei Jahren nicht mehr mit meiner Schwester gesprochen. Nach dem Tod unserer Eltern haben sich unsere Wege getrennt. Versuchen Sie also bitte nicht, mich mit hineinzuziehen in... worum auch immer es bei dieser Sache eigentlich geht! Wenn Sie ein Problem mit Katrina haben, dann rate ich Ihnen, das auch mit ihr zu regeln." Jetzt war Will auch wütend. Dieser Mann hatte kein Recht, ihn so anzufahren.

„Sie, mein Lieber, sollten besser mit ihr reden, bevor noch etwas passiert und sie Schaden nimmt. Sie wird Martin nur über meine Leiche heiraten."

Will suchte nach einem Weg, seine Drohungen zu entschärfen, stellte aber schnell fest, dass er keinen fand. Er ahnte, dass der Fremde die Wahrheit sprach, allerdings änderte das nichts an der Tatsache, dass Will mit der ganzen Angelegenheit nichts zu tun hatte, und dass der Fremde seine Probleme mit Katrina gefälligst selber lösen sollte.

„Ich habe keine Ahnung, was Ihr Problem ist, und es interessiert mich auch nicht." Mit diesen Worten knallte er den Hörer auf. Was fiel diesem Typen eigentlich ein, so mit ihm zu reden? Will hatte mit der ganzen Sache schließlich nicht das Geringste zu tun.

Aber obwohl er ihn so in Rage gebracht hatte, hatte der Mann in Will auch eine gewisse Neugierde darüber geweckt, was Katrina in den letzten zwei Jahren so getrieben hatte. Er hatte nicht wie jemand geklungen, den Will gerne zum Feind haben wollte. *Ich möchte jetzt nicht in Katrinas Haut stecken,* dachte er im Stillen. Offensichtlich war der Mann nicht allzu glücklich über ihre bevorstehende Hochzeit. *Aber was geht mich das an?,* fragte Will sich.

Er stellte fest, dass er immer noch das Telefon anstarrte, obwohl er doch schon lange aufgelegt hatte. Es spielte keine Rolle; die Sache ging ihn nichts an. Katrina war eine erwachsene Frau und durchaus in der Lage, auf sich selbst aufzupassen.

„Es ist nicht meine Aufgabe, sie zu beschützen", verkündete er laut. „Katrina ist die letzten beiden Jahre gut ohne meine Hilfe klargekommen, also kann sie das auch weiterhin tun."

Will ging mit seinem bildschönen aber strohdummen Labrador Todd hinunter zum Strand. Er brauchte nach diesem Telefonat dringend frische Luft. Er wusste nicht einmal, wer der Mann gewesen war, aber er hatte einen Eindruck hinterlassen, den Will nur schwer abschütteln konnte.

Es war der drohende Unterton in seiner Stimme gewesen, der Will so beunruhigt hatte. Es kam nicht sehr oft vor, dass jemand so und ohne einen Zweifel darüber aufkommen zu lassen deutlich machte, dass er seine Worte ernst meinte und nicht davor zurückschrecken würde, ihnen Taten folgen zu lassen. Dieser Mann, das wusste Will, ohne ihn jemals gesehen zu haben, meinte jedes einzelne Wort ernst und würde nicht zögern, seine Drohungen in die Tat umzusetzen.

Wie ist er überhaupt an meine Telefonnummer gekommen? Warum zieht er mich mit in diese Sache hinein? Warum hat er mich angerufen, und was hat er sich davon erhofft? Diese Fragen gingen ihm durch den Kopf, während er in der Ferne ein Frachtschiff beobachtete. „Ich bin nicht für Katrina verantwortlich", erklärte er laut. „Ihre Angelegenheiten gehen nur sie selbst etwas an, und wenn sie sich Feinde macht, dann ist das ihr Problem."

Er schob alle Gedanken an Katrina und den Mann am Telefon von sich und blickte sinnend über den Lake Superior hinaus. Während er so dastand und über sein Leben nachdachte, wurde ihm mit einem Mal deutlich bewusst, was er für ein komfortables Dasein hatte. Im Alter von vierundzwanzig Jahren besaß er sein eigenes Haus und dazu sieben Morgen Waldland am Whitefish Point, nicht weit vom Lake Superior.

Will hatte seit dem Abschluss der Highschool alleine gelebt. Damals hatte er sich entschieden, an der University of Michigan zu studieren, da sie ihm am meisten zugesagt hatte, und während der vier Jahre seines Studiums hatte er in einem Zimmer im Studentenwohnheim auf dem Campus gewohnt. Diese Entscheidung hatte er seit dem tödlichen Autounfall seiner Eltern mehr als einmal bereut und mit schlaflosen Nächten bezahlt. Wenn er näher an seinem Elternhaus in East Lansing geblieben wäre, dann hätte er mehr Zeit mit ihnen verbringen können. Aber das waren Gedanken, die zwangsläufig zu Depressionen führten, und so verdrängte er sie immer wieder. Niemand konnte seine Vergangenheit ändern, also war der Weg nach vorn die einzige Option, die einem blieb.

Das Haus und die sieben Morgen Grundstück waren alles, was Will von seinen Eltern geerbt hatte. Sie hatten es als Urlaubsdomizil benutzt. Auch Will war oft zum Whitefish Point gekommen, hatte seine Wochenende und manche Feiertage allein dort verbracht. Doch daran zu denken ließ nur wieder die deprimierenden Erinnerungen an all die Zeiten aufsteigen, die er fern von seinen Eltern verbracht hatte, und er verdrängte sie ebenfalls. Will sah sich als eine Art Experten im Verdrängen von allen Gedanken und Gefühlen, die unangenehm oder schmerzhaft waren. Es gab Tage, an denen er emotional regelrecht dicht machte und alles verdrängte, um überhaupt weitermachen zu können. Schuldgefühle und Bitterkeit konnten schwer sein wie ein Mühlstein um den Hals.

Der Rest des Besitzes seiner Eltern war komplett an seine Schwester Katrina gegangen. Sie hatte mehr als eine Million Dollar geerbt sowie alles weitere Eigentum. Die so offensichtliche Zurücksetzung ihres Sohnes hatte Wills Verhältnis zu seiner Schwester nicht gerade verbessert, dennoch hatte er in den vergangenen zwei Jahren immer wieder versucht, die Beweggründe seiner Eltern zu verstehen und nachzuvollziehen. Sie hatten seine sexuelle Orientierung nie ganz akzeptiert und deswegen Katrina ihm vorgezogen. Will und seine Schwester hatten sich nie sehr nahe gestanden, und nach der Beerdigung hatten sich ihre Wege getrennt. Seitdem hatten sie sich weder gesehen noch gesprochen.

Gerade, als er durch die Hintertür wieder ins Haus trat, klingelte erneut das Telefon.

„Hallo?"

„Hallo, Will!" Zu seiner vollkommenen Überraschung drang ihm die schrille Stimme seiner Schwester Katrina ans Ohr. „Rate mal, was passiert ist."

„Was?", fragte er mit kühler, leicht argwöhnischer Stimme.

„Ich werde heiraten", quietschte sie.

„Heiraten?" Will setzte sich. „Wen denn?" Er beschloss, so zu tun, als wüsste er von nichts, und abzuwarten, was Katrina ihm erzählte.

„Oh, Will, du wirst es nie glauben."

„Oh, wenn es um dich geht würde ich fast alles glauben", warf Will ein. Es leuchtete ihm nicht ein, dass sie sich jetzt bei ihm meldete, nach so langer Zeit und all ihren erbitterten Streitereien. Sie wollte etwas von ihm, soviel war klar. Sie war niemals nett, wenn sie es nicht sein musste.

„Er ist reich", quietschte Katrina erneut und begann, wild zu kichern.

„Wer ist er?", stellte Will die am nächsten liegende Frage, obwohl er ahnte, dass er die Antwort bereits wusste.

3

„Sein Name ist Martin Hunter. Ihm gehört eine riesige Ranch hier in Montana. Er hat Pferde, Rinder, Schafe und eine ganze Reihe von Unternehmen. Er ist der reichste Mann, den ich kenne. Wir reden von mehreren Millionen, Will. Millionen!" Sie kreischte so laut, dass Will den Telefonhörer vom Ohr weghalten musste.

„Das freut mich für dich", antwortete er kurz angebunden. „Brauchst du denn wirklich Millionen? Ich dachte, Mutter und Vater hätten dir genug Geld hinterlassen." Seine Verbitterung schwang deutlich hörbar in seiner Stimme mit, aber Katrina ignorierte sie.

„Man kann nie genug Geld haben", erklärte sie kalt. „Aber weshalb ich eigentlich anrufe", fügte sie hinzu – *Jetzt werden wir ja gleich herausfinden, worum es hier eigentlich wirklich geht,* dachte Will bitter - „ich möchte dich gern bei unserer Hochzeit dabeihaben."

Das Schweigen zog sich in die Länge, während Will versuchte, herauszufinden, warum Katrina ihn wohl dabeihaben wollte. Er wusste ganz genau, dass der Grund keine reine Geschwisterliebe war, und vermutete vielmehr, dass es etwas mit dem wütenden Mann zu tun hatte, der vorhin angerufen hatte. Einerseits wollte Will sie gerne darauf ansprechen, aber andererseits hatte er wenig Interesse daran, sich noch weiter in diese Angelegenheit hineinziehen zu lassen.

„Was macht es denn für einen Sinn, einen Millionär zu heiraten, wenn man damit vor niemandem angeben kann?", fragte Katrina, und Will musste lachen. *Das* klang schon viel mehr nach der Schwester, die er kannte und verabscheute.

„Das ist natürlich ein triftiger Grund," sagte Will sarkastisch. „Wenn man sich schon die Mühe macht, jemanden allein des Geldes wegen zu heiraten, dann sollte man auch seine Freunde und Familie zu der Feier einladen, damit sie alle Zeugen dieses Ereignisses werden können."

„So habe ich das nicht gemeint und das weißt du auch", maulte Katrina. „Ich will einfach nur, dass du dabei bist. Ich habe ja außer dir keine Familie mehr."

„Ja, okay", sagte Will. „Ich werde versuchen zu kommen."

Er hatte nicht die geringste Absicht, bei der Hochzeit dabei zu sein. Wenn Katrina wirklich versuchte, einen Rancher aus Montana zu erpressen, konnte wer weiß was passieren. Die Leute dort unten hatten die Angewohnheit, Streitigkeiten auf die altmodische Art und Weise beizulegen: mit Fäusten und Schusswaffen.

„Danke." Katrinas Stimme klang plötzlich viel sanfter. „Ich rufe dich Freitag nochmal an und sage dir dann das genaue Datum."

Von mir aus kannst du am Sankt Nimmerleinstag heiraten, dachte Will. *Ich werde nämlich nicht dabei sein.*

TAGS DARAUF war Will gerade von der Arbeit nach Hause gekommen und wollte es sich vor dem Fernseher gemütlich machen, als das Telefon klingelte.

Normalerweise bekam er in so kurzer Zeit nicht so viele Anrufe, von daher nahm er an, dass es Katrina war, die ihm das genaue Datum der Hochzeit mitteilen wollte.

„Will?" Es klang wie Katrina, aber sie hörte sich sehr anders an als am Vortag.

„Was ist los?", fragte er, obwohl er sich ziemlich sicher war, dass er es bereits wusste.

„Ich habe meine Meinung geändert. Ich will Martin Hunter nicht mehr heiraten", platzte es aus Katrina heraus.

„Okay", sagte Will und wartete darauf, dass sie fortfuhr. Er hätte ihr gern ein paar Fragen gestellt, aber er verzichtete seiner geistigen Gesundheit zuliebe darauf.

„Will, ich brauche deine Hilfe!" Katrinas Stimme klang mit einem Mal sehr ernst, was ihr Wills Aufmerksamkeit sicherte. „Sie wollen mich nicht gehen lassen."

„Wer will dich nicht gehen lassen?"

Eigentlich hatte er mit der Sache ja nichts zu tun haben wollen, aber dieser Mann, der ihn angerufen hatte, wollte ihm einfach nicht aus dem Kopf. Er war so wütend gewesen auf Will und Katrina. Konnte es sein, dass er einen Teil der Drohungen, die er am Telefon ausgestoßen hatte, wahr gemacht hatte? Will wollte wirklich nicht in die Angelegenheit verwickelt werden, aber er konnte auch nicht einfach tatenlos dastehen und zusehen, wie Katrina misshandelt wurde.

Seine Schwester war keine sehr nette Person. Sie war egozentrisch und oberflächlich, aber so wie der Mann am Telefon explodiert war, konnte Will nicht umhin, sich Sorgen um sie zu machen. Er hatte herzlich wenig für Katrina übrig, aber sie war seine kleine Schwester. Er konnte sich nicht einfach von ihr abwenden, wenn sie ernsthaft in Gefahr war.

„Elijah Hunter will mich nicht aus dem Vertrag entlassen, den ich unterschrieben habe."

„Du hast einen Vertrag unterschrieben?", fragte Will ungläubig. Er konnte nicht glauben, dass Katrina so dumm gewesen war.

„Ich muss Martin Hunter heiraten oder Strafe zahlen wegen Vertragsbruch, 500.000 Dollar." Bei den letzten Worten bebte ihre Stimme leicht.

„Wer ist Elijah Hunter?"

„Elijah ist Martins älterer Bruder." Will war sich ziemlich sicher, dass das Rätsel um die Identität des wütenden Anrufers damit gelöst war.

„Und warum willst du Martin nicht mehr heiraten? Ich dachte, er wäre der Fang des Jahrhunderts. Was hat deine Meinung geändert?", fragte Will verwirrt. Gestern war Katrina vor Freude über ihre bevorstehende Hochzeit noch ganz aus dem Häuschen gewesen.

„Er ist kein Millionär. Er ist reich, aber nicht so reich, wie ich dachte. Das ganze Geld, die Ranch, das alles gehört seinem Bruder. Im Grunde genommen arbeitet er nur für ihn." Sie klang enttäuscht. „Ich habe kein Interesse an einem Rancharbeiter. Ich will keinen einfachen Arbeiter heiraten", sagte sie fest.

Will brachte das Gespräch zurück auf den Grund für ihren Anruf. „Du hast gesagt, dass du meine Hilfe brauchst. Was soll ich denn für dich tun? Du hast doch alles geerbt oder hast du das schon vergessen? Ich hoffe, du hast nicht vor, mich darum zu bitten, dir das Geld vorzustrecken. So viel habe ich nämlich nicht."

„Du musst herkommen und mit Elijah reden. Du bist doch so klug und vernünftig. Mit dir wird er reden." Sie klang wie ein quengelndes Kleinkind.

„Ich glaube, ich habe bereits mit Elijah gesprochen", berichtete Will. „Er rief mich gestern an und hat mir die Schuld für dein Verhalten gegeben." Er hielt inne und wartete ab, ob Katrina zugeben würde, ihn in diese Sache verwickelt zu haben. Aber da hatte er wohl zu viel erwartet. „Ich glaube kaum, dass es ihn interessiert, was ich zu diesem Thema zu sagen habe."

„Ich weiß, dass er dich angerufen hat", gab Katrina zu. „Er meinte, er würde darüber nachdenken, mich ganz aus dem Vertrag zu entlassen, wenn ich dich dazu überreden könnte, hierher zu kommen."

„Mir hat er gesagt, du würdest Martin nur über seine Leiche heiraten. Warum will er dich denn jetzt an einen Vertrag binden, der dich dazu zwingt, ihn zu heiraten? Das verstehe ich nicht. Das macht doch überhaupt keinen Sinn." Es schwante Will, dass sich da ein Haufen Ärger anbahnte. „Mr Hunter sagte, dass du sie erpresst. Stimmt das?"

„Naja, ich schätze, das könnte man so sagen", druckste sie herum. „Er wollte mir einfach keinen Antrag machen, obwohl ich ihm schon alles gegeben hatte, wenn du verstehst, was ich meine. Trotzdem wollte er mich nicht heiraten, also habe ich so getan, als ob ich schwanger wäre. Das ist aber auch schon alles."

Das war längst nicht alles, aber doch nahe genug an der Wahrheit, dass Will ihr glauben würde. Martin war nicht der erste Mann, dem sie alles gegeben hatte, aber er war der erste Millionär gewesen. Oder zumindest hatte sie geglaubt, dass er ein Millionär war, als sie mit ihm geschlafen hatte. Wie sich herausstellte, hätte sie sich besser an Elijah herangemacht statt an seinen Bruder. Aber wer hätte das schon ahnen können?

„Ich kann nicht glauben, dass dieser alte Trick mit der Schwangerschaft noch zieht. Und überhaupt, ich dachte, du siehst dich als eine moderne Frau?" Will war schockiert, aber er wollte nicht, dass sie das hörte.

„Sei nicht so sarkastisch! Ich brauche deine Hilfe, Will."

„Warum will er denn, dass ich komme? Denkt er etwa immer noch, dass ich etwas mit dieser Sache zu tun gehabt habe?" Er stockte und fügte dann nach einem Moment hinzu: „Glaubt er immer noch, dass das Ganze meine Idee war?"

„Ich denke, er will die Sache mit dir persönlich besprechen. Ich weiß nicht, was er mit mir machen wird, wenn du nicht herkommst." Katrina gab ihr Bestes, so kläglich wie möglich zu klingen in dem Versuch, Will davon zu überzeugen, dass Elijah absolut unnachgiebig war und dass er ihr befohlen hatte, ihren Bruder herzubringen, und wehe ihr, wenn er nicht kam! „Bitte, Will, tu es für mich. Ich brauche deine Hilfe."

Will gab nach. „Ich werde sehen, was ich tun kann."

Er legte auf, und während er sich fürs Bett fertig machte, fragte er sich, in was um alles in der Welt er da hineingeraten war.

Offenbar gibt Elijah nach wie vor mir die Schuld für die ganze Affäre, dachte er, während er schlaflos im Bett lag. *Wenn ich hinfahre und mit ihm rede, dann entlässt er sie vielleicht aus dem Vertrag. Oder er ruft die Polizei und lässt uns beide in Handschellen abführen.* Es war eindeutig keine gute Idee, nach Montana zu fahren, aber er konnte Katrina auch nicht einfach so hängen lassen. Sie hatte wirklich verängstigt geklungen, und Katrina bekam nicht leicht Angst. Außerdem, wenn er sich damit Katrina für den Rest seines Lebens vom Hals schaffen konnte, dann war es den Trip vielleicht wert. Bei dem Gedanken musste er laut lachen, was Todd aufschreckte.

Will streichelte seinem Hund über den Kopf. „Ist schon okay, alter Junge. Schlaf weiter. Ich drehe hier nur gerade durch."

„Katrina bekommt doch immer, was sie will", murmelte er noch, dann fiel er endlich in einen unruhigen Schlaf.

ES WAR noch früh am Morgen, als Will in Billings in das kleine Flugzeug einstieg, das ihn zu einer entlegenen Landebahn in der Nähe des Anwesens der Hunter Familie bringen würde. Es waren noch fünf andere Passagiere mit an Bord der Maschine: drei ältere Damen, die zusammen reisten; ein älterer Herr, der allein reise; und ein jüngerer Mann, der ebenfalls allein unterwegs zu sein schien. Der ältere Herr, der sich Will gegenüber setzte, versuchte, ihn in ein Gespräch zu verwickeln, kaum dass sie in die Maschine eingestiegen waren.

„Wohin fliegen Sie?", fragte er.

„Meine Schwester besuchen." Will vermied es, ihn anzusehen, und hoffte, dass der Mann nicht weiter nachfragen würde. Er hatte keine Lust, die Angelegenheit mit einem Flugzeug fremder Menschen zu diskutieren. Unglücklicherweise schien es aber genau darauf hinauszulaufen.

„Sie wohnt ganz schön weit abgelegen, was?", stellte der Mann lächelnd und im Plauderton die nächste Frage.

„Sie besucht gerade Freunde." Das entsprach nicht ganz der Wahrheit, aber Will wusste nicht, was er sonst sagen sollte, ohne mehr preiszugeben als unbedingt nötig. Er vermied weiterhin jeden Blickkontakt und blätterte in dem Heftchen mit den Sicherheitshinweisen. Aber die Fragerei ging weiter.

„Wen besucht sie denn? Ich kenne die meisten Leute hier in der Gegend."

„Sie besucht die Hunters."

Drückendes Schweigen breitete sich aus. Will spürte förmlich, wie sich die Neugierde wie ein Flächenbrand im Flieger ausbreitete. Waren vorher seine Mitreisenden in ihre eigenen Gespräche vertieft gewesen, so hörten sie jetzt alle ganz aufmerksam zu. Man hätte eine Stecknadel fallen hören können, so still war es geworden.

„Elijah Hunter?", fragte der Mann, sichtlich überrascht.

„Ja, sie besucht gerade Elijah und Martin Hunter auf ihrer Ranch", versuchte Will erneut, das Gespräch zu beenden. Aber der Mann blieb hartnäckig.

„Kennen Sie die Hunters?", fragte er, während seine Blicke forschend über Wills Gesicht glitten. Er sah aus, als wäre er sich nicht ganz sicher, wie er fortfahren sollte.

„Nein, ich kenne sie nicht," sagte Will mit einiger Schärfe, aber der Mann schien das nicht zu hören.

„Es ist gar nicht so einfach, Elijah Hunter näher kennenzulernen. Er ist ein Selfmademan, wissen Sie, hat sich seinen Reichtum selbst erarbeitet", berichtete der ältere Herr unaufgefordert. „Er hat aus einer kleinen Ranch einen ansehnlichen Besitz gemacht, der jetzt einer der größten im Staat und definitiv der größte in unserer Gegend hier ist." Er schien einen Moment lang nachzudenken, dann fuhr er fort: „Elijah ist ein sehr schwieriger und respekteinflößender Mann. Mit ihm ist nicht zu spaßen, das kann ich Ihnen sagen. Und jeder, der schon einmal mit ihm zu tun hatte, kann Ihnen bestätigen, dass er knallhart sein kann." Er klang, als würde er da aus Erfahrung sprechen. „Martin, sein Bruder, ist da nicht ganz so schlimm. Mit Martin kann man vernünftig reden, und er ist recht ausgeglichen. Elijah ist einfach nur kalt und immer unfreundlich, egal, wann und wo man ihm begegnet." Er hielt einen Moment inne. „Ihre Schwester muss eine ganz besondere Frau sein. Normalerweise duldet Elijah keine Besucher."

„Oh ja, sie ist wirklich eine Nummer für sich", antwortete Will sarkastisch.

Der Mann plapperte schier endlos weiter. Er erklärte, dass Elijah allen Menschen, besonders aber Fremden gegenüber, ungemein misstrauisch und fast schon feindselig war. Er hatte es lange Zeit nicht leicht gehabt im Leben, und es hatte Jahre gedauert, bis er es zu seinem jetzigen Reichtum gebracht hatte.

Will nickte, wann immer es passend erschien, damit es so aussah, als höre er zu. Nichts von dem, was der Herr ihm da erzählte, interessierte ihn besonders. Es scherte ihn nicht die Bohne, wie Elijah sein Vermögen aufgebaut hatte oder was die Maßstäbe waren, anhand derer er andere einschätzte und sich eine Meinung über sie bildete. Also nickte er einfach weiter und lächelte. Schließlich war alles, was er tun musste, sich mit Elijah zu treffen, herauszufinden, ob er Katrina helfen konnte, und dann wieder abzureisen. Will hatte nicht vor, auch nur eine Sekunde länger als unbedingt nötig auf der Hunter Ranch zu bleiben.

Zumal es ihm ohnehin als der beste Weg erschien, die Sache auf rechtlichem Wege zu klären. Katrina hatte keine 500.000 Dollar mehr, was blieb ihnen also anderes übrig? Wenn man ihr die versuchte Erpressung nicht nachweisen konnte, hatten sie nur den Vertragsbruch gegen sie in der Hand.

Es schien Tage zu dauern, bis die Maschine landete, aber in Wirklichkeit waren es kaum mehr als zwanzig Minuten. Will war dankbar, dass er dem neugierigen alten Mann endlich entkommen konnte. Selbst der junge Mann, der hinter ihm gesessen hatte, hatte sich irgendwann in ihr Gespräch eingemischt. Er hatte Will darüber informiert, dass Elijah vierunddreißig Jahre alt war und dass er im Alter von achtzehn Jahren die Vormundschaft für seinen Bruder übernommen hatte, der zu der Zeit neun gewesen war. Er war nicht näher auf die Gründe dafür eingegangen, und Will fragte sich, was wohl mit ihren Eltern passiert war, aber andererseits interessierte es ihn nicht genug, um nachzufragen.

Zu seiner Erleichterung gab es an dem kleinen Flughafen eine Autovermietung, und er nahm sich einen kompakten Ford Focus. Katrina hatte ihm eine Wegbeschreibung zur Ranch gegeben, aber Will tat sich schwer damit, sich in einer fremden Umgebung zurechtzufinden. Während er an schier endlosen Feldern und Zäunen vorbeifuhr, wurde seine Anspannung immer größer, und leichte Übelkeit stieg in ihm auf. *Ich sollte gar nicht hier sein. Ich sollte mich nicht mit in diese Sache hineinziehen lassen. Was zum Teufel tue ich hier eigentlich?*

Seine Gedanken wanderten zurück, erst zu Elijahs Anruf und dann zu Katrinas darauffolgenden Anrufen. Beim ersten Anruf hatte sie nur angeben wollen, und bei ihrem zweiten Telefonat hatte sie um Hilfe gebeten. Elijahs Anruf war ungleich interessanter gewesen, und, obwohl es Will peinlich war das zuzugeben, mit ein Grund – oder vielleicht sogar der einzige Grund – dafür, dass er zugestimmt hatte, hierherzukommen. Er wollte diesen Elijah persönlich treffen. Er wollte wissen, ob er in Natura genauso einschüchternd war wie am Telefon.

Will vermutete ja, dass Elijah lediglich einmal Dampf hatte ablassen müssen, und dass Will eben zufällig der Empfänger gewesen war. Aber er würde sich nicht die Schuld für Katrinas Fehler in die Schuhe schieben lassen oder für sie den Sündenbock spielen, und darum hatte er auch aufgelegt. Vermutlich hatte es Elijah nur noch wütender gemacht, dass Will die Dreistigkeit besessen hatte, einfach so aufzulegen. Er hielt sich offenbar für den uneingeschränkten Herrn und Meister und war es von daher vermutlich nicht gewohnt, dass Leute ihm das Wort abschnitten oder ihn unterbrachen. *Wahrscheinlich will er mich deswegen auch persönlich sehen.*

Wills Lippen verzogen sich, als er an Elijahs alberne Anschuldigungen dachte. *Was fällt ihm ein, mir die Schuld an Katrinas Verhalten zu geben? Also, manche Leute...* Er fragte sich, wie Elijah wohl auf die Nachricht von Katrinas Schwangerschaft reagiert hatte und wie es überhaupt zu dem Vertrag gekommen war. Er wusste, dass er Katrina mehr Fragen hätte stellen sollen, als sie das zweite Mal angerufen hatte, aber ihre Aussage, dass Elijah sie nur gehen lassen würde, wenn Will persönlich auf die Ranch kam und mit ihm sprach, hatte ihn vollkommen überrumpelt.

Die Frage, warum Elijah ihn auf seiner Ranch haben wollte, beschäftigte Will am allermeisten. Vermutlich ging es dabei aber nur um das Zurschaustellen von Macht.

9

Will war in Gedanken noch bei diesem Thema, als er einen lauten Knall hörte und sein Auto plötzlich stark nach links zog.

„Verdammt!", stieß er hervor. „Bitte keinen platten Reifen."

Er fuhr so nah wie möglich an den Straßenrand und stieg aus, um den Schaden zu begutachten. Ein platter Reifen war nichts Neues für ihn, und er war auch durchaus in der Lage, ihn selber zu wechseln, aber er würde sich dabei vermutlich ziemlich schmutzig machen. Will hatte sich am Morgen sorgfältig überlegt, was er anziehen wollte, und sich für eine schwarze Stoffhose und ein weißes Baumwollhemd entschieden, dessen obersten Knopf er offengelassen hatte. Auch sein halblanges, blondes Haar hatte er sorgfältig gestylt. Würde sein Erscheinungsbild, über das er sich so viele Gedanken gemacht hatte, den Reifenwechsel auf einer staubigen Landstraße überstehen? Vermutlich doch eher nicht, aber seine Optionen waren begrenzt, also zog er sich das Sakko aus und legte es vorsichtig, um es nicht zu zerknittern, auf den Rücksitz. Wenn sein Hemd schmutzig wurde hatte er so immer noch die Möglichkeit, er unter einem sauberen Sakko zu verbergen.

Er hatte den Wagen aufgebockt und war gerade dabei, die Radmuttern zu lösen, als er hörte, wie sich ein anderes Fahrzeug näherte. Es war ein großer, schwarzer Wagen mit getönten Scheiben. Auf der Straße war Platz genug, dass der Wagen rechts an Will hätte vorbeifahren können, aber stattdessen hielt das Auto hinter seinem an. Will stand auf, klopfte sich den Staub von der Hose und strich sich mit der Hand durchs Haar, das inzwischen schweißfeucht an seiner Stirn klebte.

Ein sehr großer, dunkelhaariger Mann stieg aus dem Wagen. Obwohl Will sich selbst als recht groß bezeichnen würde, gab ihm dieser Mann das Gefühl, klein zu sein, als er zu ihm hoch blickte. Er trug dunkle Kleidung: schwarze Hose, graues Hemd, schwarze Jacke und schwarze Stiefel. Sein Gesicht wurde teilweise von einem schwarzen Hut verdeckt, der an einen Cowboyhut erinnerte. Der Mann nahm den Hut ab, legte ihn auf das Dach von Wills Wagen und strich sich mit der Hand durch sein kurzes, dunkles Haar. Ohne den Hut konnte Will seine strahlend blauen Augen sehen, die ihn mit einem Anflug von Belustigung musterten, und... war das auch ein Hauch von Herablassung, die er in ihnen sah?

Plötzlich lächelte der Mann Will an, und er fühlte sich von dem Lächeln so stark angezogen, dass er nicht anders konnte, als zurückzulächeln.

„Kann ich Ihnen helfen?", fragte der Mann. Seine Stimme war tief und ruhig.

Will war überrascht und nicht wenig schockiert über seine Reaktion auf die Ausstrahlung des Mannes. Warum fühlte er sich plötzlich so atemlos, und warum raste sein Herz so? Hätte der Mann ihn doch nur ignoriert und wäre einfach weitergefahren, dachte Will, während er um eine Antwort rang.

„Nein, ich komme schon klar, vielen Dank", sagte er, ein wenig atemlos aber mit fester Stimme.

Doch es war, als ob der Mann ihn überhaupt nicht gehört hätte. Den Blick fest und unverwandt auf Will gerichtet, nahm er ihm wie beiläufig das Werkzeug aus der Hand. Es war eine Herausforderung, die Will aber weder hinterfragen noch annehmen wollte. Etwas in ihm sagte ihm, dass es ohnehin sinnlos wäre, es auch nur zu versuchen. Will trat zurück, als der Mann auf ihn zu kam, und dann fand er sich plötzlich in den Hintergrund gedrängt, während der Mann vor seinem platten Reifen kniete.

Ohne ein weiteres Wort machte der Mann sich daran, den Reifen zu wechseln. Die Radmutter, mit der Will so lange gekämpft hatte, löste sich bei ihm ohne jeden Widerstand. Er arbeitete in komplettem Schweigen, und erst nachdem er die letzte Mutter wieder festgezogen und den Wagen vom Wagenheber geholt hatte, fragte er: „Wohin fahren Sie?"

Das plötzliche Ende der Stille überraschte Will. Er hatte zugesehen, wie der Mann schnell und mühelos den Reifen gewechselt hatte, und seine abrupte Frage ließ ihn zusammenzucken. Der Mann blickte Will fest, beinahe durchbohrend an, und jetzt lächelte er nicht mehr.

„Zur Ranch der Hunters." Will hatte kurz mit dem Gedanken gespielt, dem Mann zu antworten, dass er sich um seinen eigenen Kram kümmern sollte, aber etwas in Will hatte ihm gesagt, dass das keine gute Idee gewesen wäre. *Bleib einfach höflich und freundlich, und das war es*, sagte er sich. „Meine Schwester ist dort", fügte er ohne nachzudenken hinzu.

Anders als die Leute im Flugzeug schien der Mann davon nicht überrascht zu sein. Er nickte lediglich und packte das Werkzeug zurück in Wills Kofferraum.

„Sie fahren in die falsche Richtung", sagte er beiläufig. Er schien nicht sehr gesprächig zu sein, aber seine Augen waren fest auf Wills Gesicht gerichtet und studierten ihn aufmerksam. Will fühlte sich unter diesem forschenden Blick unbehaglich und versuchte, das zu verbergen, allerdings ohne großen Erfolg.

Zögernd trat er auf den Mann zu und holte den Zettel, auf dem er Katrinas Wegbeschreibung notiert hatte, aus seiner Tasche. Er zeigte sie dem Fremden.

„Ich versuche, dieser Beschreibung hier zu folgen, aber anscheinend habe ich sie nicht richtig verstanden. Könnten Sie mir vielleicht helfen?", fragte er hoffnungsvoll. Vielleicht konnte der Mann die Wegbeschreibung ja korrigieren.

Er war nicht auf den plötzlichen Stromschlag gefasst, der durch seinen Körper zuckte, als der Fremde seine Hand ausstreckte und Will die Haare aus dem Gesicht strich. Die Geste schien freundlich, aber der Mann zog seine Hand nur sehr langsam wieder zurück. Zu langsam. Ein leises Lächeln umspielte seine Mundwinkel, als er Wills Reaktion bemerkte, dann nahm er wortlos den Zettel und korrigierte die Wegbeschreibung.

„Folgen Sie dieser Beschreibung und Sie werden die Ranch problemlos finden." Der Mann reichte ihm den Zettel zurück, und Will achtete darauf, ihn nicht noch einmal zu berühren, als er den Zettel entgegennahm.

Er verstand nicht, was da gerade geschehen war und was genau vor sich ging, aber er wusste, dass er sich der Gegenwart eines anderen noch nie so bewusst gewesen war. Er war sich der muskulösen, starken Hände bewusst, aus denen er das Stück Papier entgegennahm, und wie eng sich das Hemd des Fremden über seiner

Brust spannte. Will musste sich dazu zwingen, dem Mann wieder in die Augen zu schauen, und nicht weiter auf seinen Körper zu starren und seine Vorzüge zu katalogisieren. Die Intensität, mit der der Mann ihn beobachtete, überraschte ihn.

„Vielen Dank, Sir", sagte Will aufrichtig, „für die Wegbeschreibung und den Reifenwechsel."

Während er dem Mann hinterher blickte, als dieser zu seinem Wagen zurückging, fuhr Will unwillkürlich mit der Katalogisierung fort. Die Jeans saß absolut perfekt an genau den richtigen Stellen. Der Mann war gut in Form, und jeder Schritt war selbstbewusst, fast schon stolzierend. Für einen Augenblick überlegte Will lüstern, wie er wohl ohne seine gutsitzende Kleidung aussehen mochte.

„Nichts zu danken", erwiderte der Mann, ohne sich noch einmal umzudrehen.

Die Worte rissen Will aus seinen beunruhigenden Gedanken, und er wurde rot. Gott sei Dank sah der Mann das nicht mehr, da er bereits wieder in seinen Wagen einstieg. Er startete den Motor und fuhr los, an Will vorbei, und verschwand außer Sichtweite.

Das war... heftig, dachte Will, als er in seinen Wagen stieg und in dieselbe Richtung losfuhr. „Ich frage mich, wer er wohl war", sinnierte er laut, als ihm aufging, dass sie sich einander nicht vorgestellt hatten.

Er hatte sich schon lange nicht mehr so stark zu jemandem hingezogen gefühlt. *Nein, ich habe mich noch nie so stark zu jemandem hingezogen gefühlt,* korrigierte er sich selbst. Selbst sein einziger fester Freund, mit dem er zweieinhalb Jahre lang zusammen gewesen war, hatte in ihm nie derartige Gefühle geweckt. George war ein lieber und netter Kerl, aber zwischen ihnen hatte es nie wirklich gefunkt. Nachdem Will über zwei Jahre lang erfolglos versucht hatte, Gefühle für ihn zu empfinden, die über reine Freundschaft hinausgingen, hatte er Schluss gemacht. Offenbar hatte George das nicht allzu sehr mitgenommen, denn schon zwei Wochen später hatte er einen neuen Freund.

Aber dieser Mann war vollkommen anders. Will bezweifelte sehr, dass dieser Mann sich nach einer Trennung so verhalten würde. Dieser Mann hatte auf ihn den Eindruck gemacht, dass er es gewohnt war, zu bekommen, was er wollte. *Auf der anderen Seite*, dachte Will, *wer wäre denn auch idiotisch genug, sich von so einem Mann zu trennen?* Er sah gut aus und war unwiderstehlich, und seine Augen waren so blau...

„Herrgott, reiß dich zusammen!", rief er laut aus, entsetzt über die Richtung, die seine Gedanken eingeschlagen hatten, und zupfte an seiner plötzlich sehr eng gewordenen Hose. *Er hat wahrscheinlich Frau und eine ganze Schar Kinder daheim auf seiner Ranch.*

Will zwang sich dazu, was auch immer ihn da überkommen hatte abzuschütteln und sich auf das aktuell vorliegende Problem zu konzentrieren. Katrina und die Hunters, darauf musste er sich konzentrieren. Besonders auf Elijah. *Was erwarten sie wohl von mir? Warum wollte er, dass ich herkomme? Und welche Rolle spielt Katrina dabei?*

Es gelang Will, sich ausschließlich auf diese Fragen zu konzentrieren, und es dauerte nicht mehr lange, bis er die Ranch fand, die er gesucht hatte. Er hielt vor einem riesigen, eisernen Tor, dessen Bogen sich über die Straße spannte. Will konnte von der Ranch selbst nichts sehen, aber er wusste, dass er richtig war, denn auf dem Tor stand in großen, schwarzen Buchstaben HUNTER. Da er niemanden sah, das Tor jedoch offen war, fuhr er einfach weiter.

Will fuhr mehrere Kilometer über das Anwesen der Hunters, bevor er zu einem weiteren, weniger eindrucksvollen Tor kam. Dahinter konnte er eine Vielzahl großer, weitläufiger Gebäude sehen. Er war sprachlos angesichts der immensen Größe der Ranch, die sich vor ihm erstreckte, so weit das Auge reichte. Ein riesiges Haupthaus, Ställe, Scheunen und eine Anzahl kleinerer Häuser bildeten den Kern der Ranch und umfassten vermutlich mehrere Morgen Land. Der bloße Anblick reichte aus, um ihn nervös und ängstlich werden zu lassen, und er hielt den Wagen an und ließ erst einmal alles auf sich wirken. Es gab weit und breit keine Nachbarn und damit auch keine Fluchtmöglichkeiten.

Ein Mann in Jeans und Arbeitshemd, der neben dem Tor gestanden hatte, kam zu ihm herüber, um mit ihm zu sprechen. Will ließ sein Fenster herunter, und der Mann beugte sich zu ihm hinunter, damit sie sich besser verstehen konnten. Er roch nach Gras und frischer Landluft.

„Sie können gleich bis zum Haupthaus weiterfahren, Sir. Sie werden schon erwartet." Er bemerkte Wills Überraschung und fügte hinzu: „Das ist in Ordnung, fahren Sie einfach durch." Er lächelte warm und winkte ihn weiter.

„Sie erwarten mich?", fragte Will sich selbst laut. *Wie kann das sein? Es weiß doch niemand, dass ich heute kommen wollte. Nicht einmal Katrina wusste das.* Er wunderte sich gerade, ob der Angestellte am Tor ihn vielleicht mit jemandem verwechselt hatte, da sah er den großen, schwarzen Wagen im Schatten vor dem Haupthaus parken. *Daher also*, dachte er. *Der werte Herr Reifenwechsel muss direkt hierher gefahren sein, um ihnen zu sagen, dass ich unterwegs bin.* Soviel zum Thema Überraschungselement – sie wussten Bescheid und warteten auf ihn.

Er fuhr bis zum Ende der Einfahrt und parkte den Wagen. Dieselbe nervöse Anspannung, die ihn eben schon durchströmt hatte, packte ihn erneut. Er blieb im Wagen sitzen und atmete einige Male tief ein und aus, bevor er seine Nerven soweit beruhigt hatte, dass er aussteigen und auf das Haus zugehen konnte.

Langsam näherte Will sich der wuchtigen Doppeltür aus Eichenholz jenseits einer schier endlos scheinenden Steinveranda. Bevor er allerdings anklopfen konnte, öffnete sich die Tür, und eine ältere Frau, vermutlich um die Mitte sechzig, empfing ihn. Sie war klein und korpulent und hatte ein freundliches Gesicht und ein angenehmes Lächeln.

„Guten Tag, Sir. Kommen Sie doch herein." Sie führte ihn in einen Raum, der wie ein kleines Wohnzimmer aussah. „Warten Sie bitte hier, während ich Mr Hunter Bescheid sage." Sie lächelte Will an und verließ dann den Raum.

„Danke", murmelte Will ihrem entschwindenden Rücken hinterher. *Das ist alles sehr eigenartig. Sie hat mich nicht einmal gefragt, warum ich hier bin. Sie wusste es bereits.* Er schaute sich auf der Suche nach einer Sitzmöglichkeit im Raum um und entdeckte einen einfachen Stuhl neben dem großen Fenster an der Ostseite des Raumes. Er setzte sich und wartete. „Das gefällt mir alles überhaupt gar nicht", murmelte er in sich hinein.

Nach einer Weile wanderte sein Blick zu dem großen Fenster, und er sah, dass er von hier aus den Hof vor den Pferdeställen überblicken konnte. Ein junger Mann führte gerade ein bildschönes, schwarzes Pferd aus dem Stall und quer über den Hof. Will war so von dem großen, anmutigen Tier fasziniert, dass er gar nicht bemerkte, dass ein Mann den Raum betreten hatte, bis dieser direkt neben ihm stand.

„Ich habe ihn gerade erst für die Zucht gekauft. Ein herrliches Tier, nicht wahr?"

Will zuckte erschrocken zusammen, als so plötzlich dicht neben ihm eine Stimme erklang, und er drehte sich rasch zu deren Besitzer herum. Er war überrascht und dann peinlich berührt, jenen dunkelhaarigen Mann vor sich zu sehen, der seinen Reifen gewechselt hatte.

Der Mann nahm Wills Reaktion mit einem Nicken zur Kenntnis und lächelte, aber es war kein sehr freundliches Lächeln. Er war reserviert und misstrauisch, wie er es vorhin, draußen auf der Straße, noch nicht gewesen war. Offenbar hatte er Will bereits taxiert und für unzulänglich befunden, dachte Will, als der Mann ihm seine Hand entgegenstreckte.

„Elijah Hunter", stellte er sich vor. „Ich freue mich sehr, Sie kennenzulernen, William."

Will versuchte, sich zu sammeln, aber er konnte keinen klaren Gedanken fassen, geschweige denn einen zusammenhängenden Satz herausbringen. Er stand sekundenlang regungslos da, starrte Elijah an und hielt seine Hand. Schließlich kam er wieder zu Sinnen und ließ seine Hand verlegen eiligst wieder los. Elijah sah leicht belustigt aus.

„Wo ist... Katrina?", fragte Will. Er war schließlich aus gutem Grund und mit festem Vorsatz hierher gekommen – und jetzt stand er da wie ein stammelnder Idiot. *Warum fühle ich mich in seiner Gegenwart so unzulänglich? Warum kann ich es... ihn... nicht einfach so beiseite schieben, wie sonst alle anderen widerspenstigen oder unangenehmen Gefühle auch?*

Als Elijah fragend den Kopf schief legte, sah Will schnell zur Seite. Elijah Hunter sah ihn wieder mit jenem aufmerksam prüfenden Blick an wie vorhin, taxierend und abwägend. Will gefiel dieser Blick überhaupt nicht, aber im Augenblick gab es nichts, was er dagegen tun konnte.

„Sie ist nicht hier", sagte Elijah leise und fragte dann: „Möchten Sie sich vielleicht setzen?" Mit sanftem Griff am Arm führte er Will zu einem breiten Sofa. Will war von seiner Nähe, seiner Berührung, so gebannt, dass er beinahe die Bedeutung seiner Worte nicht mitbekommen hätte.

„Wo ist sie denn?", fragte Will, verblüfft, wie gelassen Elijah war. „Ich dachte, es gäbe ein großes Problem. Ich dachte, ich sollte herkommen, um ihr zu helfen. Ich dachte, Sie würden sie auf den Vertrag festnageln, den sie unterschrieben hat, eine Art Ehevertrag oder so etwas in der Richtung." Als er realisierte, dass Elijahs Nähe der Klarheit seiner Gedanken eher abträglich war, rückte er auf dem Sofa so unauffällig wie möglich von ihm ab.

„Ach, hat Sie Ihnen das nicht gesagt?", fragte Elijah mit einem gehässig wirkenden Grinsen. Will hatte kein Interesse daran, sich auf Spielchen mit Elijah einzulassen, und er wurde steif, und seine Miene verschloss sich.

„Mir was erzählt?" Will fand das gar nicht lustig. Er sah Elijah mit dem verächtlichsten Blick an, den er zustande brachte, aber der Mann schien vollkommen ungerührt.

Elijah stand auf, durchquerte den Raum und öffnete ein Barfach. Er goss Will einen Brandy ein und brachte ihm das Glas. „Hier", sagte er, „ich glaube, den werden Sie brauchen."

Wills ursprüngliche Faszination mit diesem Mann schwand rasch und wurde von einem Gefühl wachsender Angst ersetzt. Es kostete ihn all seine Selbstbeherrschung, sich diese Angst nicht anmerken zu lassen. Sein Magen verkrampfte sich, als er den Brandy entgegennahm.

Elijah setzte sich wieder neben ihn auf das Sofa und bedeckte Wills freie Hand, die auf seinem Oberschenkel ruhte, mit seiner. Will wünschte sich, den Mut zu haben, seine Hand wegzuziehen, aber er wollte Elijah nicht gleich zu Beginn gegen sich aufbringen. Er würde sich anhören, was Elijah zu sagen hatte, und dann würde er entscheiden. Er nahm all seine Kraft zusammen und sah Elijah direkt in die Augen.

„Katrina ist vor einer halben Stunde abgereist", begann Elijah. Seine Stimme war tief, klar und präzise, als wäre er ein Anwalt, der einen Klienten beriet. „Norman hat sie in die Stadt gefahren. Sie sind vermutlich auf der Straße an Ihnen vorbeigekommen." Will erinnerte sich an eine dunkelblaue Limousine, mit einem älteren Mann am Steuer und einer weiteren Person auf der Rückbank. Er hatte dem Wagen nicht viel Aufmerksamkeit geschenkt. Aber wenn er die Limousine gesehen hatte, dann hatte Katrina mit Sicherheit auch ihn gesehen. Er fragte sich, warum sie nicht angehalten hatte. Wenn sie nicht länger in der Gewalt der Hunters war, dann gab es keinen weiteren Grund für seinen Besuch auf der Ranch.

Elijah schien zu ahnen, dass seine Gedanken abgedriftet waren; er drückte Wills Hand, um seine Aufmerksamkeit wieder auf sich zu ziehen. „Ich habe Katrina erlaubt, abzureisen, da sie sagte, dass Sie kommen würden, um ihren Platz einzunehmen. Nachdem ich Sie auf der Straße getroffen und herausgefunden habe, dass Katrina die Wahrheit gesagt hat, bin ich zurückgefahren und habe Ihre Schwester gehen lassen, damit sie entweder das Geld oder einen guten Anwalt auftreiben kann. Sie ist sofort abgereist."

15

Seine Worte versetzen Will in Bestürzung. „Ich bin nicht hier, um ihren Platz einzunehmen." Er wollte aufstehen, aber Elijah hielt ihn auf dem Sofa fest. Will trank einen kräftigen Schluck von seinem Brandy. „Wovon reden Sie da? Katrina bat mich, herzukommen und mit Ihnen zu reden, das ist alles! Ich werde nicht für ihre Taten geradestehen", sagte Will mit Nachdruck.

„Oh, aber das werden Sie", erwiderte Elijah ein wenig zu sanft. „Sie sagte mir, dass dieser Plan Ihre Idee gewesen ist. Dass Sie Katrina überredet hätten, sich einen reichen Mann zu angeln, koste es, was es wolle. Das heißt Sie sind genauso schuldig wie Katrina." Elijahs Augen wurden schmal, als er Will musterte. „Keine Moral, keine Integrität, kein Benehmen. Was für eine Art Mann sind Sie eigentlich?"

Das reichte. Will sprang auf und fuhr Elijah wütend an: „Ich bin die Art Mann, die nicht einfach still dasitzt und zuhört, wie Sie meinen Charakter schlechtmachen, nur weil Ihr männliches Ego verletzt wurde. Sie kennen mich überhaupt nicht! Wenn Sie so naiv sind, den Lügengeschichten meiner Schwester Glauben zu schenken, dann kann ich nur sagen, dass Sie Ihre gerechte Strafe erhalten haben."

Er stürmte auf den Durchgang zu, der zur Eingangshalle führte. Bevor er ihn erreicht hatte, drehte Will sich noch einmal um. Elijah saß still auf dem Sofa und sah ihn mit kalten Augen an. „Sie hat Sie offensichtlich beide zum Narren gehalten. Aber nach dem zu urteilen, was ich bisher gesehen habe, war das wohl auch nicht allzu schwer." Will konnte es nicht lassen und musste diese letzte, sarkastische Bemerkung anbringen.

Noch bevor er die Haustür erreicht hatte, hatte Elijah ihn am Arm gepackt und zurückgerissen. Der Schock von Elijahs Händen auf seiner plötzlich hochempfindlichen Haut und dann das unsanfte Aufprallen gegen seine Brust desorientierten Will für einen Moment. Angst strömte durch seine Glieder, dennoch starrte er Elijah voller Wut und Empörung an.

„Was denken Sie eigentlich, wo Sie hingehen?", knurrte Elijah. Sein Ton und der feste Griff um Wills Arm zeugten deutlich von seiner Wut.

Will versuchte, sich aus dem Griff zu befreien, aber Elijah hielt ihn zu fest. Er spürte Elijahs Atem auf seiner Wange und den Schlag seines Herzens unter seinem Hemd. Dann nahm er eine unerwünschte Reaktion darauf wahr, wie nahe sie einander waren. Wills Herz klopfte wild, und er fühlte jene Regung in seinen Lenden, die ihm bereits nach ihrer ersten Begegnung zu schaffen gemacht hatte. *Einfach atmen*, wies er sich selbst an, während er versuchte zu verbergen, wie eng seine Hose mit einem Mal saß, und darum rang, sich wieder unter Kontrolle zu bekommen.

„Ich fahre wieder nach Hause", sagte Will, diesmal ohne Sarkasmus oder provozierenden Unterton in der Stimme. „Ich habe mit dieser ganzen Angelegenheit nicht das Geringste zu tun. Ich bin nur hierher gekommen, um zu sehen, ob ich Katrina helfen kann. Ich bin nicht involviert, und Sie haben kein Recht dazu, mich hier gefangen zu halten." Er konnte dem finsteren Blick in

16

Elijahs Augen nicht standhalten und konzentrierte sich stattdessen auf den obersten Knopf seines Hemdes. Er hätte wissen müssen, dass Elijah nicht die Sorte Mann war, die beißenden Sarkasmus entspannt zurückgelehnt über sich ergehen lassen würde. Andererseits, Will war noch nie sehr gut darin gewesen, Menschen richtig einzuschätzen. „Ich weiß ja noch nicht einmal, was genau Katrina denn eigentlich verbrochen haben soll."

Elijah legte einen Finger unter Wills Kinn und hob es an, so dass er ihm in die Augen sehen musste. Dieses Mal gelang es Will, Elijahs Blick standzuhalten. Jetzt die Augen abzuwenden käme dem Eingeständnis von Schuld und einer Niederlage gleich. Er rang mit sich, seine Zunge im Zaum zu halten; er war wütend, ja, aber nicht dumm. Elijah jetzt noch weiter zu provozieren war keine gute Idee, also blieb er stumm.

Elijah war ein sehr kräftiger und starker Mann. Seine Hände hielten Will mühelos an Ort und Stelle fest. Wills Gedanken kreisten um die Erkenntnis, dass Elijah sich genauso gut anfühlte, wie er aussah. Wie er so dastand, eng an ihn gedrückt, konnte er jeden einzelnen, festen Muskel spüren, der sich unter seiner Kleidung verbarg. Elijah konnte ihn problemlos so lange festhalten, wie er wollte.

„Ihre Schwester hat so getan, als ob sie schwanger wäre, nachdem mein Bruder ihren Heiratsantrag abgelehnt hat." Er sprach leise, aber seine Stimme war hart und bedeutungsschwer. „Was konnte er tun? Er ist ein ehrenwerter Mann. Weil er glaubte, dass sie von ihm schwanger war, hat er zugestimmt, sie zu heiraten. Sie hat von Martin verlangt, einen Vertrag zu unterschreiben, in dem er verspricht, sie binnen eines Jahres zu heiraten. Sie hat gesagt, dass sie verheiratet sein wollte, bevor das Kind geboren wird." Elijah fletschte höhnisch grinsend die Zähne. „Sie hat damit gedroht, zu verschwinden und das Baby allein zur Welt zu bringen, wenn er sich weigert, den Vertrag zu unterschreiben, und dass er weder sie noch das Baby je wiedersehen würde."

Der Ausdruck unterdrückter Wut und Verachtung auf seinem Gesicht blieb unverändert, als er weitersprach und die Geschichte beendete. „Ich wusste, dass Katrinas einziger Beweggrund das Geld war. Sie hat geglaubt, dass Martin reich ist, und sie wollte sein Geld. Ich habe ihr gesagt, dass ich von ihr erwarte, dass sie den Vertrag ebenfalls unterschreibt. Und zwar genau denselben Vertrag. Darin steht, dass ich sie für Vertragsbruch belangen kann, wenn sie sich weigert, Martin zu heiraten, und dass dieser Vertragsbruch sie 500.000 Dollar kosten würde. Das ist die gleiche Summe Geld, die sie auch von Martin haben wollte in dem Fall, dass er den Vertrag bricht. Ich fand das nur gerecht." Er lächelte, aber es war kein sehr angenehmes Lächeln. „Nachdem sie dann herausgefunden hatte, dass Martins Reichtum eher bescheiden ist, hat sie versucht, aus dem Vertrag herauszukommen. Sie hat Martin gebeichtet, dass sie gar nicht schwanger ist, und dass die ganze Sache nur ein Versuch war, an unser Geld zu kommen, und dass die Idee und der Plan dazu von ihrem Bruder William stammen."

Will wurde blass, und er flüsterte: „Gott, ich hasse meine Schwester."

Elijah sah ihm weiterhin direkt in die Augen, schweigend jetzt, und hielt ihn unbeugsam fest. Nach langen Minuten dieses spannungsgeladenen, nonverbalen Austauschs ließ er Will langsam los und trat zurück, den Blick nach wie vor unverwandt auf Wills Gesicht gerichtet.

„Und was haben Sie jetzt vor?", fragte Will und wurde dann deutlicher: „Warum behandeln Sie mich so? Ich habe fast zwei Jahren lang nicht mehr mit meiner Schwester gesprochen, bis sie mich letzten Freitag angerufen hat, um mir zu sagen, dass sie heiraten würde. Und dann tags darauf, um mich um Hilfe zu bitten. Ich habe weder Ihnen noch Ihrem Bruder irgendetwas getan." Will sprach so ruhig er konnte und hielt Blickkontakt. Er wusste, dass das wichtig war. Wenn er Elijah von seiner Unschuld überzeugen wollte, dann musste er ihn sehen können.

Elijah blieb lange Zeit still. Er blickte Will wieder so eindringlich prüfend an, wohl um den Wahrheitsgehalt seiner Worte einzuschätzen.

„Ich denke, wir sollten das besser unter vier Augen besprechen", sagte er freundlicher, als Will erwartet hatte. Er kam auf ihn zu und führte Will mit einer sanften Hand in seinem Rücken in ein dunkles Zimmer auf der rechten Seite des Hauses.

Elijah trat zuerst ein und machte das Licht an. Schwere Vorhänge vor den Fenstern sperrten das Tageslicht aus und machten den Raum so unnötig dunkler. Es war ein sehr maskuliner Raum, mit einem Ledersofa und Ledersesseln, einem Schreibtisch aus massivem Holz und einem dicken, dunkelgrünen Teppich, der zu den dicken, dunkelgrünen Vorhängen vor den Fenstern hinter dem Schreibtisch passte. An jeder Wand standen volle Bücherregale, dazwischen einige Büromaschinen: ein Fax, ein Computer und ein Kopierer. Es gab keine Bilder oder dekorative Staubfänger, dennoch war es ein schöner Raum.

Elijah führte Will zum Sofa und setzte sich dann direkt vor ihn auf den mit Schnitzereien verzierten Eichentisch. Er stellte seine Beine rechts und links von Wills auf und hielt ihn so mühelos auf dem Sofa gefangen. Mit Unbehagen realisierte Will, dass sich ihre Beine berühren würden, wenn er sich auch nur einen halben Zentimeter in die eine oder andere Richtung bewegte, und so konzentrierte er sich darauf, ganz still zu sitzen.

„Katrina hat mich gebeten, abreisen zu dürfen, um das Geld auftreiben zu können, das sie benötigt, um aus dem Vertrag herauszukommen. Ich habe ihr gesagt, dass ich sie nur dann gehen lassen würde, wenn Sie ihren Platz einnähmen." Will versuchte, etwas zu sagen, aber Elijah unterbrach ihn. „Sie hat mir versichert, dass Sie kommen würden. Als ich Sie dann auf der Straße getroffen habe, bin ich davon ausgegangen, dass Sie auf dem Weg hierher wären, um ihren Platz einzunehmen. Also habe ich ihr nach meiner Rückkehr erlaubt, die Ranch zu verlassen."

„Aber ich bin nicht... Ich habe nicht..." Will konnte seine wirbelnden Gedanken nicht zu einem klaren Satz formen.

„Katrina konnte gar nicht schnell genug von hier wegkommen. Ich hätte ja gedacht, dass sie warten würde, bis Sie angekommen wären, damit Sie die Sache noch besprechen können. Aber offenbar wollte sie schon weit, weit weg sein, bevor Sie herausfinden, dass sie Sie hereingelegt hat." Elijah lächelte ihn an, dieses Mal freundlicher.

„Ich werde nicht bleiben", sagte Will entschieden und wollte aufstehen, aber so wie sie saßen war das unmöglich. „Sie haben keine rechtliche Grundlage, mich hier festzuhalten."

„Lassen Sie mich Ihnen etwas erklären, Will", sagte Elijah. Sein Blick und seine Stimme waren mit einem Mal sehr kalt. „Ich werde juristisch gegen Katrina vorgehen, wenn sie nicht entweder meinen Bruder heiratet oder das Geld aufbringt. Mir ist bewusst, dass sie wenig bis gar kein Vermögen besitzt. Soweit ich das weiß, hat sie eine beträchtliche Summe Geldes geerbt, als Ihre Eltern gestorben sind, aber die hat sie bereits durchgebracht. Andererseits habe ich das Recht, den verbliebenen Besitz ihres verstorbenen Vaters einzufordern."

Seine Augen wurden hart, als er Wills Gesichtsausdruck beobachtete und seine Reaktionen studierte. Doch diesmal konnte er in Will nicht lesen wie in einem offenen Buch: Er saß starr da und sah aus, als würde er innerlich auf Distanz gehen.

„Mein Vater hat keinen verbliebenen Besitz", sagte Will mit tonloser Stimme. „Alles, was er einmal besessen hat, ist an Katrina gegangen, und das ist alles weg."

Hörte Eli da Trauer in Wills Stimme? *Ist das Trauer über den Verlust seines Vaters oder über den Verlust seines Besitzes?*, fragte er sich.

„Es gibt immer noch eine Sache, die dem Namen nach Ronald Drake gehört", sagte Elijah höhnisch.

Die Erkenntnis traf Will wie ein Schlag ins Gesicht. Elijah Hunter konnte doch nicht wirklich damit drohen, ihm sein Haus wegzunehmen! Will hatte den Namen seines Vaters aus sentimentalen Gründen in der Besitzurkunde stehen lassen, und nun schien es, als würde Mr Hunter diesen Umstand ausnutzen, um Rache an Katrina zu nehmen. *Das kann nicht wirklich wahr sein.*

Eli sah die Veränderung in Will, als dieser augenblicklich auffuhr, um das zu verteidigen, was rechtmäßig ihm gehörte.

„Drohen Sie mir etwa damit, mir mein Haus wegzunehmen? Sie haben kein Recht, das... Das ist doch nicht Ihr Ernst?!" Er fühlte Panik in sich aufsteigen. Wieder versuchte er, aufzustehen, und wieder hielt Elijah ihn fest. Will warf ihm einen finsteren Blick zu, der geringere Männer in die Flucht geschlagen hätte, aber Elijah zuckte nicht einmal mit der Wimper.

„Sie sind als meine Sicherheit hier", erklärte er. „Katrina hat bis zum Ende des Monats, also bis zum einunddreißigsten, Zeit, sich zu entscheiden, was sie tun will. Entweder sie zahlt, heiratet Martin oder sie nimmt sich einen Anwalt. Am einunddreißigsten werde ich die Forderungen gerichtlich geltend machen. Dass Sie hier sind verschafft ihr lediglich mehr Zeit und sichert meine Interessen."

„Sie sagen also, dass Sie mir mein Haus wegnehmen werden, falls Katrina den Vertrag bricht, egal, ob ich hier bleibe oder nicht. Warum sollte ich also bleiben?", rief Will. In seiner Stimme schwang noch immer deutlich hörbar ein Unterton von Panik mit. „Sie brauchen gar nicht bis zum einunddreißigsten zu warten, ich kann Ihnen jetzt schon sagen, dass Katrina nicht wiederkommen wird, und dass Sie ganz bestimmt nicht einen Cent der 500.000 Dollar sehen werden."

„Wenn Sie bis zum einunddreißigsten bleiben, und Katrina wie vereinbart zurückkommt, fühle ich mich vielleicht großmütig und lasse Sie beide gehen", sagte Elijah, ohne zu lächeln.

„Katrina wird nicht zurückkommen." Katrina hatte sich noch nie um die Konsequenzen ihrer Taten geschert oder Verantwortung für das übernommen, was sie angerichtet hatte. Sie lief vor den Konsequenzen weg, das hatte sie immer schon getan. Sie würde sich hier nicht noch einmal blicken lassen.

„Wenn Katrina nicht zurückkommt, gilt die Sicherheit als verloren."

„Ja? Und was soll das bitte schön heißen?", fragte Will gereizt.

„Das soll heißen, dass ich Sie und Ihr Haus am Whitefish Point behalten werde." Eli lachte über den schockierten und alarmierten Ausdruck auf Wills Gesicht.

Will hoffte, dass Elijah sich einen Scherz erlaubte. Innerlich zuckte er vor der Vorstellung zurück, die Sicherheit für seine Schwester zu sein. Katrina hatte bereits alles bekommen; nun nahm sie ihm auch noch seine Freiheit und sein Zuhause.

„Das ist vollkommen inakzeptabel", sagte Will scharf. „Und warum wollen Sie überhaupt, dass ich hier bleibe? Ganz offensichtlich verabscheuen Sie Katrina, und ich bin mir sicher, dass Ihre Meinung von mir auch nicht sehr viel besser ist. Warum wollen Sie mich dann hier haben? Einfach nur deshalb, weil ich nicht hierbleiben will? Und überhaupt, Sie können mich nicht gegen meinen Willen hier festhalten, das ist illegal."

Elijah sah Will lange an, ehe er antwortete: „Ich will, dass jemand die Verantwortung übernimmt. Egal, wie Ihre Beziehung zueinander ist, Sie sind Katrinas Bruder, und als ihr Bruder sind Sie dazu verpflichtet, Verantwortung für ihr Tun zu übernehmen." Der Vorwurf in seinen Worten war deutlich zu hören. „Kommen Sie", sagte er plötzlich. „Ich verspreche Ihnen, dass wir uns während Ihres Aufenthaltes gut um Sie kümmern werden. Ich werde dafür sorgen, dass es Ihnen an nichts fehlt."

Bevor Will etwas sagen oder er reagieren konnte, hatte Elijah ihn am Oberarm gepackt und führte ihn aus dem Zimmer. Sein Verhalten war zu herrisch und kontrollierend für ihre kurze Bekanntschaft, aber Will wusste es besser, als Widerstand zu leisten. Mit Elijah war offensichtlich nicht vernünftig zu reden, also würde Will einen anderen Weg aus der Situation heraus finden müssen.

Irgendwie musste er von hier wegkommen. Alles, was Elijah gegen Will in der Hand hatte, waren sein Land und sein Haus. *Und ist ihm zu entkommen wirklich wichtig genug, um dafür mein Haus, mein Zuhause zu riskieren?* Fürs Erste würde er bleiben, beschloss Will, aber sobald man ihm auch nur mit einem Hauch von Geringschätzung begegnete, würde er sofort verschwinden. Sein Zuhause war ihm wichtig, seine Selbstachtung aber auch.

20

„Wohin bringen Sie mich?", fragte er kurz.

„Zu Ihrem Zimmer."

Elijah führte ihn die Haupttreppe hinauf, die von der Eingangshalle zum ersten und zweiten Stock hoch führte. Will war so vollkommen überrumpelt von seiner Dreistigkeit und Herrschsucht, dass er nichts anderes tun konnte, als ihm zu folgen.

„Ich habe es mir erlaubt, Ihr Gepäck aus dem Auto holen und in eines der Gästezimmer bringen zu lassen. Abendessen ist um sieben. Sie können zu Mittag essen, wann immer Sie wollen, und wenn Sie mit mir frühstücken möchten, ich esse immer um sechs."

Als sie auf dem Treppenabsatz im ersten Stock angekommen waren, entwand sich Will Elijahs Griff. „Ich möchte nicht hierbleiben", sagte er. „Ich möchte Ihnen keinen Ärger verursachen. Ich bin schwul, und Sie sind ein sehr prominenter Mann in einer sehr kleinen Stadt. Was werden Ihre Nachbarn dazu sagen, dass ich hier bei Ihnen wohne?" Will hoffte, dass ein Appell an seine Moralvorstellungen und die Notwendigkeit, seinen guten Ruf zu schützen, Wirkung zeigen würde. „Ich kann in der Pension am Flughafen bleiben, und ich verspreche Ihnen, dass ich nicht vor dem einunddreißigsten abreisen werde." Das kam einem Flehen gefährlich nahe, das wusste er, aber ihm gingen langsam die Optionen aus. „Ich werde mich jeden Tag bei Ihnen melden. Das verspreche ich."

Er musste einfach von hier weg. Einen Monat lang hier mit ihm und seinem Katrina-hassenden Bruder... Wie sollte er das durchstehen, ohne etwas Falsches zu sagen? Will hatte eine scharfe Zunge, und wenn er provoziert wurde sagte er Dinge, die in der Regel wenig hilfreich waren.

Elijah begann zu lachen. Es war ein tiefes, grollendes Geräusch. „Ihre Tugend, mein Lieber, ist bei mir sicher. Und ich habe mich noch nie dafür interessiert, was meine Nachbarn über mich denken."

Will wurde steif bei seinen Worten. Er glaubte nicht für eine Sekunde, dass Elijah auf diese Art an ihm interessiert war. Er wusste, dass er nicht die Sorte Mann war, nach dem andere Männer verrückt waren. Aber das so klar und unzweideutig ins Gesicht gesagt zu bekommen, das tat schon weh. Es tat sogar mehr weh, als er vermutet hätte.

„Ich wollte damit auch nicht andeuten, dass zwischen uns etwas passieren würde", presste er hervor. „Aber es ist recht eindeutig, dass die Leute hier nicht unbedingt die Wahrheit kennen müssen, um sich eine Meinung über den Ruf anderer zu bilden. Ich möchte nicht unbedingt von den Leuten aus der Stadt auf einem Scheiterhaufen verbrannt werden für meine sexuellen Neigungen."

Elijah hörte ihm zu, gab aber keinen Kommentar zu seinen Worten ab. „Kommen Sie", sagte er lediglich, griff wieder nach Wills Arm und führte ihn den Flur hinunter.

Er brachte ihn zu einem der Gästezimmer, teilte Will mit, dass er ihn in etwa einer Stunde zum Abendessen abholen würde, und ließ ihn dann allein. Will wusste, dass er in der Falle saß, zumindest für den Augenblick. Sein Unbehagen darüber, auf der Ranch bleiben zu müssen, schwand ein wenig, als er sich in dem luxuriösen Zimmer umsah, in dem man ihn untergebracht hatte. Das Gästezimmer war, wie alles andere auf dieser Ranch auch, einfach atemberaubend. Das riesige Bett sah antik und sehr bequem aus. Eine breite Daunendecke und eine halbe Million Kissen lagen darauf. Außer dem Bett standen noch ein ebenso antik aussehender Schreibtisch, ein Kleiderschrank und ein Sofa mit Sessel im Raum. Angrenzend gab es sogar ein eigenes Badezimmer.

Will nahm seinen Koffer und packte seinen Kulturbeutel aus. Er hatte nicht vor, lange zu bleiben, von daher bestand auch kein Grund, ganz auszupacken.

2

WILL MACHTE sich frisch und zog sich um, tauschte seine Stoffhose und das staubige Hemd ein gegen Jeans, ein leichtes Baumwollhemd und einen marineblauen Strickpulli. Er war sich nicht sicher, was man hier normalerweise zum Abendessen trug, aber diese Sachen würden reichen müssen. Da er nicht vorgehabt hatte, lange zu bleiben, hatte er auch nicht viel mitgebracht. *Zwei Tage, länger nicht, das sollte reichen, um entweder Erfolg zu haben oder elendiglich zu versagen.*

Er hatte nicht damit gerechnet, auf der Ranch der Hunters bleiben zu müssen. Zwar hatte Elijah davon gesprochen, dass er Wills Aufenthalt so angenehm wie möglich machen würde, aber Will maß dem keine Bedeutung bei. Er wusste es besser. Elijah hielt ihn aus einem bestimmten Grund hier fest, von daher war es nur zu wahrscheinlich, dass sich sein Aufenthalt alles andere als angenehm gestalten würde. Will war schließlich hier, um den Preis für das zu zahlen, was Katrina getan hatte. Sie war auf und davon, und er durfte wieder einmal den Schlamassel für sie ausbaden.

„Es ist ja meine eigene Schuld", sagte er laut zu sich selbst. „Ich hätte nicht herkommen müssen. Ich hätte Katrina auch genauso gut einfach ignorieren können." Sein Bauchgefühl hatte ihm die ganze Zeit gesagt, dass er sich aus dieser Geschichte heraushalten sollte. Noch in dem Moment, als er auf die Ranch der Hunters gefahren war, hatte sein Instinkt ihn gewarnt. Er hatte gewusst, dass er einen Fehler beging, und trotzdem war er hergekommen.

Will grübelte darüber nach und kam zu dem Schluss, dass Elijah ihm in jedem Fall – und dann ohne jede Vorwarnung – sein Zuhause weggenommen hätte, wenn Will nicht hergekommen und ihm damit in die Hände gespielt hätte. Der Gedanke, sein Zuhause zu verlieren, war der einzige Grund, warum er blieb und diesem hassenswerten, herrschsüchtigen Mann überhaupt zuhörte. Mr Hunter hatte vermutlich genug Geld und Einfluss, um seine Drohungen wahr zu machen. Männer wie dieser Elijah Hunter stießen keine leeren Drohungen aus.

Wenn ich Katrina jemals wieder zu Gesicht bekomme, werde ich sie eigenhändig erwürgen. Will verlieh dem Gedanken mit einem zornigen Schlag mit der Faust auf die Kommode Nachdruck.

„Vorsicht, Sie werden sich noch verletzen."

Elijahs tiefe Stimme war leise, aber sie ließ Will dennoch erschrocken zusammenfahren. Er hatte nicht gehört, dass jemand hereingekommen war. Er drehte sich um. Sofort sah er, dass Elijah sich ebenfalls umgezogen hatte. Er trug jetzt eine schwarze Hose und einen weißgrauen Pullover.

„Ich habe angeklopft, aber Sie haben mich offenbar nicht gehört", erklärte er sein unaufgefordertes Eintreten. „Wenn Sie soweit sind", sagte er, „begleite ich Sie zum Abendessen."

Will nickte und sagte: „Ich bin soweit."

Abendessen, dachte er. *Ich kann mir nicht einmal ansatzweise vorstellen, was mich dort wohl erwartet.*

Elijah kam auf ihn zu und führte ihn, eine Hand in Wills Rücken gelegt, aus dem Zimmer. „Gefällt Ihnen Ihr Zimmer?", fragte er, als sie die Treppe hinunter gingen.

„Ja, es ist sehr schön."

Elijah war sehr aufmerksam und der perfekte Gastgeber. Das hatte Will nun ganz und gar nicht erwartet. *Das sieht man auch nicht alle Tage: ein knallharter, mächtiger Rancher, der einen anderen Mann zum Abendessen geleitet. Was meint er denn, was ich bin? Eine Debütantin?* Elijahs Hand in seinem Rücken war fest und warm, so als würde ihm tatsächlich etwas an Wills Wohlbefinden liegen. Sein ganzes Verhalten verwirrte Will.

„Ich würde gerne noch einmal mit Ihnen über meine... Situation hier sprechen, wenn Sie einen Moment Zeit haben", sagte Will.

„Selbstverständlich", antwortete Mr Hunter ausgesucht höflich. „Nach dem Abendessen."

„Danke."

ELI WAR überrascht von Wills plötzlicher Gefügigkeit, aber er nahm sie ihm auch nicht wirklich ab. Will war ein sehr attraktiver und scharfsinniger junger Mann. Eli freute sich schon darauf, mehr über ihn zu erfahren und das Rätsel, das er darstellte, zu lösen. *Ist er der kaltherzige, gefühllose Mann, der die Idee zu Katrinas Plan hatte? Oder ist er der, der zu sein er behauptet, und unschuldig in diese Sache hineingezogen worden? Es wird wohl eine Weile dauern, aber ich werde die Wahrheit herausfinden.*

In Will steckte mehr, als man auf den ersten Blick sah. Er war zurückhaltend und schwierig zu durchschauen, konnte sogar hart wirken, aber da waren auch eine Wärme und Tiefe in ihm, die Eli ansprachen und sein Interesse regte. Will behauptete, in den letzten zwei Jahren keinerlei Kontakt zu seiner Schwester gehabt zu haben, aber trotzdem war er gekommen, um ihr zu helfen, als sie ihn darum gebeten hatte.

Auf rein körperlicher Ebene genoss er, wie gut Will roch, wie sein Oberkörper das weiße Hemd und den marineblauen Pullover ausfüllte und wie sich seine festen Rückenmuskeln unter Elis Hand anfühlten. Katrina war eine sehr kleine, zierliche Frau, die auf ihr Aussehen und ihre Statur setzte, um zu bekommen, was sie wollte. Viele Männer, Martin mit eingeschlossen, fanden diesen Typ Frau attraktiv.

Seinerseits hatte Eli Frauen noch nie viel abgewinnen können. Er zog wohlproportionierte, starke, kräftige Männer vor, die wussten, was sie im Leben wollten, und auch in der Lage waren, das zu bekommen. Er blickte auf Will hinunter, der steif und bedächtig neben ihm herging. *Wer bist du?*

ALS SIE das Esszimmer betraten, saß bereits ein junger Mann an dem langen Esstisch. Er trank aus einem langstieligen Glas und las. Sobald er sie eintreten sah, legte er seine Zeitung beiseite und stand auf. Er war groß, wenn auch nicht so groß wie Elijah, und sein Körper war schlank, aber dennoch muskulös. Sein Haar war hellbraun, leicht gelockt und etwas länger als Elijahs. Abgesehen von diesen kleinen Unterschieden war die Ähnlichkeit zwischen den beiden unverkennbar. Alles in allem war er ein sehr gutaussehender junger Mann. Er lächelte, als er Will sah.

„Sie müssen William sein", sagte er freundlich. Seiner Stimme ging die tiefe, grollende Qualität der Stimme seines Bruders ab. Er schüttelte Wills Hand und erkundigte sich nach seiner Anreise. Will fühlte sich etwas unbehaglich, hier neben ihnen zu stehen als sei er ein willkommener Gast.

„Das ist mein Bruder Martin", stellte Elijah den anderen Mann vor, dann setzte er sich ans Kopfende des Tisches und wies Will auf den Platz rechts neben sich. Martin setzte sich links von Elijah und damit Will direkt gegenüber.

Der Tisch an dem sie saßen war lang genug, dass locker zehn Leute daran Platz gefunden hätten, und Will wünschte sich, es wären auch zehn Leute da. Allein mit diesen beiden an einem Tisch zu sitzen würde seinem Appetit vermutlich nicht sehr zuträglich sein. Sein Magen verknotete sich bereits vor Anspannung.

„Heute gibt es nur einfache Kost, Steaks mit Kartoffeln", erklärte Elijah. „Ich hoffe, Sie sind kein Vegetarier." Er lächelte. Er wirkte immer so umgänglich, so offen und freundlich, wenn er lächelte.

Er hält mich hier als seinen Gefangenen und droht, mir mein Haus wegzunehmen. Fehlt nur noch, dass er mich an die Bahngleise fesselt, und alles, woran ich denken kann, ist sein Lächeln. Ich muss doch verrückt sein, wies Will sich selbst zurecht.

„Ich bin kein Vegetarier", antwortete er. „Ich könnte aber eine Tasse Kaffee vertragen", deutete er an, in der Hoffnung, dass er eine bekommen würde. Er hatte seit dem frühen Morgen keinen Kaffee mehr getrunken und brauchte jetzt dringend einen. Will nahm an, dass seine Kopfschmerzen vom Stress der gesamten Situation herrührten, aber vielleicht kamen sie auch nur vom Koffeinmangel.

Als die Haushälterin mit dem ersten Gang hereinkam, sagte Elijah: „Mrs Coleman, würden Sie unserem Gast bitte eine Tasse Kaffee bringen?" Dann wandte er sich an Will: „Wenn Sie etwas brauchen oder etwas wünschen, bitte zögern Sie nicht, danach zu fragen oder sich zu bedienen." Er streckte seine Hand aus, nahm Wills und hielt sie fest umfasst. „Wir möchten, dass Sie sich hier so wohl wie möglich fühlen."

Martins Gabel blieb auf halbem Weg zu seinem Mund in der Luft hängen. Schweigend sah er Elijah an, dann zu Will, dann wieder zurück zu seinem Bruder. Ein Lächeln breitete sich auf seinem Gesicht aus.

„Danke, das werde ich", log Will. Auf keinen Fall würde er so anmaßend sein und sich etwas nehmen, das Elijah Hunter gehörte. Aber dies war nicht der richtige Augenblick, das zu sagen. *Sag einfach Dankeschön und gut ist's.*

Der Kaffee war ausgezeichnet und half bei seinen Kopfschmerzen. Das war sehr gut, hatte er doch noch das Gespräch mit Elijah nach dem Abendessen vor sich. Will wollte noch einmal versuchen, Elijah dazu zu überreden, ihn in der Pension am Flughafen übernachten zu lassen. Er musste doch inzwischen wissen, dass Will mit Katrinas Machenschaften nichts zu tun gehabt hatte. Trotzdem schien er ihm nach wie vor die Schuld daran zu geben.

Fünfhunderttausend, das ist ganz schön viel Geld, dachte Will. *Katrina wird niemals soviel Geld auftreiben können.* Hielt Elijah ihn hier auf der Ranch fest, um irgendetwas zu beweisen? Dass man sich mit den Hunters nicht anlegte und dann ungeschoren davonkam? *Was will er von mir?* Diese Gedanken gingen Will im Kopf herum, während er hinunter auf seinen Teller starrte. Plötzlich bemerkte er, dass beide Männer ihn ansahen, und hob den Kopf.

„Ich habe gefragt, ob das Ihr erster Besuch in Montana ist." Martin lächelte, als er seine Frage wiederholte.

„Ja", antwortete Will und wollte gerade weiter ausholen, als Elijah ihn unterbrach.

„Montana wird Ihnen gefallen. Viele Leute, die zu einem Besuch hierherkommen, bleiben für immer." Er warf Will einen Blick zu, der ihn verwirrte. Er hatte nahezu einladend gewirkt. Oder waren Elijahs Worte nur eine Anspielung darauf, dass er nicht zögern würde, seine Drohungen wahr zu machen? Will wandte den Blick ab; er fühlte sich seltsam verlegen, und keinem im Raum entging sein tiefes Erröten. Er suchte nach einer Antwort, mit der er den Moment und sein Unbehagen überspielen konnte.

„Ich bin mir sicher, dass ich wieder nach Hause zurückkehren werde. Montana ist sehr schön, aber mein Leben ist in Michigan, also muss ich dort auch wieder hin zurück." Er wandte sich wieder seinem Steak zu, schnitt einen Bissen ab und versuchte zu essen, ohne Blickkontakt mit einem der beiden Hunters herzustellen.

„Wie lange wollen Sie bleiben?", fragte Martin. Will war dankbar für die gutmütige Frage.

„Soweit ich das verstanden habe, muss ich bis zum einunddreißigsten hierbleiben, dann soll Katrina mit dem Geld zurückkommen", antwortete er kurz und sachlich.

Martin schüttelte den Kopf. „Ich würde mich nicht darauf verlassen, dass sie zurückkommt. Ich glaube ja, dass sie Sie hier zurückgelassen hat, ohne einen zweiten Gedanken an Sie zu verschwenden."

Will nahm einen tiefen Schluck von seinem Kaffee und genoss für einen Augenblick sein Aroma und die entspannende Wärme. „Ob sie zurückkommt oder nicht, ich kann nicht länger als bis zum einunddreißigsten bleiben", stellte er klar. „Danach muss ich wieder zurück zur Arbeit."

„Katrina sagte, dass Sie als Klavierlehrer arbeiten", bemerkte Martin.

„Ich gebe nebenberuflich Klavierstunden, ja, aber hauptberuflich arbeite ich als Buchhalter für die örtliche Agrargenossenschaft." Er trank einen weiteren Schluck Kaffee und schob das Essen auf seinem Teller hin und her. Sobald seine Tasse leer war, schenkte Elijah ihm sofort Kaffee nach.

„Danke."

„Nichts zu danken", sagte Elijah. „Sie haben nicht sehr viel gegessen", bemerkte er. „Gibt es etwas anderes, auf dass Sie vielleicht mehr Appetit hätten?"

„Nein, danke. Ich habe einfach keinen großen Hunger." Will war überrascht über die Aufmerksamkeit seines Gastgebers.

„Sie arbeiten sehr viel", sagte Elijah leichthin, innerlich beeindruckt von Wills Tatkraft und Selbstständigkeit.

„Das muss ich auch. Ich habe einen Studienkredit zurückzuzahlen und außerdem muss ich ziemlich hohe Grundabgaben leisten. Aber mir macht meine Arbeit Spaß", fügte Will hinzu.

„Wo haben sie studiert?", fragte Martin.

„An der University of Michigan."

„Ihre Eltern müssen sehr stolz auf Sie gewesen sein", sagte Elijah.

„Davon weiß ich nichts." Traurigkeit schwang in Wills Worten mit, was er selbst nicht hörte, Eli aber sehr wohl.

NACH DEM Abendessen zog Martin sich zurück mit der Begründung, dass er noch etwas zu erledigen hätte. Er hatte den Ausdruck auf Elijahs Gesicht gesehen und wusste, dass sein Bruder mit William allein sein wollte. So wie Elijah wusste auch Martin nicht so recht, was er von William halten sollte. Er schien ganz anders zu sein als seine Schwester, und irgendwie konnte Martin es sich nur schwer vorstellen, dass sie Geschwister sein sollten. Noch weniger konnte er sich vorstellen, dass William etwas mit Katrinas Intrigen zu tun gehabt hatte.

William Drake, dachte Martin, war eher schüchtern und überlegte sich stets ganz genau, was er sagte. Er schien ein wenig ängstlich, aber gleichzeitig zu stolz, das zuzugeben. Das machte ihn zum völligen Gegenteil von Katrina. Sie war ins Haus spaziert, als gehöre es ihr, und das erste und einzige Mal, das sie mit Mrs Coleman gesprochen hatte, hatte sie die Frau behandelt, als sei sie ihr persönliches Dienstmädchen. Daraufhin hatte Elijah ihr verboten, jemals wieder mit Mrs Coleman zu sprechen. Er hatte ihr die Leviten gelesen und klargestellt, dass sie entweder den Angestellten gegenüber respektvoll sein würde oder in der Scheune schlafen durfte.

Elijah stieß niemals leere Drohungen aus, und das hatte selbst Katrina gewusst. Seit dieser Szene hatte Katrina Mrs Coleman und Elijah abgrundtief gehasst.

Elijah und Will gingen ins große Wohnzimmer, um ihr Gespräch zu führen. Elijah goss Will ein Glas Brandy ein, und als er es ihm reichte, sagte er: „Nur für den Fall der Fälle." Er lachte, als er sich neben Will aufs Sofa setzte und seinen Arm hinter Wills Kopf auf die Rückenlehne legte.

Für Wills Geschmack war Elijah ihm viel zu nahe, aber er würde nicht aufstehen, um sich woanders hinzusetzen. Elijah versuchte, ihn einzuschüchtern und zu verunsichern. Inzwischen erkannte Will einiger seiner Schachzüge.

„Erzählen Sie mir von sich, William", forderte Eli ihn auf. „Ich weiß, dass Sie Buchhalter sind, an der University of Michigan studiert haben und auf der nördlichen Halbinsel von Michigan wohnen. Erzählen Sie mir mehr über sich selbst."

„Da gibt es nicht viel zu erzählen", antwortete Will, ein wenig zu grimmig.

„Jetzt übertreiben Sie aber", tadelte Elijah ihn gutmütig.

Seine Worte waren wie Zunder für Will, und seine unglaubliche Herablassung verletzte Will tief. Sein ganzes Leben lang hatten die Leute Wills Sorgen und Nöte immer mit einem „So schlimm kann es doch gar nicht sein" oder einem „Ich bin sicher, du übertreibst" kommentiert. Seine Eltern, Katrina, George. Niemand hatte ihn je ernst genommen. Warum behandelten ihn stets alle so, als wäre er nicht wichtig? Keiner der Menschen, die ihm nahestanden, hatte je auf einen seiner Hilferufe reagiert. „Will übertreibt mal wieder", „Will kann schon auf sich selbst aufpassen", „Will ist nicht wichtig".

Elijah interessiert sich nicht für mich oder für mein Leben. Er hat mich ja bereits auf die am wenigsten schmeichelhafte Art wissen lassen, dass er nicht an mir interessiert ist und mich nur als den Urheber eines Erpressungsversuchs ansieht. Es besteht keine Gefahr, dass er mir zu nahe kommt – oder dass er meinen Ruf ruiniert.

All diese Gefühle brodelten in ihm, und er antwortete kalt: „Oh, aber sicher. Wie kann ich mir auch anmaßen, über mein Leben Bescheid zu wissen?" Seine Empörung wurde mit jedem Wort größer und schlug schließlich in Wut um. Er hatte die Nase voll davon, Spielchen zu spielen.

„Ich mag Sie nicht, Mr Hunter. Meiner Meinung nach gehören Sie zu der schlimmsten Sorte von Mann, nämlich der Sorte, die meint, ihnen stünde Macht über andere zu, bloß weil sie zu Geld gekommen sind. Urplötzlich glauben Sie, dass Sie viel wichtiger sind als alle anderen und dass der Rest der Welt nur zu Ihrer Belustigung dient. Sicher, Sie können mich und Katrina eine Zeit lang an der Nase herumführen mit Ihren Versprechen. Aber letztendlich werden Sie doch genau das tun, was Sie tun wollen. Was wir tun oder sagen hat doch überhaupt keinen Einfluss auf Ihren Wunsch nach Genugtuung und Rache."

Will stand auf. „Ich werde nicht hierbleiben und Ihre albernen Spiele mitspielen. Tun Sie, was Sie nicht lassen können. Nehmen Sie mir mein Haus weg. Ich werde es Ihnen sogar überschreiben und Ihnen so die Mühe sparen, es sich vor Gericht erkämpfen zu müssen. Ich kann mir ohnehin keinen Anwalt leisten."

Er hatte sich bereits für einen bühnenreifen Abgang umgedreht, als Elijah ihn bei den Schultern packte und herumwirbelte, so dass sie einander ins Gesicht blickten. Seine Miene gab Will Rätsel auf. Er konnte nicht sagen, ob es Wut, Verwirrung oder Mitgefühl waren, die er dort sah.

„Wo zur Hölle kam das denn auf einmal her?" Elijahs Stimme war laut, fast schrie er.

Will versuchte, sich aus Elijahs Griff zu winden, aber Elijah zog ihn lediglich näher an sich heran. Als Will zu ihm aufblickte, war Elijahs Gesicht nur wenige Zentimeter von seinem entfernt.

Eli lockerte seinen Griff, legte eine Hand in Wills Rücken und zog ihn gegen seinen Widerstand enger an sich. Beruhigend strich er über Wills Rücken und seine verspannten Muskeln. Mit der anderen Hand drückte er Wills Kopf an seine Brust und massierte seinen Hinterkopf. Eli legte sein Kinn auf Wills Scheitel und konzentrierte sich darauf, Rhythmus und Druck beider Hände ruhig und konstant zu halten.

Es dauerte nicht lange bis Wills Widerstand brach und er sich eng an Elijahs Körper geschmiegt wiederfand. So eng, dass er jede Kontur, jeden Muskel, jede Bewegung deutlich spüren konnte. Er fühlte sich sicher, warm, geborgen; ein wunderbares Gefühl. Langsam entspannte Will sich, und seine Atmung wurde ruhiger und gleichmäßiger. Es schien ihm beinahe, als ob Elijah ihn mit den Bewegungen seiner Hände und dem rhythmischen Schlag seines Herzens zu hypnotisieren versuchte.

„Ich habe nie behauptet, dass Sie unwichtig sind oder dass Sie keine Rolle spielen", flüsterte Elijah Will sanft ins Ohr. Es schien fast so, als täte es ihm wirklich leid, Will verletzt zu haben. „Was auch immer ich gesagt habe und wie auch immer es bei Ihnen angekommen sein mag, ich wollte Sie nicht verletzen."

„Spielt auch keine Rolle", antwortete Will ausdruckslos. „Ich hab nur mal wieder übertrieben." Er sprach in Elijahs Hemd, und seine Stimme klang gedämpft.

„Sie machen auf mich nicht gerade den Eindruck von jemandem, der oft übertreibt." Elijah sprach sehr sanft, aber in seiner Stimme schwang noch immer ein Hauch Autorität mit. „Ich würde sagen, ich habe bei Ihnen direkt einen Nerv getroffen." Damit hatte er nur allzu recht. „Wenn Sie darüber reden möchten, dann bin ich gern bereit, Ihnen zuzuhören."

Seine Finger bewegten sich langsam kreisend durch Wills Haar. Will hatte es gar nicht bemerkt, aber irgendwann mussten sich seine Arme um Elijahs Hüften gelegt haben. Er benutzte ihn als Stütze und hielt Elijah ebenso fest, wie er ihn hielt.

Elijahs Hand glitt an Wills Kiefer entlang, umfasste sein Kinn und hob sein Gesicht an, so dass er ihn ansehen musste. Elijahs blaue Augen studierten für einen Moment eindringlich sein Gesicht, dann senkten sie sich zu Wills Lippen.

Will ließ ihn los, und als sich Elijahs Kopf zu ihm herabsenkte, wandte er sich ab. Aber Elijahs Arm hielt ihn fest umschlungen, und es gab kein Entkommen. Will stand stocksteif da, als Elijahs warme, feuchte Lippen sich auf seine legten.

Erregung flammte in Will auf und brannte alle Vorbehalte nieder. Er stöhnte leise, als das Blut aus seinem Gehirn in ein anderes Körperteil strömte. Elijah vertiefte den Kuss weiter, bis Will keine andere Möglichkeit mehr hatte, als seine Lippen zu öffnen und Elijahs Zunge Einlass zu gewähren. Will war schon oft geküsst worden, aber noch nie so. Georges eher stümperhafte Versuche, ein leidenschaftlicher Liebhaber zu sein, kamen nicht einmal annähernd an die Macht dieses simplen Kusses heran. Elijahs Berührung, sein Geschmack, sein Geruch – alles verbündete sich gegen Wills rationalen Verstand und seine Fähigkeit, einen kühlen Kopf zu bewahren. Will wünschte sich, dass diese Gefühle niemals enden würden. Er erwiderte den Kuss ebenso leidenschaftlich, wie er selbst auch geküsst wurde.

Elijahs Zunge fuhr in seinen Mund und tat dort Dinge, die Wills Sinne in Brand setzten. Er hörte und spürte ein tiefes, sinnliches Stöhnen, das tief aus Elijahs Körper kam und bis in seine Fingerspitzen vibrierte. Er konnte spüren, wie sich die Muskeln in Elijahs Armen und seiner Brust anspannten, ihn fester umschlossen.

Plötzlich erklang hinter ihnen ein Geräusch. Jemand hatte den Raum betreten. Das war genug, um Will wieder ins Hier und Jetzt zu holen. Eli konnte seinen Widerstand spüren, aber anstatt ihn loszulassen, vertiefte er den Kuss nur weiter und zog Will noch fester an sich.

Will war peinlich berührt und versuchte beinahe panisch, sich loszumachen. Endlich ließen Elijahs Lippen von seinem Mund ab, aber dann glitten sie weiter zu seinem Ohr, und er hielt Will nach wie vor eng umschlungen.

Eli atmete tief den Geruch von Wills Haaren und seiner Haut ein. Er hatte noch nie einen Mann kennengelernt, der so verdammt gut roch. *Warum löst er solche Gefühle in mir aus? Warum gerade dieser Mann, der nur mein Geld will?*

Will schien um seine Fassung zu ringen, aber Eli störte es keinen Deut, dass jemand sie in diesem intimen Moment ertappt hatte. Er wollte Will nicht loslassen... jetzt noch nicht. Seit er ihn auf der Straße das erste Mal gesehen hatte, hatte Eli das Verlangen gehabt, ihn zu küssen. Will hatte so unglaublich sexy ausgesehen, verschwitzt und mit zerzausten Haaren. Da hatte Eli noch geglaubt, dass es nur die Hormone waren, die verrückt spielten, doch hatte das Verlangen ihn seit jener ersten Begegnung nicht mehr losgelassen.

„Oh, bitte entschuldigen Sie, Mr Hunter", stammelte Mrs Coleman und verließ schnell den Raum. Sie hatte eine neue Kanne Kaffee für Mr Drake bringen wollen, aber es war offensichtlich, dass Mr Drake gerade ganz andere Dinge im Kopf hatte.

Langsam lockerte Eli seine Umarmung, hielt Will aber weiterhin lose umfasst. Sein Blick glitt gleich zu Wills Gesicht, und er studierte ihn schweigend. Schamröte färbte Wills Wangen, und er wollte etwas sagen, irgendetwas.

„Und ich habe mich gefragt, warum Sie keine Angst haben, dass Ihre Nachbarn Sie für schwul halten könnten", sagte Will mit mehr Sarkasmus, als er beabsichtigt hatte.

„Wenn Sie behaupten wollen, dass Ihnen das keinen Spaß gemacht hat, dann sind Sie ein Lügner." Eli zuckte bei der Härte seiner Stimme selbst zusammen.

Will entzog sich ihm und trat mehrere Schritte zurück. Seine Augen waren dunkel und zornig. „Ich werde nicht hierbleiben." Er drehte sich um und ging zur Tür.

„Nicht so schnell, Mr Drake", sagte Elijah förmlich und voller Autorität. „Sie würden gut daran tun Ihr Verlangen, uns zu verlassen, noch einmal zu überdenken. Sie haben zugestimmt, bis zum einunddreißigsten hierzubleiben. Wenn Sie von der Vereinbarung zurücktreten, werde ich all meine Macht und meinen Einfluss darauf verwenden, Ihnen Ihr Haus zu nehmen, und ich werde Ihnen und Ihrer kleinen, missratenen Schwester das Leben zur Hölle machen." Er ragte drohend vor Will auf und blickte auf ihn hinunter, und sein Blick machte deutlich, wie ernst er seine Worte meinte. „Begehen Sie nicht den Fehler, mich zu unterschätzen:"

„Und welche Garantie habe ich, dass mein Haus sicher ist, selbst wenn ich bleibe? Sagen Sie mir noch einmal genau, warum ich Ihnen trauen sollte." Will versuchte, genauso furchteinflößend zu klingen wie Elijah. Es gelang ihm nicht einmal ansatzweise.

„Es gibt keine Garantie, aber es gibt Hoffnung." Eli streckte seine Hand aus und schob Will eine Strähne aus dem Gesicht. Will zuckte zusammen, wich der Berührung aber nicht aus. „Halten Sie mir gegenüber Ihr Wort, und ich werde darüber nachdenken, den Vertrag ganz zu zerreißen. Brechen Sie Ihr Wort, und ich werde Sie und Katrina vernichten."

Will konnte sich nicht daran erinnern, zugestimmt zu haben zu bleiben. Er konnte sich daran erinnern, dass Elijah ihm gesagt hatte, dass er bleiben würde, aber er hatte dem nie zugestimmt. Elijah musste angenommen haben, dass sein Schweigen Zustimmung bedeutete.

Irgendetwas an diesem Mann brachte Will in Harnisch und rief jede einzelne seiner weniger angenehmen Charaktereigenschaften hervor. George hatte immer darüber geklagt, dass Will zu aggressiv war wenn sie sich stritten, was nicht oft vorgekommen war, weil George nicht gut im Streiten war. Hätte George die letzten paar Minuten miterlebt, er wäre sprachlos gewesen. Elijah hingegen war nicht im Mindesten beeindruckt. Offenbar bedurfte es mehr als ein paar harscher Worte, ihn in die Schranken zu weisen.

„Ich werde mich an die Abmachung halten", sagte Will tonlos. „Aber ich habe wenig Hoffnung. Gute Nacht."

Er drehte sich auf dem Absatz um, verließ das Wohnzimmer und kehrte in sein Schlafzimmer zurück. Minutenlang saß er auf der Bettkante und starrte zu Boden. Die Erinnerung an Elijahs Umarmung hatte sich in sein Gedächtnis eingebrannt, und er würde nie wieder vergessen können, wie gut sich Elijahs Berührungen angefühlt hatten. Aber Will würde auch nie vergessen können, wie Elijah ihn herabgesetzt und beschämt hatte. *Er ist eine große Katze, die mit einer* kleinen Maus spielt, und er wird solange weiterspielen, bis es ihm keinen Spaß mehr macht.

„Warum hat er die Macht, diese Gefühle in mir hervorzurufen und Bedürfnisse zu wecken, für die ich jetzt gerade definitiv keine Zeit habe?", fragte er laut in die Stille des Raumes. Vermutlich lag es am Stress und an der Unsicherheit seiner Situation, weshalb er so aus dem Gleichgewicht war. Er musste sich zusammenreißen und herausfinden, was Elijah denn nun eigentlich wirklich von ihm wollte. *Er hält mich doch noch aus einem anderen Grund hier fest als nur, weil ich seine Sicherheit bin. Welche Genugtuung sucht er, und welche Rolle spiele ich dabei?*

Das Klingeln eines Telefons riss ihn aus seinen Gedanken. Er hatte gar nicht bemerkt, dass in seinem Zimmer ein Telefon stand, und war von dem Luxus beeindruckt. Er hob ab und erkannte sofort Katrinas weinerliche Stimme.

„Es tut mir leid, Will", begann sie und schluchzte. „Ich wusste nicht, was ich tun sollte. Er wollte mich gehen lassen, aber ich musste weg sein, bevor du ankamst."

„So hat er mir das aber nicht erzählt. Er hat gesagt, dass es deine Entscheidung gewesen ist, aufzubrechen, bevor ich angekommen bin. Ich hätte gerne mit dir gesprochen, bevor du dich davongemacht und mich hier sitzengelassen hast." Wills Stimme war scharf und ungeduldig.

„Ich hatte Angst, dass er seine Meinung ändern würde, wenn ich zu lange bräuchte", war Katrinas fadenscheinige Erklärung. „Ich wusste, dass du das für mich tun würdest. Es ist ja nur bis zum einunddreißigsten. Er will dich unbedingt da haben", schwadronierte sie weiter in dem Versuch, eine Ausrede zu finden, die Will glauben würde. „Dieser Austausch war seine Idee. Er hatte am Telefon mit dir gesprochen, und dann sollte ich ihm von dir erzählen, und anschließend wollte er, dass ich dich nach Montana locke."

„Warum hast du mich nicht davor gewarnt, dass ich hier ein Gefangener sein würde?" Will konnte seine Wut kaum kontrollieren.

„Das wusste ich nicht. Ich wusste nicht, dass er dich dabehalten und mich gehen lassen würde. Das habe ich heute erst erfahren." Sie klang ehrlich, aber Will wusste, dass sie eine ausgezeichnete Lügnerin war. Er zweifelte stark an ihrer angeblichen Ahnungslosigkeit.

„Er ist zur Ranch zurückgekommen, nachdem er dir geholfen hatte, deinen Reifen zu wechseln, und hat zu mir gesagt, dass ich gehen soll." Katrinas Stimme wurde hoch und schrill, wie immer, wenn sie wusste, dass man ihr nicht glaubte. „Ich sage dir die Wahrheit. Du kannst ihn selbst danach fragen."

„Was für Pläne hast du jetzt?" Will entschied sich dafür, das Gespräch auf wichtigere Themen zu lenken.

„Ich habe keine 500.000 Dollar. Ich weiß nicht, was ich machen soll." Will wusste, dass diese Aussage zumindest wahr war. „Ich muss spätestens am einunddreißigsten zur Ranch zurückkommen und ihm alles geben, was ich habe, und das ist nicht viel. Auf meinem Bankkonto sind weniger als 10.000 Dollar, und ich habe keinen weiteren Besitz."

„Vergiss nur nicht, überhaupt zurückzukommen", sagte Will streng.

„Ich werde mir etwas einfallen lassen, und ich werde zurückkommen. Das verspreche ich", versicherte Katrina ihm. Er wusste, dass das nur ein schwaches Versprechen war, aber es war besser als gar nichts.

ELI GING früher zu Bett als sonst. Er lag da und konnte an nichts anderes denken als an den Mann im Zimmer nebenan. Er wusste, dass er heute Nacht nicht viel Schlaf bekommen würde. Sein Verstand kam nicht zur Ruhe und analysierte weiter jedes einzelne Wort und jede einzelne Handlung Wills. Er hatte bemerkt, dass Will eine Menge Wut in sich trug, und niemand kannte sich mit Wut und ihren zerstörerischen Fähigkeiten besser aus als er.

Seine Gedanken wanderten zurück zu jenem Moment im Wohnzimmer. Will hatte sich so richtig angefühlt in seinen Armen. Wenn Mrs Coleman nicht hereingekommen wäre, wer weiß, was dann noch passiert wäre. Will hatte auf ihn reagiert. Zwar hatte er zuerst versucht, Widerstand zu leisten, aber dann hatte er nachgegeben. *War das echt oder spielt er nur mit mir?*

Das würde Eli alles herausfinden. Niemand konnte lange eine Fassade redlicher Lauterkeit aufrechterhalten, wenn es nicht dem wahren Charakter entsprach. Er lächelte reumütig und schlief dann ein.

WILL HÖRTE ganz in der Nähe ein lautes Wimmern. Irgendjemand war in Not. „Wo bist du?", rief er. Die Schreie waren so klar, so nahe, aber er konnte nicht sagen, woher genau sie kamen.

„William – Will! Wach auf!"

Wer rief da nach ihm? Da war jemand bei ihm. Er schreckte auf und sah Elijah über sich gebeugt. Er saß auf der Bettkante, hielt Wills Hand und strich ihm mit der anderen Hand über die Wange.

„Mr Hunter? Wo bin ich?", war Wills erste Frage, als er sich rasch aufsetzte.

„Du wirst dich daran erinnern, sobald du ganz wach bist. Und nenn mich Elijah", sagte Eli. Er rückte näher an Will heran und strich ihm das Haar aus dem Gesicht. „Wovon hast du geträumt?"

Will sah ihn einen Moment lang verständnislos an, dann realisierte er, was geschehen war, und schämte sich. Er warf einen Blick auf seinen Wecker. Es war 02.48 Uhr in der Früh.

„Es tut mir leid, dass ich Sie aufgeweckt habe", sagte er entschuldigend. Sein Blick wurde wie magisch von dem sanften Lächeln angezogen, das kaum wahrnehmbar Elijahs Mundwinkel umspielte, aber seine Augen zum Leuchten brachte. Er sah so anders aus, weicher irgendwie, in seiner Baumwollschlafanzughose und mit zerzaustem Haar. Will gefiel, was er sah, und der Anblick von Elijahs nackter Brust mit dem Flaum dunkler Haare und der unverhohlenen Männlichkeit seiner klar definierten Muskeln ließ Wills Herz schneller schlagen. Will hob den Blick wieder zu Elijahs dunklen Augen, die ihn eindringlich ansahen.

„Was hast du geträumt?", fragte er noch einmal.

„Ich habe Blaubeeren gepflückt", begann Will und bemühte sich, sich an den Traum zu erinnern. „Erst war meine Familie auch da, aber dann war ich plötzlich ganz allein im Wald, und es war dunkel. Dann kam wie aus dem Nichts ein Bär und hat mich verfolgt. Ich bin gerannt und gerannt, aber jedes Mal, wenn ich mich umgedreht habe, war er immer noch direkt hinter mir. Irgendwann war ich wieder allein im dunklen Wald und wusste nicht mehr weiter. Ich habe gehört, wie jemand nach mir gerufen hat, aber ich konnte niemanden sehen", beendete er leicht atemlos die Beschreibung seines Traums. „Danke, dass Sie... dass du mich geweckt hast." Will warf ihm ein müdes aber dankbares Lächeln zu.

„Nichts zu danken."

Elijah legte seinen Arm um Will und zog ihn an sich. Will sah zu Elijah empor und wusste sofort, was geschehen würde, aber er wehrte sich nicht. Ganz im Gegenteil. Er hob eine Hand und legte sie auf Elijahs warme Brust, auf seine verlockende, seidig-samtige, braungebrannte Haut. Langsam ließ er seine Hand zu Elijahs Schulter wandern und spürte seine Muskeln, die sich anspannten, als Elijahs Kopf sich zu ihm herabsenkte.

„Ich verspreche dir eines, Will", sagte er mit einem heiseren Flüstern, „solltest du verschlungen werden, dann ganz gewiss nicht von einem Bären."

Elijah küsste ihn, leidenschaftlich und gründlich, und Will erwiderte den Kuss wie berauscht. Er tat seine Unfähigkeit, Elijah zu widerstehen, als Reaktion auf seinen Alptraum ab. So abrupt aus einem angsteinflößenden Traum geweckt funktionierte sein rationaler Verstand eben einfach noch nicht wieder richtig. Nachdem Will so sein schlechtes Gewissen beruhigt und jegliche Verantwortung von sich gewiesen hatte, schlang er beide Arme um Elijah und schmiegte sich an seine stahlharte Brust. Elijah reagierte umgehend und legte seine Arme so fest um Will, dass ihm beinahe die Luft wegblieb.

Wills steifer werdendes Glied drängte ungestüm gegen die Einengung seiner Unterhose, als Elijah ihn langsam in die Kissen zurücksinken ließ. Elijahs Lippen glitten heiß über Wills Gesicht und dann an seinem Hals hinab. Will ließ seine Finger durch Elijahs dichtes, dunkles Haar gleiten und verlor sich in den Gefühlen, die Elijahs suchender Mund, seine Hände und sein Körper, der ihn in die weichen Kissen drückte, in ihm hervorriefen.

Ganz langsam gewann Elis Verstand wieder Überhand über sein Verlangen. Er kannte diesen Mann doch überhaupt nicht. Es wäre keine gute Idee, etwas mit ihm anzufangen. Zwar war Eli davon überzeugt, dass er alles unter Kontrolle hatte, aber ihm war auch bewusst, dass Will für ihn zu begehrenswert war und sein Verlangen nach ihm ihn zu überwältigen drohte. Elis Herz hämmerte gegen seine

34

Rippen, und er atmete, als ob er gerade einen Marathon gelaufen wäre. Er verlagerte sein Gewicht, und als seine Erektion über Wills Oberschenkel strich, entfuhr ihm ein lustvolles Keuchen. Unter Aufbietung seiner gesamten, nicht unbeachtlichen Willenskraft gelang es ihm, sich von Will zu lösen und den sengenden Kontakt ihrer Körper zu unterbrechen.

„Oh, Will", stöhnte er. „Du hättest niemals Katrina schicken sollen, um an unser Geld zu kommen." Seine Worte zerrissen den Schleier, der Wills Sinne umhüllt hatte. „Schicke niemals eine Frau, um den Job eines Mannes zu erledigen", sagte Elijah. „Du, mein Liebling, hast viel größere Chancen, dir einen reichen Ehemann zu angeln."

Will lag schweigend und wie benommen da. Wie konnte dieser hassenswerte Mann derselbe Mann sein, der gerade noch so sanft, so liebevoll gewesen war?

„Das nächste Mal, Will, mach dich selbst an einen reichen Mann heran. Ich verspreche dir, du wirst den Jackpot knacken." Mit diesen Worten stand Elijah, warf die Bettdecke über Will und ging zur Tür.

Will starrte wortlos, fassungslos hinter ihm her und versuchte zu verstehen, was gerade geschehen war.

Bevor er das Zimmer verließ, drehte Eli sich noch einmal um und sagte: „Gute Nacht. Schlaf gut."

„Fick dich, du verdammtes Arschloch", antwortete Will schockierend deutlich. Elijah wandte sich erneut um und studierte Wills kalten Gesichtsausdruck.

„Man hat mich schon Schlimmeres genannt." Seine Stimme war nicht länger sarkastisch.

„Was für eine Überraschung. Und jetzt raus aus meinem Zimmer!", befahl Will und schaltete das Licht aus.

3

DER NÄCHSTE Morgen kam rasch. Will hatte nicht damit gerechnet, noch einmal einschlafen zu können, und dafür schlief er erstaunlich tief und fest. Er wachte erst auf, als die Sonne durch das Fenster in sein Zimmer und sein Gesicht schien. Es dauerte eine Weile, bis er sich wieder daran erinnerte, wo er war und was am letzten Abend vorgefallen war.

Die Erinnerung traf ihn wie einen Schlag in die Magengrube. Er ächzte leise, quälte sich aus dem Bett und ging zum Fenster. Im Hof draußen stand eine Gruppe von Männern, die sich miteinander unterhielten. Einer von ihnen war Elijah. Er sah zu Wills Fenster hoch, als ob er geahnt hätte, dass Will ihn beobachtete. Ihre Blicke trafen sich, und Elijah hob grüßend eine Hand. Bei der Geste blickten die vier anderen Männer ebenfalls sofort hoch zu Wills Fenster. Will warf Elijah einen finsteren Blick zu, dann zog er rasch die Vorhänge zu und trat vom Fenster zurück. Er ging zurück zum Bett und setzte sich auf die Bettkante, um nachzudenken.

· Kurz darauf klopfte es sacht an seiner Tür. Das Geräusch war so leise, dass er annahm, es wäre Mrs Coleman, und so sagte er: „Kommen Sie herein, die Tür ist offen."

Zu seinem Entsetzen war es Elijah, der das Zimmer betrat. Er trug Jeans und ein meliertes Hemd, beides abgetragen und staubig. *Sein Tag muss wirklich schon sehr früh anfangen*, ging es Will flüchtig durch den Kopf.

„Guten Morgen", sagte Elijah, kam durch den Raum und setzte sich neben Will aufs Bett, ganz so, als ob er jedes Recht dazu hätte.

Was fällt ihm ein, so zu tun, als wäre nichts gewesen? Seine verletzenden Worte von gestern Abend waren Will noch deutlich im Gedächtnis.

„Guten Morgen", erwiderte Will und strich sich mit der Hand durch die Haare, um sie ein wenig zu glätten. Er sah Elijah nicht an, sondern starrte auf den Boden vor seinen Füßen.

„Hast du gut geschlafen?", fragte Elijah ungezwungen.

„Besser, als ich gedacht hätte. Danke der Nachfrage." Elijah benahm sich, als sei alles in bester Ordnung. Das irritierte und ärgerte Will, aber er wollte es sich nicht anmerken lassen.

„Martin und ich reiten heute raus zu den südlichen Weiden, und wahrscheinlich sind wir nicht vor dem späten Nachmittag zurück." Elijah blickte in Wills Richtung und schien auf eine Antwort zu warten, aber Will starrte lediglich weiter zu Boden.

So war es vermutlich besser, dachte Eli. Will hatte sich innerlich zurückgezogen, das konnte er deutlich spüren. Er war auf Distanz gegangen und baute um sich herum eine Mauer auf, die im Lauf der Zeit immer höher und schließlich wohl unüberwindbar werden würde. Eli wollte ihn so gerne berühren, wollte seine Hand auf Wills Bein legen oder einen Arm um ihn legen und seinen schlanken Körper spüren, ganz gleich was. Aber Will würde das nicht zulassen, das wusste er. Seine ganze Körperhaltung schrie förmlich „Lass mich in Ruhe!". Was auch nicht weiter verwunderlich war, nachdem er Will letzte Nacht so gedemütigt hatte. Es war ihm richtig erschienen in jenem Moment, richtig und notwendig, aber heute kam ihm sein Verhalten letzte Nacht nur noch... grausam vor. Seine Vermutung, dass Will nur versuchte, ihn ins Bett zu bekommen, um ihn dann zu erpressen, so wie seine Schwester es mit Martin getan hatte, erschien ihm jetzt absurd. Schweigen breitete sich zwischen ihnen aus.

„Ich entschuldige mich für letzte Nacht", sagte Eli.

Will war von der Entschuldigung ehrlich überrascht, aber er sah Elijah auch weiterhin nicht an. *Meint er das ernst oder schickt er gleich direkt die nächste, vernichtende Beleidigung hinterher?* Er schwieg und wartete ab.

„Nicht dafür, dass ich dich geküsst habe", stellte Eli nachdrücklich klar. „Dafür werde ich mich nicht entschuldigen."

Will war dankbar, dass Elijah keine Anstalten machte, ihn zu berühren, obwohl er spürte, dass der andere Mann das gerne wollte. Aber vielleicht lag Will mit der Vermutung ja auch falsch. *Ich bin schließlich nicht sein Typ,* dachte er. Es machte Elijah vielleicht Spaß, ihn zu triezen und zu demütigen, aber das war auch schon alles, redete Will sich ein.

„Aber ich entschuldige mich für das, was ich gesagt habe. Es tut mir leid, wenn meine Worte dich verletzt haben." Elijah sagte nichts weiter, sondern stand auf und ging zur Tür. Er schien wenig Erfahrung darin zu haben, sich zu entschuldigen. Will vermutete, dass er es nicht oft tat.

„Mr Hunter", rief Will hinter ihm her. Elijah blieb sofort stehen und drehte sich um. „Darf ich heute in die Stadt fahren und einige Dinge besorgen? Ich hatte ursprünglich nicht vor, lange zu bleiben, von daher habe ich nicht viel mitgebracht." Es ärgerte ihn maßlos, dass er um Erlaubnis bitten musste, die Ranch verlassen zu dürfen.

„Natürlich", sagte Elijah. „Sei aber zum Abendessen zurück, und bitte... sag Elijah und du zu mir."

„Wie der Herr wünschen", antwortete Will sarkastisch.

Elijah grinste. „Und dass du mir das nicht vergisst", sagte er und schloss die Türe hinter sich. Will hatte ihn bis zuletzt nicht angesehen, und aus irgendeinem Grund wurmte Eli das gewaltig.

„Na, wenn das mal nicht ein fantastischer Start für meinen Aufenthalt war", sagte Will angewidert zu sich selbst. Er duschte und zog sich Jeans und ein T-Shirt an. Die Erinnerung an Elijahs Küsse und an sein eigenes Verhalten letzte Nacht schlich sich immer wieder in seine Gedanken. Vergeblich versuchte er, sie zu verdrängen und an irgendetwas anderes zu denken, egal was, sie kam doch immer und immer wieder. Genauso wie das unverkennbare Gefühl in seinen Lenden.

Nun, er konnte die letzten vierundzwanzig Stunden nicht ändern, aber er konnte kontrollieren, was im Lauf des nächsten Monats geschah. Er konnte dafür sorgen, dass gewisse Dinge nicht noch einmal geschehen würden. *Bleib auf Distanz. Unnahbar. Stark.*

Will war sich der Tatsache sehr wohl bewusst, dass es Elijah gewesen war, der ihr Rendezvous letzte Nacht so abrupt beendet hatte. Wäre die Sache Will und seiner bröckelnden Entschlusskraft überlassen geblieben, dann wäre er heute Morgen vermutlich in den Armen des anderen Mannes aufgewacht.

Wo ist denn auf einmal dieses schamlose Verhalten hergekommen?, fragte Will sich. So benahm er sich doch normalerweise nicht. In den zweieinhalb Jahren, die er mit George zusammen gewesen war, hatte er nie eine solche Hitze, ein solches Verlangen gespürt. Der Sex war monoton und langweilig gewesen; viel Stoßen, wenig Leidenschaft. Davon abgesehen hatte es noch ein paar wenig spektakuläre Küsse gegeben. Warum hatte er bei Elijah so wenig Selbstbeherrschung? *Ich mag den Mann nicht einmal, warum habe ich dann immer einen Ständer, wenn ich an ihn denke?*

„Moment, mach langsam", ermahnte er sich selbst. Er wollte auf gar keinen Fall etwas von Elijah. Der Mann war grausam und herzlos. Sich auf so einen Mann einzulassen, das konnte nur die reine Hölle sein. *Er hat es sehr deutlich gemacht, dass er für niemanden Respekt hat, und für mich am allerwenigsten.*

„Ich muss es nur schaffen, bis zum einunddreißigsten durchzuhalten, und dann nichts wie weg von hier", sagte er laut zu sich selbst, als er sein Schlafzimmer verließ und sich auf den Weg in die Küche machte.

„GUTEN MORGEN, Mrs Coleman", sagte er fröhlicher, als ihm zumute war.

„Guten Morgen, William." Sie sah Will an und lächelte freundlich. Sie war gerade dabei, Gemüse zu waschen und kleinzuschneiden für etwas, das wie Eintopf aussah. *Muss für das Abendessen sein*, mutmaßte Will, als er sich einen Becher von der Anrichte nahm und ihn mit duftendem, schwarzem Kaffee füllte. Er nahm einen Schluck und genoss das Aroma. Die erste Tasse am Morgen schmeckte immer am besten.

„Haben Sie Zeit, sich ein bisschen zu mir zu setzen und mir Gesellschaft zu leisten?", fragte Mrs Coleman.

„Sicher. Ich wollte heute in die Stadt fahren und ein paar Sachen besorgen, aber dafür habe ich schließlich noch den ganzen Tag Zeit." Will setzte sich an den Frühstückstisch, und Mrs Coleman trocknete sich die Hände an ihrer Schürze ab und kam zu ihm herüber.

„Ich habe mich sehr gefreut zu hören, dass Sie hierbleiben, zumindest für eine Weile." Sie klang aufrichtig, aber Will hatte da seine Zweifel.

„Wissen Sie, warum ich hier bin?", fragte Will. Er war sich nicht sicher, ob Elijah ihr die ganze Geschichte erzählt hatte.

38

„Ja", antwortete sie. „Katrina ist abgereist, und Sie bleiben jetzt an ihrer Stelle hier."

„Das ist alles ein bisschen eigenartig, finden Sie nicht auch?" Will trank einen weiteren Schluck Kaffee.

„Wie meinen Sie das?", fragte Mrs Coleman neugierig.

„Vor ein paar Tagen war mein Leben noch in Ordnung, und jetzt sehen Sie mich an. Ich stecke bis zum Hals in Schwierigkeiten." Will nahm einen weiteren Schluck und dachte laut: „Wenn ich letzten Samstag nicht ans Telefon gegangen wäre, dann wäre ich jetzt nicht in dieser Position. Ich sollte das verdammte Ding abmelden."

„Ich bin sicher, es wird sich alles zum Guten wenden", sagte Mrs Coleman mitfühlend. „Versuchen Sie, Ihren Aufenthalt hier als eine Art Urlaub zu sehen und zu genießen."

Will fragte sich, ob sie auf die Szene anspielte, in die sie gestern Abend unbeabsichtigt hineingeplatzt war. Er musste über die Schlichtheit ihrer Worte lächeln. Er stellte fest, dass er die Frau mochte. Sie war Elijah und seinem Bruder offensichtlich treu ergeben und würde niemals etwas Schlechtes über sie sagen, aber andererseits versuchte sie auch, aus seiner unangenehmen Situation das Beste zu machen. Sie war loyal, aber nicht blind.

„Urlaub. Hmm... Ja, ich glaube, das tue ich." Will lachte leise. Was ihm Sorgen machte war eher die Rolle, die Elijah Hunter bei diesem Urlaub spielte. Er trank seinen Becher aus und goss sich die nächste Tasse ein.

„Elijah wird nichts tun, was Sie verletzen oder Ihnen schaden könnte", sagte Mrs Coleman, als hätte sie seine Gedanken gelesen. „Er hat hart gearbeitet, um dahin zu kommen, wo er jetzt ist. Und er hat es dabei nicht leicht gehabt. Nie." Sie seufzte. Will schwieg in der Hoffnung, dass sie weitersprechen würde. „Er war gerade mal achtzehn, als er das Sorgerecht für seinen neunjährigen Bruder übernommen hat. Es war nicht leicht für ihn, die Verantwortung für das Wohlergehen eines Kindes zu tragen. Aber er hat seine Sache gut gemacht, hat ihn zu einem ehrlichen und starken Mann erzogen und ihn gelehrt, was es heißt, ein Mann zu sein."

„Was ist mit ihren Eltern?" Will war neugierig.

„Der Vater taugte nicht viel. Verantwortungsloses Gesindel." Sie schnaubte verächtlich. „Er hat die Familie verlassen, kurz nachdem Martin geboren worden war. Elijah war damals erst neun." Stolz sprach aus ihrer Miene, als sie weitererzählte. „Elijah hat sich um seine Familie gekümmert, so gut er konnte. Er hat gearbeitet, ist zur Schule gegangen und hat ihre kleine Ranch geführt. Als er achtzehn wurde, hat er sich seine eigene Ranch gekauft von dem Geld, das er gespart hatte. Kurz darauf wurde bei seiner Mutter Krebs diagnostiziert, und keine zehn Monate später war sie tot." Das war so traurig. Will rieb sich die Augen, um sich nicht anmerken zu lassen, wie sehr ihn die Geschichte berührte. „Er hat aus seiner kleinen Ranch diesen dreißigtausend Morgen großen Besitz gemacht und nebenbei noch seinen kleinen Bruder aufgezogen. In dem Mann steckt mehr, als die meisten Leute denken. Sehr viel mehr."

„Sie scheinen ihm treu ergeben, Mrs Coleman." Das meinte Will nicht sarkastisch. Im Gegenteil, er bewunderte sie dafür.

„Die Menschen, die Elijah wirklich kennen, wissen, dass er ein gerechter, warmherziger und großzügiger Mann ist."

„Und was ist mit den Menschen, die ihn nicht kennen?", traute Will sich zu fragen.

„Die glauben, dass er kaltherzig, hart und gefühllos ist. Er kann kalt und hart sein, wenn die Situation es verlangt", fügte sie hinzu. „Ich will nicht sagen, dass er keine Fehler hat, ganz gewiss nicht, aber er würde niemals jemandem nur zum Vergnügen Schaden zufügen."

Mrs Coleman war eindeutig einer von Elijahs Fans. Will hoffte, dass er sie gut für ihre eiserne Loyalität bezahlte. „Und was ist mit Katrina? Was denken Sie über diese Situation und wie er damit umgeht?"

„Ich vermute, er versucht, ihr eine Lektion zu erteilen."

„Will er mir auch eine Lektion erteilen?", fragte Will weniger freundlich.

Mrs Coleman lächelte lediglich, das feine Lächeln eines Menschen, der glaubt, etwas zu wissen, das kein anderer weiß. „Kann ich Ihnen etwas zum Frühstück machen?", fragte sie abrupt und wechselte damit das Thema.

„Nein, danke. Ich dachte mir, ich esse in der Stadt etwas." Will wollte sie weiter ausfragen, aber er wusste, dass sie aus Loyalität zu Elijah nichts sagen würde, von dem er nicht wollte, dass andere es erfuhren. *Warum hat sie so seltsam reagiert, als ich sie nach Elijahs Absichten mir gegenüber gefragt habe? Was hat er vor?*

Will stand auf und ging zum Spülbecken, wo er seinen Kaffeebecher ausspülte und ihn anschließend wieder auf die Anrichte stellte. Ihm gingen mehrere mögliche Gründe durch den Kopf dafür, dass Elijah ihn auf der Ranch festhielt. *Welche Lektion will er mir erteilen?*, fragte er sich. Was auch immer Elijahs Plan war, Mrs Coleman würde es ihm nicht sagen.

„Bevor Sie fahren", sagte Mrs Coleman und unterbrach damit seinen Gedankengang. „Elijah hat mich gebeten, Ihnen das hier zu geben." Sie reichte Will eine Kreditkarte.

„Was ist das?"

„Das ist Elijahs Bankkarte. Er hat bereits mit der Bank gesprochen und arrangiert, dass Sie vollen Zugriff auf das Konto haben."

Will war mehr als überrascht. „Wann hat er das gemacht?"

„Bevor er heute Morgen gegangen ist. Nachdem er mit Ihnen gesprochen hatte", sagte Mrs. Coleman beiläufig.

Will lachte unbehaglich. „Das kann ich nicht annehmen."

„Er sagte, dass Sie nicht zögern sollten, alles zu kaufen, was Sie brauchen." Mrs Coleman begann ihrerseits, unbehaglich auszusehen.

„Schon okay, Mrs Coleman. Trotzdem, ich kann nicht einfach so seine Bankkarte benutzen. Er schuldet mir nichts, und er ist auch nicht für mich verantwortlich." Will versuchte ein Lächeln, um Mrs Coleman zu beruhigen.

Mrs Coleman nickte. Sie konnte verstehen, dass William zögerte, ein so großzügiges Geschenk anzunehmen. Aber was William nicht wusste war, wie ungewöhnlich ein solches Angebot überhaupt war. *Elijah muss echtes Vertrauen zu ihm haben*, dachte Mrs Coleman, *denn mit dieser Karte hat William direkten Zugriff auf viele tausend Dollar.* Sie fragte sich, ob Elijah William testen wollte, um zu sehen, ob er genauso geldgierig war wie seine Schwester. In dem Fall ging er ein enorm hohes Risiko damit ein, William seine Bankkarte zu geben.

Will legte die Karte auf den Tisch. „Ich weiß das Angebot zu schätzen, aber ich kann diese Großzügigkeit nicht annehmen."

Mrs Coleman war froh zu sehen, wie verschieden William und seine Schwester Katrina waren. *Wenn das wirklich ein Test war*, dachte sie, *dann hat William ihn mit fliegenden Fahnen bestanden.*

Will verließ die Ranch kurz vor Mittag. Mrs Coleman hatte ihm eine Karte gezeichnet, die ihm den Weg zum nächsten Shoppingcenter weisen sollte. Es sollte nicht allzu schwer werden, dorthin zu finden: Die Stadt war nur etwa fünfzig Kilometer weit entfernt. Will war entschlossen, seinen Ausflug zu genießen. Wer wusste schon, wann er die Ranch das nächste Mal wieder verlassen durfte.

Fünf Stunden und viele Einkäufe später saß er mit einem Haufen Tüten zu seinen Füßen an einem Tisch in einem Café und trank einen Cappuccino. *Wenn ich jeden Tag so verbringen könnte*, sinnierte er, *dann würden die nächsten Wochen wie im Flug vergehen.* Er dachte gerade darüber nach, dass er sich langsam auf den Rückweg zur Ranch der Hunters machen sollte, als er ein nur zu bekanntes, grimmiges Gesicht erblickte, das sich ihm näherte.

Will bemerkte, dass Elijah immer noch dieselben Sachen trug wie am Morgen, nur dass sie inzwischen noch staubiger und fadenscheiniger aussahen. Elijah machte den Eindruck, als hätte er einen langen und harten Arbeitstag hinter sich. Dennoch war sein Schritt schnell und zielstrebig, und sein finsterer Blick war fest auf Will gerichtet, als ob er die Vermutung hegte, dass Will versuchen würde zu flüchten, sollte sich ihm die Gelegenheit dazu bieten, und er wild dazu entschlossen war, ihn im Fall der Fälle zu verfolgen.

Er zog sofort die Aufmerksamkeit der Passanten auf sich. Viele sahen überrascht aus, ihn hier zu sehen. Alle beobachteten aufmerksam und neugierig, wie er ins Café stürmte und auf einen jungen Mann zuhielt, der dort saß. Die Frage nach der Identität des Unbekannten wurde rasch Gesprächsthema Nummer eins.

Will blieb sitzen und nippte an seinem Cappuccino. Er weigerte sich, sich Angst einjagen oder provozieren zu lassen. Elijah konnte so finster dreinblicken, wie er wollte, Will würde keine Angst vor ihm haben. So sprach er sich selbst Mut zu, als Elijah schließlich neben seinem Tisch anhielt und mit einem Ausdruck wütender Frustration im Gesicht über ihm aufragte. Will blickte unschuldig zu ihm hoch.

„Was kann ich für dich tun?", fragte er. Elijahs Zorn war nicht zu übersehen, aber Will tat sein Bestes, auf diesem Auge blind zu sein.

„Komm mir nicht mit so einer blöden Frage", sagte Elijah barsch. „Es gäbe Einiges, das du für mich tun könntest, aber nichts davon in einem Shoppingcenter."

Will konnte den tiefen, heiseren Ton seiner Stimme nicht einordnen. Versuchte er, ihn zu einem Streit zu provozieren, oder wollte er ihn öffentlich blamieren?

Eli beugte sich zu Will hinunter und stützte sich mit einer Hand auf dem Tisch vor ihm ab. „Wann genau, wenn überhaupt, hattest du vor, zur Ranch zurückzukommen?", fragte er vorwurfsvoll.

„Du sagtest", begann Will hitzig, „dass ich zum Abendessen zurück sein sollte. Abendessen ist um sieben, also habe ich das so verstanden, dass ich um sieben wieder zurück sein soll." Er wies mit großer Geste auf die Uhr an der Wand. „Es ist nicht mal fünf. Ich habe noch jede Menge Zeit."

„Du willst mich wohl provozieren, was?", fragte Elijah in einem Ton, der weder freundlich noch scherzhaft war.

„Nur, wenn du mich dazu herausforderst", sagte Will beherzter, als er ihm zumute war. Seine Laune sank rapide. Wenn sie nicht an einem so öffentlichen Ort gewesen wären, dann hätte Elijah ihm längst gezeigt, wer von ihnen beiden hier der Boss war, da war Will sich sicher. Unter den gegebenen Umständen konnte er nichts weiter tun, als Will wütend anzufunkeln.

„Wenn du dann soweit bist, fahre ich dich zur Ranch zurück."

Es war keine Frage. Abrupt beugte Elijah sich vor, packte Wills Einkaufstüten und marschierte zur Tür. Will trank schnell seinen Cappuccino aus und eilte hinter ihm her. Elijah nahm alle Tüten in die linke Hand und ergriff Wills mit seiner rechten. Sein Griff war fest, und sein Ärger kommunizierte sich klar und unzweideutig. Will fühlte sich wie ein kleines Kind, das gescholten und aus dem Laden geschleppt wurde.

Sobald sie draußen auf dem Parkplatz waren, sagte Elijah: „Ich sehe schon, dass ich dich von jetzt ab an einer sehr kurzen Leine halten muss."

„An einer kurzen Leine!" Will explodierte. „Ich bin nur einkaufen gegangen!" Er versuchte, seine Hand loszureißen, aber Elijah hielt ihn zu fest. „Ich habe ein paar Dinge gebraucht. Ich hatte ja nicht vor, länger als ein paar Tage zu bleiben", versuchte er zu erklären, während Elijah ihn weiter über den Parkplatz zu seinem Auto schleifte.

Plötzlich blieb Elijah stehen und sah zu Will hinunter, und seine blauen Augen waren dunkel. „Wenn ich dir den kleinen Finger reiche, nimmst du gleich die ganze Hand." Seine Stimme war nicht kalt, aber in seinen Worten lag eine gewisse Endgültigkeit.

„Sei nicht albern. Ich gehöre dir nicht. Nur weil meine Schwester versucht hat, deinen Bruder zu erpressen, heißt das noch lange nicht, dass du mich wie einen Gefangenen behandeln kannst." Will machte einen Schritt rückwärts und stieß gegen sein Auto. Es gab keinen Fluchtweg. Elijah ließ die Einkaufstüten fallen und drängte ihn gegen den Wagen. Er neigte verlockend den Kopf zu ihm hinunter, während sein Körper sich an Wills presste und seine Hände Wills Schultern fest packten. Seine Nähe machte Will sehr unbehaglich. Er rang um seine Fassung.

„Du gehörst mir, und es ist zu deinem eigenen Besten, wenn du das nicht vergisst." Elijahs Augen bohrten sich in Wills. „Bis deine Schwester zurückkommt gehörst du mir. Du wirst tun, was ich sage, und zwar ohne Fragen zu stellen. Klar?"

Will warf Elijah einen bitterbösen Blick zu. „Ich bleibe wie vereinbart bis zum einunddreißigsten, aber ich bringe mich eher um, als *jemals* dir zu gehören. Und jetzt lass mich los, bevor ich etwas tue, das wir beide bereuen werden!"

William brachte ihn zur Weißglut und gleichzeitig erregte er ihn. Kein Mann hatte jemals eine solche Wirkung auf ihn gehabt. Als Eli nach getaner Arbeit zum Haupthaus zurückgekehrt war und feststellen musste, dass Will nicht da war, war sein erster Gedanke gewesen, dass er abgereist war.

Er war letzte Nacht zu weit gegangen, das wusste Eli. Er war viel zu schnell viel zu weit gegangen. Und heute hatte er den ganzen Tag über den Verdacht im Hinterkopf gehabt, dass Will abreisen würde. Er wusste, dass Will vorgehabt hatte, in die Stadt zu fahren, aber er war sich sicher gewesen, dass er schon längst wieder hätte zurück sein müssen. *Wie kann jemand fünf Stunden lang einkaufen gehen?*, dachte er irritiert. *Das ist völlig unmöglich.*

Eli war in sein Auto gesprungen und zum Shoppingcenter gerast. Er musste Will unbedingt finden. Er hatte seine Männer mit seinem Verhalten mehr als nur ein bisschen verwirrt, aber der bloße Gedanke, dass Will abreisen würde, war unerträglich gewesen, und Eli war wild entschlossen gewesen, ihn zurückzubringen, und wenn er ihn aus dem Flieger hätte herausholen müssen. Will durfte nicht gehen, bis Eli sich über die Rolle, die er in den Intrigen seiner Schwester gespielt hatte, im Klaren war. Wenn er aktiv daran beteiligt gewesen war, dann würde Eli ihn ebenso hart bestrafen, wie er es für Katrina geplant hatte. Wenn er dagegen unschuldig war, dann würde Eli ihn anstandslos gehen lassen. Aber ganz egal, wie die Sache letzten Endes ausgehen würde, William würde sich an seine Regeln halten. Eli hatte sogar seinen Piloten angerufen und in Bereitschaft versetzt für den Fall, dass er nach Michigan hätte fliegen müssen.

Als er Will im Café hatte sitzen sehen, hatte ihn eine Mischung aus Erleichterung und dem Wunsch, ihn zu erwürgen, schier übermannt. Will wusste ja nicht, in was für eine Lage er ihn gebracht hatte. Eli verabscheute öffentliche Szenen aller Art und mied sie normalerweise wie die Pest. Aber das war vor Will gewesen. Jetzt, in diesem Augenblick, zählte allein, dass Will verstand, wer hier der Boss war.

Will spürte, wie sich die Autotür kalt und unnachgiebig in seinen Rücken bohrte, und er bemerkte, dass die Leute auf dem Parkplatz sie beobachteten. „Lass mich los", zischte er. Er wollte nicht den Versuch wagen, sich loszumachen, und damit eine noch größere Szene riskieren, aber dieses Verhalten musste aufhören. „Ich weigere mich, dein Gefangener zu sein."

Will sah ihn mit vor Zorn und Leidenschaft funkelnden Augen an, und diese Kombination erregte Eli so sehr, dass er einfach nicht anders konnte. Er gab seinem Verlangen nach und küsste Will, hart und fordernd, ein Versprechen und Ausdruck seines Verlangen nach mehr zugleich.

Der Kuss war kurz, aber berauschend. Wills freche Missachtung von Elis Autorität, seine unbeugsame Unabhängigkeit und sein Talent, in Elis Armen dahinzuschmelzen, fachten in Eli eine Leidenschaft an, die ihn zu verschlingen drohte. Am Morgen, als er in Wills Zimmer gewesen war, hatte er sich danach gesehnt, Will in seine Arme zu schließen, aber er hatte gewusst, dass Will das in jenem Moment nicht erlaubt hätte. Elis Worte hatten einen tiefen Graben zwischen ihnen entstehen lassen, und Will war innerlich so weit von ihm entfernt gewesen, dass Eli immer noch nicht sagen konnte, ob Will sich seiner Anwesenheit im Raum überhaupt bewusst gewesen war. Die Art und Weise, wie Will ihn ignoriert hatte, ihn nicht einmal angesehen und lediglich zu Boden gestarrt hatte, hatte Eli so aus dem Konzept gebracht, dass er sich umgehend entschuldigt hatte in der Hoffnung, dass Will ihn dann wenigstens einmal ansehen würde.

Eli konnte sich nicht daran erinnern, wann er sich das letzte Mal bei jemandem entschuldigt hatte. Oder ob er sich überhaupt jemals bei irgendwem entschuldigt hatte. Und Will sah ihn jetzt an. Er war fuchsteufelswild, aber er sah Eli an.

„So war das nicht gemeint. Ich war zu hart. Du bist nicht mein Gefangener, Will, du bist mein Gast, und ich bin für dich verantwortlich. Ob dir das nun passt oder nicht", sagte Eli beunruhigend verständnisvoll.

„Jawohl, Sir", erwiderte Will so kalt er konnte in Anbetracht der Tatsache, dass sein Gesicht und sein Körper noch von Elijahs Kuss glühten. „Aber dass du eines weißt: Ich mag dich nicht!"

Will atmete tief durch, riss sich zusammen und sah dann zu Elijah hoch. Elijah lächelte und trat zurück. Aus irgendeinem Grund wirkte er plötzlich viel ruhiger und entspannter. Er verstaute Wills Einkaufstüten und hielt ihm die Autotür auf. „Steig ein", befahl er.

„Ich bin mit meinem eigenen Auto hier", antwortete Will bitter.

„Keine Sorge, ich lasse es abholen und zur Ranch zurückbringen. Jetzt erst mal möchte ich, dass du mich begleitest", sagte Elijah fest. Will gab nach, und sie machten sich auf den Weg.

"HAST DU wirklich gedacht, ich wäre abgereist?", fragte Will, nachdem sie eine Zeitlang schweigend gefahren waren.

„Ja." Elijah warf ihm einen kurzen Blick zu, der Will dazu herausforderte, abzustreiten, eine derartige Absicht gehabt zu haben.

„Ich gebe zu, dass mir der Gedanke daran durch den Kopf gegangen ist, aber ich hatte wirklich vor, um sieben wieder zurück zu sein."

Elijah sagte nichts dazu und konzentrierte sich auf die Straße.

„Ich habe zugestimmt zu bleiben, und ich werde meiner Verpflichtung dir gegenüber nachkommen", fügte Will hinzu.

„Deiner Verpflichtung?" Elijah schnaubte. „Du könntest auch versuchen, deinen Aufenthalt hier zu genießen." Er gab ein gereiztes Knurren von sich. „Warum siehst du es nicht als Urlaub an und versuchst, deine Zeit hier zu genießen?"

Will musste lachen. Das war jetzt schon das zweite Mal, dass jemand seinen Aufenthalt auf der Hunter Ranch als Urlaub bezeichnet hatte. Die Leute in Montana mussten eine sehr seltsame Vorstellung von Urlaub haben, wenn sie das für einen hielten. „Klar doch, während ich hier an einer sehr kurzen Leine gehalten werde, sehe ich meinen Aufenthalt als Urlaub und habe richtig viel Spaß."

Sein Sarkasmus brachte Elijah zum Lachen, ein lautes, ehrliches Lachen, das das ganze Auto zu erfüllen schien. „Du könntest es zumindest *versuchen*", sagte er mit verhaltener Belustigung.

„Ich verspreche, ich werde mein Bestes tun", sagte Will im Scherz.

Der Ausdruck auf Elijahs Gesicht, als er sich Will zu wandte, war sehr ernst. „Und ich werde versuchen, ein besserer Gastgeber zu sein", sagte er, und er klang aufrichtig.

Er begehrte Elijah, das musste Will sich ehrlich eingestehen. Aber da musste noch mehr sein als nur Begehren. Mit dem erstbesten, heißen Typen ins Bett zu hüpfen, das war nicht seine Art. Will wollte Liebe, eine echte Beziehung. Er kannte diesen Mann nicht einmal, und das meiste von dem, was er über ihn wusste, gefiel ihm überhaupt nicht. Und trotzdem war er bereit, diesem Mann alles zu geben, was er war, sein ganzes Selbst.

Niemals hatte er auch nur etwas ansatzweise Ähnliches für George gefühlt. Ihre Beziehung hätte niemals mehr werden dürfen als reine Freundschaft. In den zweieinhalb Jahren mit George hatte Will nie das Bedürfnis gespürt, sich vollkommen hinzugeben, aber Elijah musste ihn nur mit seinen dunklen Augen ansehen, und schon lösten sich alle rationalen Gedanken auf wie Nebel im Sonnenlicht. *Bin ich denn so oberflächlich und pathetisch geworden, dass mein Verlangen nach diesem Mann mich in diese Lage gebracht hat?*

Nein. Will verwarf den Gedanken gleich wieder. Wenn er einfach nur einen Mann gewollt hätte, dann hätte es jeder x-beliebige getan, aber diese Gefühle entfachte nur Elijah in ihm. Es musste an Montana liegen, an der Ranch und an dem Element der Gefahr. Will versuchte, sich einzureden, dass diese intensiven Gefühle unter den gegebenen Umständen völlig normal waren.

Sie fuhren schweigend weiter, bis Will das dringende Bedürfnis hatte, seinen Gedanken für eine Weile zu entkommen, indem er ein bisschen Konversation machte. „Und, habe ich dich von etwas Wichtigem weggeholt?" *Das ist belanglos genug, um ein Gespräch ins Rollen zu bringen,* fand Will.

„Nichts ist wichtiger als du", sagte Elijah.

Will sah Elijah groß an. Er war sich nicht sicher, ob er ihn richtig verstanden hatte, und kam dann zu dem Schluss, dass Elijah seine Bemerkung sarkastisch gemeint haben musste.

„Da hast du vermutlich recht, wenn man bedenkt, dass ich als Sicherheit 500.000 Dollar wert bin." Will seufzte gedankenverloren. „Mein Wert ist noch nie in harten Zahlen gemessen worden. Ich hatte irgendwie gehofft, mehr wert zu sein. Aber andererseits, 500.000 Dollar sind eine stattliche Summe", sagte er leise.

„Ich hätte auch den zehnfachen Betrag gezahlt, um dich hier zu haben", sagte Elijah. Sein Blick blieb fest auf die Straße gerichtet. Will wurde aus ihm nicht schlau. Er klang ernst, aber er musste das im Scherz gemeint haben.

„Dann würde ich mal sagen, dass du ein echtes Schnäppchen gemacht hast", sagte Will zynisch.

Elijah wandte sich um und sah Will direkt in die Augen, ein breites, warmes Lächeln auf dem Gesicht, das alles an ihm weicher werden ließ. „Das habe ich in der Tat."

Will wünschte, Elijah würde aufhören, diese Spielchen zu spielen, und geradeheraus sagen, was er meinte. Er war abwechselnd unfassbar grausam und unglaublich nett. Es war unmöglich, aus ihm schlau zu werden. Und es war noch viel unmöglicher, aufzuhören, über ihn nachzudenken.

„Wenn du nichts dagegen hast, würde ich gerne noch bei Adam Gerard vorbeischauen. Ich muss noch etwas mit ihm regeln, wozu ich eben nicht gekommen bin." Etwas in Elijahs Ton schien anzudeuten, dass Will der Grund dafür war.

Will nickte. „In Ordnung."

„Seine Ranch liegt südlich von meiner, nicht weit entfernt." Elijah nahm eine Hand vom Lenkrad und legte sie auf Wills Knie. Die Geste sprach von einer Intimität, die Will bei Weitem nicht empfand, und er funkelte die Hand finster an. „Adam ist Pferdehändler, und er meinte, dass die Vollblüter, die er gerade gekauft hat, die besten sind, die er dieses Jahr zu sehen bekommen hat."

„Oh, die würde ich mir auch gerne ansehen", sagte Will voller Begeisterung.

Eli wandte den Kopf und musterte Will mit neu entfachter Neugierde. Es war das erste Mal, dass Will überhaupt an etwas Interesse zeigte. Sonst wahrte er stets seine Distanz, blieb zurückhaltend und desinteressiert; außer natürlich, wenn sie sich küssten. Wills Reaktion auf den Vorschlag und die gespannte Vorfreude, die in seinen Augen blitzte, freuten Eli. Will liebte Pferde. Das hätte er sofort erkennen müssen, als Will seinen neuen, rassigen Zuchthengst bewundert hatte, den Steven durch den Hof geführt hatte. Will war von dem Tier so fasziniert gewesen, dass er nicht einmal gehört hatte, dass Eli den Raum betreten hatte. Eli lächelte zufrieden in sich hinein. Er hatte den richtigen Köder gefunden.

Um kurz vor sechs erreichten sie die Ranch der Gerards. Elijah bog in eine lange, kiesbedeckte Einfahrt ab, die zu einem großen, zweistöckigen Haus führte. Die Ranch war keine Ferienranch sondern wie Elijahs eine echte Ranch, allerdings fehlten hier die Gepflegtheit und die Liebe zum Detail, die die Hunter Ranch auszeichneten. Es gab weder Blumenbeete noch Staudenrabatten vor dem Haus, noch konnte Will das kleinste Anzeichen für Landschafts- oder Gartengestaltung erkennen. Das Haus musste dringend gestrichen werden, und das Gelände darum herum war vernachlässigt und verwildert. Die Pferde hingegen waren schlicht atemberaubend.

Als sie zu dem großen Paddock gingen, der an die Ställe angrenzte, ergriff Elijah Wills Arm und zog ihn durch seinen. Am Tor des Paddocks standen drei Männer, die sich miteinander unterhielten und Will und Elijah entgegensahen. Überraschung stand ihnen allen dreien offen ins Gesicht geschrieben, aber sie versuchten schnell, sie zu überspielen. Sie hatten Elijah zwar bereits erwartet, aber sie hatten noch nie erlebt, dass er einen anderen Mann mitbrachte, und schon gar nicht zu einem geschäftlichen Termin. Elijah hielt Wills Arm und sah sehr zufrieden mit sich aus. Die Männer blieben stumm, bis Elijah sie Will vorstellte.

Der älteste Mann war Adam Gerard und die anderen zwei seine Rancharbeiter. Sie schüttelten Will die Hand und erklärten sich erfreut, ihn kennenzulernen. Schockiert traf es eher, aber sie versuchten, sich das nicht anmerken zu lassen. Jeder von ihnen dachte im Stillen, dass er so gar nicht Elijahs Typ war, was auch immer Elijahs Typ sein mochte. William Drake schien ein eher schüchterner und ganz reizender junger Mann zu sein. Definitiv nicht die Art Mann, die sie mit Elijah Hunter in Verbindung gebracht hätten. Er war attraktiv, aber nicht umwerfend. Elijah konnte vermutlich jeden Mann haben, den er wollte – und auch jede Frau. Er war barsch und unhöflich und schwierig, aber er war der reichste Mann weit und breit und galt allgemein als sehr gutaussehend, auf eine dunkle, raue Art. Was sah er in diesem Mann, dass ihn seinen Gefährten so fest halten und so genau beobachten ließ?

Sie alle hatten Elijah ab und an mit anderen Männern gesehen, hauptsächlich bei gesellschaftlichen Anlässen, zu denen er inzwischen aber kaum noch ging, und er hatte nie wirklich entspannt oder glücklich gewirkt. In der Regel hatte er seinen Begleiter an den Nächstbesten weitergereicht und war dann verschwunden so schnell er konnte. Diesen Mann hingegen, den würde er vermutlich nicht einfach so weiterreichen, das bezweifelten sie alle. Elijah schien zu denken, dass Mr Drake versuchen würde, wegzulaufen, so fest und so eng an sich gezogen hielt er ihn.

Will sprach mit Mr Gerard, der der Erste war, der auf sie zukam und ihm die Hand schüttelte. „Sie haben eine wirklich schöne Ranch."

„Nicht zu vergleichen mit dem Besitz der Hunters, aber mir gefällt sie", erwiderte Adam Gerard lächelnd. Er schien ein wirklich netter Mann zu sein, knurrig und wettergegerbt, aber sehr höflich und zuvorkommend. Ein echter Gentleman. „Und, wie gefällt es Ihnen hier in diesen Breiten?", fragte er höflich.

Will wünschte sich, dem Mann die Wahrheit sagen zu können: dass er jede Minute hasste, die er hier gefangen war, und dass er als Geisel festgehalten wurde für die Kooperation seiner Schwester, die das nächste Mal, das er sie zu Gesicht bekam, vermutlich nicht lange überleben würde. Stattdessen antwortete er: „Sehr gut. Die Gegend hier ist wirklich sehr schön. Ich habe noch nie in meinem Leben so viele... Berge gesehen."

Auf einer angrenzenden Koppel entdeckte er mehrere Pferde, und Will fragte Mr Gerard, ob er hingehen und sie sich näher anschauen durfte, während er das Geschäftliche mit Elijah regelte.

„Aber sicher doch, gehen Sie ruhig. Das heißt, wenn Elijah nichts dagegen hat", fügte Adam hinzu, als er sah, wie eindringlich Elijah Mr Drake beobachtete.

Eli widerstrebte es tatsächlich, Will gehen zu lassen, aber letzten Endes hatte er keine andere Wahl. „Ich hole dich ab, wenn ich hier fertig bin", sagte er und sah ihm regungslos nach, als Will das Stück zur nächsten Koppel ging.

Ist er wirklich der schüchterne, höfliche junge Mann, der zu sein er vorgibt?, grübelte Eli, während er Will hinterher sah. Er glaubte schon, dass dem so war, doch hatte Eli in der Vergangenheit bereits mehr als einen gerissenen Mann kennengelernt, der sich nach außen hin ganz harmlos und unschuldig gegeben hatte. Andererseits, er konnte Will kaum mit diesen Männern vergleichen. Wenn er seine Unschuld nur vorspielte, dann war Will der bei Weitem beste Schauspieler, der Eli je untergekommen war.

Ihm fiel auf, dass er nicht der Einzige war, der Will beobachtete: einige der Männer, die sich im Hof aufhielten, sahen Will ebenfalls hinterher, als er zur Koppel ging. Plötzlich und vollkommen unerwartet überkam Eli brennende Eifersucht. Er wollte, dass sie aufhörten, Will hinterher zu glotzen. Sofort. Nur mit Mühe gelang es ihm, sich abzuwenden und auf Adam und ihr Geschäft zu konzentrieren.

Adam erkannte sofort, dass dieser junge Mann Elijah viel bedeutete, auch wenn er seinen Augen kaum trauen mochte. Er hätte nie damit gerechnet, einen Mann wie Elijah so bezaubert und hingerissen zu sehen. Adam fragte sich, wie lange es wohl dauern würde, bis William Drake ein fester Bestandteil der Hunter Familie wurde, aber er behielt diesen Gedanken für sich. Elijah war nicht die Sorte Mann, die bereitwillig und offen über private Dinge plauderte. Viel wahrscheinlicher war es, dass Elijah sich beleidigt oder angegriffen fühlen würde, sollte Adam es versuchen.

Will beobachtete zwei Pferde, die Seite an Seite über die Koppel trabten. Sie erschienen ihm außergewöhnlich anmutig und beinahe Erhaben in jeder ihrer Bewegungen.

„Hallo", erklang eine ihm vage vertraute Stimme hinter ihm. Will wandte sich um und sah den jungen Mann aus dem Flieger vor sich stehen.

„Hallo", antwortete er mit einem Lächeln.

Der junge Mann stellte sich als John Gerard vor und trat neben Will an den Zaun. Nach einem kurzen Augenblick warf er Will einen spekulierenden Blick zu und fragte: „Sie wohnen also bei Elijah Hunter auf seiner Ranch?"

„Ja, aber nur für ein paar Wochen", sagte Will, ohne den Mann anzusehen.

„Die Hunters haben nie Gäste zu Besuch", bemerkte John, und fügte dann vielsagend hinzu: „Außer Ihrer Schwester Katrina natürlich, aber die durfte bleiben, weil sie mit Martin ins Bett ging." Er sprach leise, und es war offensichtlich, worauf er hinaus wollte. „Ich hätte ja nie gedacht, dass ich den Tag noch erlebe, an dem Elijah Hunter auf ein hübsches Gesicht hereinfällt. Es haben schon viele versucht, ihn zu erobern, aber Sie sind der Erste, dem es gelungen ist."

Er drehte sich um und sah Will an, und sein anzügliches Grinsen verursachte Will beinahe Übelkeit. „Sie müssen es ja sehr gut mit ihm... können. Was dagegen, einem einfachen Bauernjungen wie mir Ihre Strategie zu verraten?", fragte John mit einem übertriebenen Zwinkern und packte Will an den Hintern.

Will sah ihm schweigend fest ins Gesicht, bis John, plötzlich beschämt über sein Verhalten, den Blick abwandte.

„Sie kennen mich nun wirklich nicht gut genug, um meinen Charakter beurteilen zu können, Mr Gerard", sagte Will kalt. „Ich bin ein Gast auf der Ranch der Hunters, mehr nicht. Es tut mir leid, Sie enttäuschen zu müssen. Und wenn Sie mich noch einmal anfassen, reiße ich Ihnen die Eier ab."

Wills krasse Drohung überraschte John, und er versuchte umgehend, sich zu entschuldigen. Unglücklicherweise tauchte in genau diesem Augenblick Elijah neben Will auf.

„Hallo, John." Seine Stimme war genauso kalt wie sein Gesichtsausdruck.

„Hallo... Elijah", sagte John und wich zurück. Elijah nahm Wills Hand und warf John einen finsteren, drohenden Blick zu.

Eli hatte nicht gehört, worüber die beiden gesprochen hatten, aber ihm gefiel die Art nicht, wie John Will ansah und wie nahe er neben ihm stand. Er traute John nicht – hatte John noch nie getraut – und hatte stets peinlichst darauf geachtet, dass er nur Adam antraf, wenn sie Geschäftliches zu regeln hatten. Adam war ein anständiger, aufrechter Mann, aber sein Sohn war das nicht. Eli hatte Respektlosigkeit noch nie toleriert, sei es ihm selbst oder den ihm Nahestehenden gegenüber.

John fand schließlich die richtigen Worte, seinen Rückzug zu kaschieren, und verschwand eiligst im Stall. Er wusste, dass er gerade noch einmal an einer gehörigen Tracht Prügel vorbeigeschrammt war. Es wäre nicht das erste Mal gewesen, dass Elijah so verfuhr. Es war weithin bekannt, dass er ein aufbrausendes Temperament und Fäuste aus Stahl hatte.

Kaum war John außer Sicht, da drehte Eli sich zu Will um und versuchte, möglichst beiläufig zu klingen, als er fragte, woher Will und John sich kannten. Trotz seiner Bemühungen schwang deutlich hörbar Wut in seiner Stimme mit.

Will gefiel der Tonfall überhaupt nicht, aber er antwortete dennoch. „Ich habe Mr Gerard im Flieger von Billings hierher getroffen. Er saß hinter mir. Ansonsten ist er mir unbekannt", erklärte er.

Elijahs strenger Gesichtsausdruck veränderte sich nicht. Er ahnte, dass zwischen den beiden etwas vorgefallen war. Etwas, das Will verärgert hatte.

„Was hat er gerade zu dir gesagt? Du siehst wütend aus", drängte Eli auf eine Antwort.

„Nichts, was es wert wäre, wiederholt zu werden", sagte Will mit Abscheu in der Stimme.

Wills Verhalten bestärkte Eli lediglich in seinem Wunsch, herauszufinden, was genau John zu ihm gesagt hatte. Aber er würde das auf seine Weise klären. Fürs Erste war er jedenfalls mit den Gerards fertig.

„Dann machen wir uns wieder auf den Weg, okay?", fragte er mit sehr viel freundlicherer Stimme.

Will musste lächeln. „Ja", sagte er, und gemeinsam gingen sie zum Auto zurück. Hand in Hand, da Elijah seine Hand auch weiterhin fest in der seinen hielt. Zwischen ihnen bahnte sich etwas an, da war Will sich sicher.

Adam Gerard machte sich große Sorgen darüber, dass das Verhalten seines Sohnes Mr Drake gegenüber noch größeren Schaden für ihn und seine Ranch nach sich ziehen würde als nur das geplatzte Geschäft heute. Adam machte den Großteil seines jährlichen Gewinns mit dem Verkauf an Elijah Hunter. Ihn als Kunden zu verlieren konnte ihn ruinieren. Nur wenige Leute in der Gegend konnten es sich leisten, so viele Tiere zu kaufen wie Elijah Hunter.

Adam winkte Elijah, als das Auto an ihm vorbei und aus dem Tor fuhr. Elijah erwiderte die Geste nicht. Seine Miene und sein Blick sagten Adam alles, was er wissen musste.

4

DAS ABENDESSEN war auch diesmal schlicht aber ausgezeichnet. Martin aß mit ihnen, und wie jedes Mal, wenn Will ihn sah, machte er einen gutgelaunten Eindruck. Will war verblüfft darüber, dass Martin die ganze Situation so vollkommen egal zu sein schien. Er hatte ursprünglich angenommen, dass Martin Katrina gar nicht wirklich heiraten wollte, aber jetzt schien er kein Problem damit zu haben, dass sein Bruder auf die Einhaltung des Ehevertrages pochte. Jenes Vertrages, demzufolge Katrina entweder Martin heiraten oder eine Strafe von 500.000 Dollar zahlen musste.

Was würde er wohl tun, wenn Katrina plötzlich ihre Meinung ändern und sich bereiterklären würde, ihn zu heiraten?, sinnierte Will.

Elijah war während des Essens auffallend still und in sich gekehrt. Er fragte Will lediglich, warum er es abgelehnt hatte, Elijahs finanzielle Unterstützung anzunehmen. „Mrs Coleman sagte, dass du die Bankkarte nicht mitnehmen wolltest, die ich extra für dich dagelassen hatte", bemerkte er, während sie den Nachtisch aßen.

Es war das Erste, was er gesagt hatte, seit sie sich zum Essen hingesetzt hatten. Allerdings war Will aufgefallen, dass Elijah ihn während der ganzen Zeit genau beobachtet hatte. *Was ist los?*, fragte er sich im Stillen. *Warum schaut er mich die ganze Zeit so an? Was versucht er zu sehen?*

„Ich habe sie nicht gebraucht", sagte er. „Aber danke für das Angebot", fügte er höflich hinzu.

Elijah sagte nichts. Er sah Will lediglich lange und eindringlich an.

Nach dem Essen entschuldigten Elijah und Martin sich mit der Begründung, dass sie sich um irgendein technisches Problem in einem der Ställe kümmern müssten. Will folgte ihnen aus dem Esszimmer. An der Haustür angekommen, drehte Elijah sich plötzlich um, ergriff Wills Schultern und zog ihn eng an sich.

„Ich komme noch mal zu dir rein, bevor ich ins Bett gehe", sagte er, jenen durchdringenden, prüfenden Ausdruck im Gesicht.

Martin sah die Umarmung und hörte Elijahs Worte, aber er tat so, als sei beides völlig normal und Elijahs Verhalten ganz selbstverständlich. Martin jedenfalls war nicht im Mindesten überrascht.

Will hingegen fühlte sich erneut wie ein Gefangener. Er konnte förmlich spüren, wie die Falle um ihn herum zuschnappte. Ein starkes Verlangen zu fliehen stieg in ihm auf. Wenn er doch nur seine Sachen packen und abhauen könnte! Aber wenn er das täte, dann würde Elijah ihm schlicht und ergreifend folgen. Das hatte er am Nachmittag sehr deutlich gemacht, als er im Shoppingcenter aufgetaucht war. Und dann hatte Mrs Coleman ihm auch noch erzählt, dass Elijah seinen Piloten in Bereitschaft versetzt hatte und bereit gewesen war, nach Michigan zu fliegen.

Es würde Will nicht leicht fallen zu entkommen. Er war für die nächste Zeit an diesen Mann gebunden: Will war das Pfand, das es Katrina erlaubt hatte, heimzukehren. Wenn er nun auch abreiste, dann wären sowohl Katrinas Vertrag als auch Wills Abmachung mit Elijah gebrochen, und Elijah hatte bereits angekündigt, dass er weder das eine noch das andere einfach so akzeptieren würde.

Mittlerweile war es Will auch ziemlich egal, was Elijah mit Katrina vorhatte, aber er machte sich Sorgen um sein Zuhause. Er würde es Katrina nicht noch einmal erlauben, ihm alles zu nehmen. Will saß in der Klemme, und ihm blieb nichts anderes übrig, als bis zum einunddreißigsten hier zu bleiben, auch wenn der Tag noch Lichtjahre entfernt zu sein schien.

„UND, WAS denkst du?", fragte Martin, als sie zum großen Stall gingen.

„Ich weiß es wirklich nicht", sagte Elijah frustriert. „Zuerst – bevor er hier aufgekreuzt ist – dachte ich, dass er genauso ist wie seine Schwester, geldgeil und hartherzig. Aber jetzt bin ich mir da nicht mehr so sicher."

„Es sieht so aus, als wärst du dabei, dich in ihn zu verlieben." Martin lächelte. „Ist das echt oder versuchst du damit nur, herauszufinden, welches Spiel er spielt?"

Elijah warf die Hände in die Luft und seufzte schwer. „Ich dachte, ich würde mit ihm spielen, aber inzwischen frage ich mich, ob nicht er es ist, der mit mir spielt. Je mehr ich über ihn erfahre, desto ungewisser bin ich mir bei der ganzen Angelegenheit. Aber ich kann mich auch nicht auf einen Mann einlassen, der so einen Plan, wie Katrina ihn ausgeheckt hat, unterstützen und gutheißen würde." Eli strich sich fahrig durch die Haare. Es frustrierte ihn, dass er Will nicht einfach in dieselbe Schublade stecken konnte wie Katrina. „Ich kann mir nur schwer vorstellen, dass er sich auf so einen hinterhältigen und unmoralischen Plan einlassen würde, aber ich weiß es einfach nicht..."

„Wie willst du die Wahrheit herausfinden?" Martin war beeindruckt davon, mit welcher Offenheit sein Bruder über seine Schwäche für Will sprach.

„Ich habe einen Plan." Eli lächelte, sagte aber nichts mehr.

WILL BESCHLOSS, raus an die frische Luft und eine Runde spazieren zu gehen, um den Kopf frei zu bekommen. Er verließ das Haus und marschierte einfach drauflos, vollkommen in Gedanken versunken, bis er eine Stimme hörte.

„Hallo da drüben", rief ihm eine Frau von der Veranda eines kleinen Hauses aus zu.

„Hallo", rief Will zurück.

„Hätten Sie Lust, mir ein bisschen Gesellschaft zu leisten?", fragte die Frau freundlich.

„Danke, sehr gern", nahm Will das Angebot an und ging auf das Haus zu. Es war klein, aber sauber und adrett.

Die Frau stellte sich als Kathy Graham vor. Sie war eine zierliche junge Frau mit wunderschönen, schwarzen Haaren und einem warmen, einladenden Lächeln. Sie erzählte ihm, dass ihr Ehemann Jim schon seit fünf Jahren für Elijah Hunter arbeitete und erklärte, dass alle verheirateten Angestellten der Ranch ihre eigenen Häuser auf dem Land der Hunters hatten, während die alleinstehenden Männer in Schlafbaracken lebten. Will wollte sich ihr seinerseits vorstellen, aber Kathy sagte, dass sie bereits wusste, wer er war.

„Nirgendwo verbreiten sich Neuigkeiten und Gerüchte so schnell wie auf der Hunter Ranch." Sie lachte, und Will lachte mit ihr. „Die Leute hier wussten bereits, wer Sie sind, bevor Sie überhaupt angekommen sind", fuhr sie fort. „Es hat sich schnell herumgesprochen, dass Katrinas Bruder herkommen würde. Elijah hat sehr zufrieden gewirkt, dass Sie zugestimmt haben, zur Ranch zu kommen", versuchte sie zu erklären. „Es ist schwer zu beschreiben. Seine Laune war auf dem absoluten Tiefpunkt, nachdem Ihre Schwester... seit sie versucht hat..." Sie verstummte. Will sah ihr Unbehagen.

„Das ist schon in Ordnung", versicherte er ihr. „Ich habe lange mit Katrina in einem Haus leben müssen. Ich weiß, wozu sie fähig ist. Machen Sie sich keine Sorgen, dass Sie mich beleidigen könnten oder so. Es gibt kaum etwas über Katrina zu sagen, das ich nicht bereits selbst gesagt habe."

Kathy lächelte, offensichtlich erleichtert, dass sie ihn nicht beleidigt hatte. „Nun, kurz und gut, nachdem Elijah gehört hatte, dass Sie herkommen würden... Plötzlich war er wie ausgewechselt. Seine Laune hat sich schlagartig deutlich verbessert." Sie bot Will ein Glas selbstgemachter Limonade an, das Will dankend annahm. „Es war ein Unterschied wie Tag und Nacht", beschrieb sie. „Wir waren alle sehr neugierig und gespannt darauf, Sie kennenzulernen."

„In wie weit hat sich seine Laune verändert?", fragte Will. Er hatte ja den Verdacht, dass Elijah lediglich erfreut darüber gewesen war, ein weiteres Mitglied der Drake Familie quälen zu können.

„Sie waren Gesprächsthema Nummer eins", erklärte Kathy voller Enthusiasmus. „Elijah hat allen erzählt, dass Sie im Lauf der Woche kommen würden. Dann hat er von uns allen verlangt, Sie höflich und mit Respekt zu behandeln, es sei denn, wir würden feststellen, dass Sie das nicht verdient haben."

Katrina musste es ihm gesagt haben. Will hatte ihr angekündigt, dass er im Lauf der Woche kommen würde, allerdings hatte er ihr weder ein genaues Datum noch eine genaue Zeit genannt.

„Haben Sie schon das Klavier im Wohnzimmer gesehen?", fragte Kathy mit einem schlauen Grinsen.

„Ja, es ist wunderschön", antwortete er. „Ich würde ja gerne darauf spielen, aber ich habe mich noch nicht getraut zu fragen. Es hat vermutlich seiner Mutter gehört."

„Das Klavier ist zwei Tage vor Ihnen angekommen. Er hat es für Sie gekauft. Katrina hat ihm erzählt, dass Sie als Klavierlehrer arbeiten, und er wollte Ihnen den

Aufenthalt so angenehm wie möglich machen." Sie musste über den Ausdruck auf Wills Gesicht lachen.

„Das meinen Sie nicht ernst", entfuhr es Will, nachdem er den ersten Schock überwunden hatte.

„Absolut ernst."

„Davon hat er nie gesprochen."

„Das würde er von sich aus auch nicht tun, aber Sie können ihn ja fragen, wenn Sie mir nicht glauben", forderte Kathy ihn auf. „Was Sie angeht, William Drake, erkennen wir Elijah nicht wieder."

„Ich denke, es ist eine Falle", entfuhr es Will, dann trank er seine Limonade in einem großen Schluck leer. Kathy sah ihn erstaunt an.

„Eine Falle? Warum?" Jetzt war sie an der Reihe, ungläubig Fragen zu stellen.

„Es fühlt sich alles so an, als wäre es von langer Hand geplant worden", begann Will. „Ich vertraue ihm einfach nicht. Warum hat er Katrina gegen mich eingetauscht? Was will er von mir? Ich denke jetzt darüber nach, seitdem ich hier angekommen bin, und die Antwort, die sich mir aufdrängt ist, dass es alles ein abgekartetes Spiel ist."

„Will, jeder hier auf der Ranch ist absolut davon überzeugt, dass Elijahs Interesse an Ihnen echt ist. Sein Verhalten seit Ihrer Ankunft hat uns alle total verblüfft. Elijah hat noch nie offen Zuneigung für irgendjemanden gezeigt. Ich will damit nicht sagen, dass er nicht beliebt ist. Das ist er. Er hat auch mal Männer, ab und an, aber er hat noch nie einem davon erlaubt, auf der Ranch zu bleiben. Ich kann mir nicht vorstellen, dass dieser Wandel, den ich in der letzten Zeit bei ihm beobachtet habe, nur Teil eines abgekarteten Spiels ist." Kathy konnte sehen, dass Will nicht überzeugt war, obwohl er ihr aufmerksam zuhörte. „Wenn er Ihnen Schaden zufügen wollte, dann würde er das einfach tun. Er würde nicht vorher einen Monat lang mit Ihnen spielen. Und warum sollte er Ihnen überhaupt übel wollen? Sie hatten doch nichts mit dem Plan Ihrer Schwester zu tun. Oder?"

„Nein, und das sage ich ihm auch schon die ganze Zeit, aber er scheint trotzdem zu glauben, dass ich derjenige war, der die Idee zu Katrinas Plan hatte, sich einen Millionär zu angeln. Katrina hat ihm gesagt, es wäre rein meine Idee gewesen, und er glaubt ihr."

„Er glaubt Ihnen", sagte Kathy mit Nachdruck.

Ihre Worte ließen ihn überrascht aufblicken. „Was genau hat er Ihnen darüber erzählt?"

„Es ist nicht so sehr das, was er sagt; es ist die Art, wie er sich verhält." Kathy suchte nach den richtigen Worten. „Wer Elijah nicht kennt sieht es nicht. Er behandelt Sie völlig anders als Ihre Schwester. Zu Katrina war er wirklich gemein, und er hat ihr das Leben hier zur Hölle gemacht. Wenn er glauben würde, dass die Idee zu dem Plan von Ihnen stammt, dann würde er Sie genauso behandeln."

„Trotzdem. Ich glaube nicht, dass er für mich irgendetwas anderes empfindet als Abscheu und Verachtung."

Kathy schüttelte den Kopf.

„Seine sexuelle Orientierung ist also allgemein bekannt?", fragte Will. Es hatte ihn von Anfang an erstaunt, dass sich niemand daran zu stören schien, dass der Herr der Ranch schwul war.

„Oh, ja, absolut. Mich persönlich stört es nicht. Man kann ja nichts dafür, in wen man sich verliebt. Aber ich glaube, dass alle anderen einfach zu viel Angst vor ihm haben, um ihn oder das was er tut in Frage zu stellen. Er ist immer schonungslos ehrlich und verbirgt sein wahres Ich vor niemandem", erklärte Kathy. „Und was auch immer seine wahren Absichten Ihnen gegenüber sind, in ein paar Wochen werden wir es wissen", schloss sie leichthin.

Will war froh darüber, Kathy begegnet zu sein, und er fühlte sich wohl in ihrer Gesellschaft. Obwohl er sie gerade erst kennengelernt hatte, spürte er keine Hemmungen, mit ihr über seine Sorgen zu sprechen. Es war eine echte Erleichterung für ihn, sich ihr öffnen zu können, und er bot ihr beinahe scheu das Du an, was sie enthusiastisch annahm. Sie unterhielten sich noch ein Weilchen, dann verabschiedete Will sich von ihr und kehrte zum Haupthaus zurück.

Es war noch keine zehn Uhr, und so schlenderte Will die Straße entlang und versuchte ein weiteres Mal, eine Antwort auf die Frage zu finden, was Elijah wohl vorhatte und was seine Absichten waren. Es war verlockend, Kathys Erklärung zu akzeptieren, aber Will war zu sehr Realist, um das zu tun. Er mochte Kathy. Wenn er länger bleiben würde, würde sie bestimmt eine sehr gute Freundin werden. Aber er würde nicht länger bleiben.

Will war tief in Gedanken versunken, als plötzlich jemand an seine Seite trat und wortlos neben ihm herging.

„Schöner Abend für einen Spaziergang", bemerkte Elijah schließlich.

„Ja."

Wie beiläufig nahm Elijah Wills Hand und hielt sie locker in seiner. Inzwischen war ihm Elijahs Berührung fast schon vertraut, doch nach wie vor machte sie Will wachsam und misstrauisch.

Sie sprachen nicht und gingen einfach schweigend weiter die Straße entlang und genossen die laue Abendluft. Als sie das Haupthaus erreichten, verlangsamte Elijah seinen Schritt, als wäre er noch nicht bereit, zurück ins Haus zu gehen.

„Würdest du dir gerne unsere Pferde ansehen?", fragte Elijah, dem wieder Wills Faszination mit den Pferden auf Adams Ranch eingefallen war.

„Ja, sehr gerne." Ein Lächeln erhellte Wills Gesicht.

Eli lächelte zurück und legte einen Arm um Wills Taille. Ein junger Mann kam ihnen auf dem Weg zum Stall entgegen, und er hob grüßend seinen Hut.

„Guten Abend, Mr Hunter... William", sagte er.

„Guten Abend, Steven", grüßte Elijah zurück. Der junge Mann beäugte sie einen Moment lang neugierig, dann ging er weiter.

Will spürte das dringende Bedürfnis, etwas zu sagen. Die Stille war zu erdrückend. „Arbeitet Steven hier auf der Ranch?"

„Ja, er ist ein ganz ausgezeichneter Reiter und kann unglaublich gut mit Pferden umgehen. Ich bin sehr froh, dass ich ihn habe."

Will dachte an das zurück, was Kathy ihm erzählt hatte, und überlegte, ob er Elijah auf das Klavier ansprechen sollte. „Mr Hunter", begann er und wurde sofort unterbrochen.

„Wirklich, sag Elijah zu mir." Eli unterstrich seine Worte damit, dass er Will enger an sich zog.

„Elijah", korrigierte Will sich. „Du hast im Wohnzimmer ein wunderschönes Klavier stehen, und ich habe mich gefragt, ob ich wohl darauf spielen darf."

„Ja, darfst du. Ich habe das Ding für dich gekauft." Er lächelte zu ihm hinunter, als er hinzufügte: „Ich habe dir doch gesagt, dass ich deinen Aufenthalt hier so angenehm und kurzweilig wie möglich gestalten würde. Ich habe mich schon gewundert, dass du mich noch nicht nach dem Klavier gefragt hast."

„Ich dachte, es wäre ein Familienerbstück und hatte Sorge, danach zu fragen, ob ich spielen dürfte", erklärte er. „Kathy Graham meinte, dass es erst zwei Tage vor mir angekommen wäre, also dachte ich, ich frage mal."

„Kathy Graham?" Einen Moment lang sah Elijah ratlos aus. „Du hast also schon Anschluss gefunden. Sie ist eine wundervolle Frau." Er sah mit einem seltsam zufriedenen Ausdruck zu Will hinunter. „Du lebst dich hier richtig gut ein, William."

Er öffnete die Stalltür und ließ Will den Vortritt, dann folgte er ihm hinein und schloss die Tür hinter ihnen. Auf beiden Seiten des Stalles standen Pferde in getrennten Boxen.

„Wow!", platze es aus Will heraus, der sein Staunen nicht verbergen konnte. Dies waren keine Kaltblüter wie die Arbeitspferde auf Mackinac Island. Das hier waren edle Vollblüter, und so lebten sie auch: Der Stall war absolut makellos.

Eli war entzückt über Wills begeisterte Reaktion und legte wieder einen Arm um ihn. Er führte ihn den Mittelgang entlang, so dass sie jedes einzelne der herrlichen Tiere anschauen konnten.

„Sind das alles reinrassige Vollblüter?", fragte Will, als er stehenblieb, um ein weiteres Pferd zu bewundern, dass stolz in seiner Box stand.

„Ja, das sind sie." Eli war bezaubert von dem Ausdruck absoluter Faszination und Begeisterung auf Wills Gesicht. Er war sehr stolz auf seine Pferde.

„Das sind die schönsten Pferde, die ich je in meinem Leben gesehen habe", sagte Will voll ehrlicher Anerkennung.

„Danke", sagte Eli im gleichen Tonfall und zog Will noch enger an sich. Der Mann war ihm ein Rätsel: immer kühl und distanziert, außer, wenn es um Pferde ging. Pferde weckten sein Interesse und brachten ihn zum Lächeln - zum Leuchten. Eli konnte nicht genug bekommen von dem Ausdruck offener, ehrlicher Freude auf Wills Gesicht.

Am anderen Ende des Ganges arbeitete ein alter Mann in einer der Boxen, und er sah auf, als er sie näherkommen hörte.

„Hi, Boss", sagte er und fügte dann ein „N'Abend, Sir" hinzu, als er Will sah.

„Guten Abend, Sam." Elijah blieb vor der Box stehen. Sam sah sie mit demselben neugierigen Ausdruck an wie Steven vorhin. „Wie geht's ihr?"

„Morgen früh ist sie wieder in Ordnung." Sie sprachen über das Pferd, dem Sam gerade einen Verband um ein Bein legte.

„Sam, das ist William. Er wird eine Weile bei uns bleiben. Will, das ist Sam Arden, mein Vorarbeiter und ein guter Freund", stellte Elijah die beiden Männer einander vor.

„Freut mich, Sie kennenzulernen, William", sagte der alte Mann.

„Es freut mich auch", gab Will zurück, als sie sich die Hände reichten.

Sam musterte Will verdutzt und brachte dann seine Verwirrung zur Sprache. „Hab ich nicht gehört, dass Sie der Bruder von der einen da neulich sind?"

„Das ist er", antwortete Elijah für ihn. Er zog Will noch enger an sich und sah hinunter in sein Gesicht. „Aber wie es scheint sind sie sehr verschieden."

„Freut mich zu hören, Boss." Sam lachte, und Elijah fiel mit ein.

Will verstand nicht, was daran so witzig war. Es fiel ihm schwer, sich auf irgendetwas anderes zu konzentrieren als auf den Arm, der eng um seine Taille lag und ihn an Elijahs Körper geschmiegt festhielt. Seine gesamte Aufmerksamkeit schien auf das Gefühl von Elijahs Hand auf seiner Hüfte gerichtet, auf den Geruch seines Körpers.

Sie verabschiedeten sich von Sam und gingen weiter bis zum Ende des Gangs, Elijahs Arm nach wie vor fest um Wills Taille. Will hätte nicht gedacht, dass Elijah ihn so fest umschlungen halten und trotzdem weitergehen konnte, aber es schien ihm mühelos zu gelingen. Er nahm an, dass der Arm, der ihn so fest hielt, eher eine Demonstration von Macht und Kontrolle über ihn war als ein ehrliches Bedürfnis, Will nahe zu sein. Elijah wollte vermutlich nur vermeiden, dass Will sich davonmachte.

Sie verließen den Stall und schlugen den Weg zurück zum Haupthaus ein. Ehe sie den Vorplatz erreichten, blieb Elijah stehen, holte tief Luft und fragte dann beinahe zögernd: „Was hältst du davon, noch eine Runde durch meinen Garten zu drehen?" Er sah auf seine Uhr. „Es ist ja noch früh."

„Dein Garten?"

„Ja, er liegt direkt hinter meinem Arbeitszimmer und ist wirklich sehr schön, wenn ich das so sagen darf." Er lächelte zu Will hinunter und führte ihn um das Haus herum, zwischen dichten Büschen hindurch und auf einen gepflasterten Weg. Die gesamte Anlange aus Büschen, Bäumen und Blumen war traumhaft schön. Will hatte diesen bezaubernden Ort bislang nicht einmal bemerkt. In der Mitte des Gartens befand sich eine Steinbank, und sie setzten sich darauf.

57

Eli legte erneut seinen Arm um Will und zog ihn an sich heran. „Ich würde gerne etwas mit dir besprechen", begann er, zögerte dann aber. Er war sich nicht sicher, wie er fortfahren sollte; er wusste nur, dass er es tun würde. Er musste einfach wissen, ob Will genauso geldgeil war wie seine Schwester oder ob er wirklich der war, der zu sein er vorgab. Vorhin, als er Will mit John Gerard gesehen hatte, war er vor Eifersucht fast wahnsinnig geworden, und Eifersucht war etwas, womit Eli sich überhaupt nicht auskannte.

Er seufzte. Noch nie zuvor in seinem Leben war er wegen eines Mannes eifersüchtig gewesen. Noch nie zuvor in seinem Leben hatte er für einen Mann genug empfunden, um eifersüchtig zu werden. Katrina hatte ihm erzählt, dass Will im Augenblick keinen Partner hatte. Sie hatte ebenfalls gesagt, dass Will erst vor kurzem eine langjährige Beziehung beendet hatte. Andererseits hatte sie auch gesagt, dass diese Beziehung nie wirklich ernst gewesen war. Eli hatte während des Abendessens über seine Idee nachgedacht und war zu dem Schluss gekommen, dass es die beste Methode war, endgültig Klarheit zu schaffen und herauszufinden, wo Wills Prioritäten lagen. Hoffentlich würde er so endlich herausfinden, was für eine Art Mann William Drake war.

„Deine Schwester schuldet mir 500.000 Dollar oder eine Eheschließung." Er schien eine seltsame Betonung auf das Wort *Eheschließung* zu legen.

„Ja, ich weiß", sagte Will langsam. Er wusste nicht, worauf Elijah hinaus wollte.

„Du bist nicht dumm, Will. Wir wissen beide, dass Katrina keinerlei Absicht hat, die 500.000 Dollar zu zahlen oder zurückzukommen." Will wollte dem widersprechen, obwohl er derselben Ansicht war, aber Elijah gab ihm keine Gelegenheit dazu, etwas zu sagen, sondern fuhr direkt fort: „Nach dem einunddreißigsten werde ich wegen Vertragsbruch juristisch gegen sie vorgehen." Er wandte sich Will zu und sah ihn geradeheraus an. „Zweifle da nicht an mir." Es war ein Befehl, kein Vorschlag.

„Ich bezweifle es nicht", erwiderte Will knapp.

„Ich werde alles in meiner Macht stehende tun, damit sie zahlt – so oder so."

Will blickte Elijah schweigend an und fragte sich, worauf er hinaus wollte. Bisher hatte er nur Altbekanntes wiederholt. Will mochte Katrina nicht, aber sie war seine Schwester, und auf gewisse Weise lag ihm etwas an ihr. Er hoffte immer noch, dass sie Anstand beweisen würde, aber im Herzen hatte er längst akzeptiert, dass sie weder zahlen noch zurückkommen würde.

„Mir stehen nahezu unbegrenzte Mittel zur Verfügung", fuhr Elijah fort. „Ich bezweifle sehr, dass du oder Katrina es finanziell überleben würdet, euch mit mir anzulegen."

Warum drohte Elijah ihm? Was wollte er denn von Will, dass er es für nötig hielt, ihm unter die Nase zu reiben, wie hilflos sie waren? Wenn er es wollte, konnte er sie beide vernichten. Will wusste das bereits. Sein Heim und seine finanzielle Unabhängigkeit lagen in der Hand dieses Mannes.

„Der Vertrag, den Katrina unterschrieben hat, sagt ganz eindeutig, dass es eine Eheschließung oder eine Ausgleichszahlung geben muss." Elijah sah Will an, durchbohrte ihn förmlich mit seinem Blick. „Ich würde dich an Katrinas Statt akzeptieren." Elijah drückte Wills Hand, als er fortfuhr, und Will, wie gelähmt vor Verwirrung und Bestürzung, konnte nichts anderes tun, als zuzuhören. „Heirate mich, und ich werde den Vertrag zerreißen. Ich werde Katrina gehen lassen."

Das war nun eindeutig nicht das, was Will zu hören erwartet hatte.

„Machst du Witze? Das kann doch nicht dein Ernst sein. Ist das überhaupt legal in Montana?" Will war fassungslos. Ihm fehlten die Worte. Seine Zunge lag plötzlich dick und geschwollen in seinem Mund, und sein ganzer Körper war wie versteinert. Mit vor Anspannung schmerzenden Muskeln rückte er so weit er konnte von Elijah ab.

„Ich will dich. Montana erkennt in anderen Staaten geschlossene gleichgeschlechtliche Ehen an. Wir könnten schon nächste Woche nach Massachusetts fliegen." Elis Stimme war tief und rau. Er hielt Wills Hand fest umschlossen und verhinderte so, dass er aufspringen und davonlaufen konnte. „Ich wollte dich von dem Augenblick an, als ich dich das erste Mal gesehen habe." Er lächelte kläglich. „Und du willst mich auch. Ich sehe es in deinen Augen und habe es gespürt in der Art, wie du meine Küsse erwidert hast."

„Was für ein krankes Spiel ist das denn, bitte schön?", verlangte Will zu wissen, als er endlich seine Stimme wiederfand.

„Heirate mich", bat Elijah sanft. „Ich bin reich, ich habe Einfluss, und all das kann dir gehören." Die letzten Worte sprach er direkt in Wills Ohr. Obwohl Wills Körper starr und reglos war und sich dem zu widersetzen schien, hatte Eli ihn erneut fest in seine Arme gezogen.

„Warum tust du das?" Will versuchte, sich von Elijah loszumachen, aber er war zu stark und hielt ihn zu eng umschlungen.

„Heirate mich, und ich werde Katrina aus dem Vertrag entlassen. Heirate mich, und ich werde dir alles geben, was du dir nur erträumen kannst. Sag, was du willst, und es gehört dir." Elijah klang eigenartig. Fast so, als würde er Will dazu herausfordern, den Antrag anzunehmen.

„Nein", sagte Will mit beinahe ängstlich klingender Stimme. „Ich... Ich weiß das Angebot wirklich zu schätzen... aber... nein. Wie du selbst gesagt hast, ich bin nicht dumm, und ich sehe sehr wohl, dass du bereit und auch in der Lage dazu bist, alles zu tun, um zu bekommen, was du willst." Will kämpfte darum, ruhig zu bleiben.

Eli hielt Will weiterhin fest an sich gedrückt, und Wills Atem strich bei jedem Wort über die Haut seines Halses und sandte ihm Schauer über den Rücken. Will machte ihn verrückt. Er wollte ihn, aber er traute ihm nicht. Dass Will ihn abwies sprach zu seinen Gunsten. Er war wirklich nicht auf einen reichen Ehemann aus, da war Eli sich nun absolut sicher. Er hatte es gewusst, gehofft, bevor er Will mit der Bankkarte und dem Heiratsantrag auf die Probe gestellt hatte. Aber er hatte es tun müssen, er hatte Will auf die Probe stellen müssen. Er hatte absolut sicher sein müssen.

„Ich weiß nicht, was du im Schilde führst, aber ich bin mir ziemlich sicher, dass es mit Liebe nichts zu tun hat. Rache und Genugtuung vielleicht, aber bestimmt nicht Liebe." Will stockte, und Eli drückte ihn fester an seine Brust, verlor sich in seinem Duft, in dem Gefühl von Wills Körper in seinen Armen. „Ich würde mich niemals im Leben freiwillig in eine Position begeben, die es dir so leicht macht, mich zu verletzen. Wenn das also dein Ziel ist, dann musst du es mit einer anderen Taktik probieren, denn auf dieses Vortäuschen von Liebe und Verlangen falle ich nicht rein."

Will versuchte erneut, und diesmal heftiger, sich aus der Umarmung zu befreien. Als es ihm endlich gelang, sprang er so schnell von der Bank auf, dass er stolperte und hingefallen wäre, wenn Elijah ihn nicht aufgefangen hätte. Will beeilte sich, sein Gleichgewicht wiederzufinden, dann riss er sich los.

„Ganz ruhig", sagte Elijah mit beruhigender Stimme. „Denk doch erst mal über mein Angebot nach, bevor du es ausschlägst."

Will drehte sich um und stürmte ohne ein weiteres Wort aus dem Garten. Er rannte durch die Eingangshalle und die Treppe hinauf und hielt erst an, als er sein Schlafzimmer erreicht hatte.

Er lag noch immer wach, als er gegen ein Uhr morgens hörte, wie Elijah über den Flur kam und in sein Schlafzimmer ging. Will hatte ihn nicht aus seinen Gedanken verbannen können; ihn und seinen aberwitzigen Vorschlag. Elijahs Antrag war, vorsichtig ausgedrückt, überraschend. Alarmierend und schockierend passten auch. Und während Will weiter darüber nachdachte, flammten in ihm all die Emotionen auf, die er seit dem ersten Kuss unterdrückt und verdrängt hatte.

Elijah hatte absolut recht. Will wollte ihn, aber er wollte mehr als nur eine rein körperliche Beziehung. Er hatte zu viel Selbstachtung, um sich damit zufrieden zu geben. Zumal eine Beziehung, die nur auf Sex basierte, auf Dauer nicht funktionieren konnte. Er wünschte sich, dass Elijah etwas an ihm läge. Er sehnte sich danach, aber er wusste sehr gut, dass Elijah nichts für ihn empfand. Nur ein Kind würde glauben, dass so ein Märchen Wahrheit werden konnte.

Und dann fiel ihm mit einem Mal auf, dass Elijah nie davon gesprochen hatte, dass er Will liebte. Er hatte Will nur gebeten, ihn nur heiraten. Er hatte davon gesprochen, Will Geld und Einfluss geben zu können, Dinge, für die Katrina bereit war, ihre Seele zu verkaufen. Aber Will wollte weder das eine noch das andere, und Elijah wollte ihn definitiv nicht.

Erst gegen drei Uhr fiel Will in einen unruhigen Schlaf.

UM KURZ vor sechs wurde Will von einem leisen Klopfen an seiner Tür geweckt. Er setzte sich auf und zog die Decke bis an sein Kinn hoch, dann rief er: „Herein."

Elijah betrat das Zimmer und kam zum Bett herüber. Er trug Jeans, ein weißes Baumwollhemd und eine Regenjacke, die schon bessere Tage gesehen hatte. Er betrachtete Will eine Zeitlang prüfend, ließ den Blick über seine zerzausten Haare und sein Gesicht gleiten und registrierte die schützende Art, auf die Will die Decke bis zum Kinn hochgezogen hatte. Er musste lächeln.

„Guten Morgen", sagte er und trat ans Bett. „Hast du gut geschlafen? Ich hoffe, du hattest keine Albträume."

Er macht sich über mich lustig. Was auch sonst? Will zuckte bei dem Gedanken an jene Nacht zusammen und senkte den Blick.

„Nein, unter den gegebenen Umständen habe ich recht gut geschlafen." Er setzte sich aufrechter hin und hielt die Decke lockerer, wodurch sie bis zu seinen Schultern herabsank. Es fiel Will nicht leicht, Elijah anzusehen.

„Unter welchen Umständen?" Eli tat so, als wüsste er nicht, wovon Will sprach. Lässig lehnte er sich gegen einen Bettpfosten am Fußende des Bettes und wartete auf Wills Antwort. Während er wartete, beobachtete er, wie die Bettdecke langsam bis zu Wills Taille hinunter glitt. Eli war überrascht, welche Wirkung der Anblick seiner nackten Brust auf ihn hatte. Die cremige, weiche Haut über breiten Schultern und ein schmaler, durchtrainierter Oberkörper ließen Elis Jeans enger werden und weckten in ihm den Wunsch, zu Will ins Bett zu steigen.

„Unter den Umständen deines lächerlichen Vorschlags gestern Abend", schoss Will zurück. Ihm war nicht nach weiteren Wortspielereien zumute.

„Warum lächerlich?" Elijahs Stimme war beinahe sanft, aber seine Körpersprache war ein Befehl, sich zu erklären. Er stieß sich vom Bettpfosten ab und trat direkt neben das Bett, so dass er beinahe drohend über Will aufragte.

Will fühlte sich schutzlos und verwundbar. Er rutschte über die Matratze und schwang die Füße auf den Boden, so dass er auf der Bettkante saß. Elijah trat erst einen Schritt zurück, dann kam er näher und ließ sich neben ihm nieder. Will spürte den rauen Stoff seiner Jeans an seinem bloßen Oberschenkel, als Elijahs linkes Bein seines streifte. Ein Schauer rann durch Wills Körper, und er unterdrückte ihn gnadenlos und rückte abrupt von Elijah ab.

Eli konterte, indem er seinen Arm um Wills Taille legte, eine Hand auf seiner Hüfte, und ihn an sich zog. Für einen Moment wurde er abgelenkt durch den Anblick Wills in nichts als seiner Boxershorts, die den Blick auf seine muskulösen Oberschenkel freigab. Elis Daumen strich langsam, sanft, rhythmisch über Wills Hüfte.

„Warum lächerlich?", wiederholte er.

„Du erwartest allen Ernstes von mir, dass ich dir glaube, dass du mich..." Wills Stimme bebte, als er versuchte, den Satz zu beenden. Das Wort „heiraten" wollte ihm einfach nicht über die Lippen. „Dass du mich..."

„Heiraten willst?", beendete Elijah den Satz für ihn.

„Ja, genau."

„Sag ‚Ja' und ich heirate dich noch heute." Elis Antwort überraschte ihn selbst am allermeisten. Aber noch während er sprach wurde ihm mit einem Mal klar, dass ihm der Gedanke von Will als seinem Ehemann tatsächlich gefiel.

Will begann zu lachen, aber er verstummte abrupt, als er Elijahs ernsten Gesichtsausdruck sah. Elijah sah nicht belustigt aus, und auch nicht so, als ob er einen Scherz gemacht hätte.

„Warum fällt es dir so schwer, das zu glauben?" Elijah rückte näher, während er sprach. Seine Hand glitt hinauf zu Wills Taille, und er zog ihn noch ein wenig enger an sich.

Weil es vollkommen lächerlich ist, dachte Will. *Er will mich ebensowenig heiraten, wie er will, dass Martin Katrina heiratet. Er hat da einen Hintergedanken, und das ist mit ziemlicher Wahrscheinlichkeit kein besonders netter. Er und Martin wurden zum Narren gehalten und hintergangen. Jetzt will er Genugtuung, und es ist ihm egal, von wem er die bekommt. Hauptsache, es bleibt in der Familie.* Diese Gedanken gingen Will durch den Kopf, während Elijah auf seine Antwort wartete.

Elijah wiederholte die Frage. „Warum fällt es dir so schwer, mir zu glauben?"

„Weil es einfach nicht zu glauben ist", schnappte Will. „Dieser Antrag, unter diesen Umständen, von jemandem wie dir an jemanden wie mich – das ist doch mehr als nur ein bisschen suspekt, oder?", fragte er herausfordernd und sah Elijah direkt in die Augen.

„Was findest du daran suspekt?", fragte Elijah einen Hauch geistesabwesend.

„Ich würde ja sagen, du willst mich zum Narren halten. Du denkst, dass ich wie Katrina sofort alles beiseite werfen würde für einen reichen Ehemann, einschließlich meiner Selbstachtung." Wut flammte in ihm auf. „Du machst mir diesen lächerlichen Antrag, nachdem du mich gerade mal ein paar Tage lang kennst. Du weißt doch überhaupt nichts über mich. Ich könnte auch ein Massenmörder sein und meine letzten drei Ehemänner umgebracht haben. Du weißt es nicht! Du wolltest doch nur, dass ich auf den Antrag anspringe, damit du beweisen kannst, dir und allen anderen, dass ich genauso geldgeil bin wie Katrina. Und dann? Ich bin sicher, du hattest etwas absolut Reizendes für mich in petto."

„Du hast vollkommen recht. Allerdings war ich mir von Anfang an sicher, dass du kein Massenmörder bist. Und ich würde dir auch niemals grundlos Schaden zufügen." Elijah hielt einen Augenblick inne, als dächte er sorgfältig darüber nach, was er sagen wollte. „Ich habe dich auf die Probe gestellt, um zu sehen, ob du mir die Wahrheit gesagt hast, oder ob du, wie Katrina behauptet hat, derjenige warst, der sich die ganze Sache überhaupt erst ausgedacht hat."

„Also war die Bankkarte auch nur ein Test? Hast du geglaubt, ich würde dich bis aufs letzte Hemd ausnehmen?" Will stand auf, durchquerte den Raum und lehnte sich gegen den Schreibtisch. Er brauchte Abstand von Elijah. Er ertrug es gerade nicht, auch nur in seiner Nähe zu sein.

Elijah blieb sitzen und blickte quer durch den Raum zu Will. „Ja." Das war alles, was er sagte, knapp, deutlich und direkt.

Seine Ehrlichkeit war eine Erleichterung, aber die Wahrheit zu hören war dennoch schmerzhaft. „Und? Wie habe ich mich geschlagen?" Will war nicht länger wütend, sondern nur noch resigniert.

Elijah stand auf und kam zu ihm herüber. Will machte sich ganz steif und kämpfte das Verlangen nieder, zurückzuweichen, als Elijah vor ihm zum Stehen kam. Elijah sah ihm fest in die Augen.

„Ich glaube, dass du der bist, der du zu sein vorgibst. Du bist ein Mann, der sich widerwillig bereit erklärt hat, für etwas, das seine Schwester getan hat, gerade zu stehen. Du billigst ihr Verhalten nicht, und wenn sie nicht gerade in Schwierigkeiten steckt und deine Hilfe braucht, hast du nichts mit ihr zu tun. Du lebst zurückgezogen, zornig und verbittert in einer kleinen Stadt und kapselst dich ab, so gut du kannst. Ich glaube, du bist im Leben bereits einige Male tief enttäuscht worden, von deiner Familie, vielleicht sogar von deinen Freunden. Darum hast du entschieden, dass es am besten ist, dich nur noch auf dich selbst und auf niemanden sonst zu verlassen."

Es dauerte eine Weile, bis die volle Tragweite von Elijahs Worten eingesunken war. Er hatte nicht im Scherz gesprochen, sondern jedes Wort ernst gemeint. Das war so viel mehr, als Will von ihm erwartet hatte. Er war auf solch tiefe Einblicke in sein Leben nicht vorbereitet gewesen. *Wie kann er es wagen, mein Innerstes so bloßzulegen, als würde er mich gut kennen!* Will wandte sich voller Verachtung zu ihm um.

„Oh, natürlich, es ist alles meine Schuld. Wie immer. Was gibt dir das Recht, mich so zu sezieren?", brach es aus ihm heraus. „Ich bin nicht zorniger oder verbitterter als jeder andere Mensch auch! Es gibt nichts, worüber ich zornig oder bitter sein müsste!"

„Und warum schreist du dann?", fragte Elijah sanft.

Elijahs Ton und seine Frage ließen Will stutzen, und er stellte fest, dass er darauf keine Antwort wusste. „Weil mich deine Herablassung wütend macht. Du weißt nichts das Geringste über mich", sagte er so ruhig er konnte.

„Deine Eltern haben dir nichts hinterlassen außer den sieben Morgen Land am Whitefish Point. Alles andere haben sie deiner Schwester vermacht", sagte Elijah. „Wenn ich du wäre, ich wäre zornig und bitter." Er trat näher und ergriff Wills Hand. „Katrina hat über eine Million Dollar in bar und in Anlagen bekommen, und das meiste davon hat sie in den letzten zwei Jahren durchgebracht. Wie fühlst du dich bei dem Gedanken?"

„Übers Ohr gehauen", antwortete Will ruhig. „Katrina hat immer schon viel Aufmerksamkeit gefordert, seit sie klein war, da blieb nie viel Zeit für mich übrig. Das Testament war quasi der Todesstoß. Ich habe das Geld und den Besitz meiner Eltern nie gewollt", stellte er klar. „Und jetzt interessiert mich das alles überhaupt nicht mehr."

„Du wolltest Beachtung, ihre Aufmerksamkeit", sagte Elijah leise und viel zu verständnisvoll.

Will starrte ihn einen Moment lang an und fragte sich, wie er das so genau wissen konnte. *Woher weiß er, wie ich mich gefühlt habe?*

„Ja, das wollte ich, aber dafür ist es jetzt zu spät", erwiderte Will und blickte forschend in Elijahs Augen, suchte in ihnen nach dem Verständnis, das er in seiner Stimme und seinen Worten gehört hatte.

„Manchmal legen Eltern ihren Kindern zu viel Verantwortung auf. Sie denken, dass das Kind damit klarkommt, und machen sich deshalb auch nicht so viele Sorgen und Gedanken, wie sie es vielleicht tun sollten. Deine Eltern haben gesehen und gewusst, dass Katrina eine Versagerin ist und jemand, um den man sich für den Rest ihres Lebens wird kümmern müssen. Du dagegen hast Unabhängigkeit bewiesen, gesunden Menschenverstand und Ehrgeiz. Bei dir brauchten sie sich keine Sorgen zu machen. Das heißt aber nicht, dass sie dich weniger geliebt hätten." Sanft strich er mit den Fingern über Wills Gesicht, legte sie unter sein Kinn und hob es hoch, so dass Will ihn ansehen musste. „Hast du ihr Testament gelesen oder hast du einfach alles dem Anwalt überlassen?"

„Ich wollte es nicht lesen. Ich wollte gar nicht wissen, was darin steht." Will schluckte schwer, wich Elijahs Blick aber nicht aus. „Ich hatte Angst, dass da noch andere Dinge drin stehen würden. Schlimmere Dinge als nur, übergangen worden zu sein und fast gar nichts zu bekommen. Sachen, die ich nicht hören oder wissen wollte. Ich habe mich auf die Aussage des Anwalts verlassen und es dabei belassen. Ich wollte in ihrem letzten Willen nicht dieselbe Verachtung sehen wie in ihren Augen, als ich ihnen gesagt habe, dass ich schwul bin", sagte Will traurig.

Elijah sah ihn lange nachdenklich an, dann sagte er geradeheraus: „Du solltest es lesen. Ich halte es für wahrscheinlicher, dass das Wunden heilen wird, anstatt neue aufzureißen."

„Ich lasse es mir durch den Kopf gehen", erwiderte Will ausdruckslos.

WILL DUSCHTE und schlüpfte in ein weißes T-Shirt, Bluejeans und seine alten, schwarzen Converse Turnschuhe. Er war froh darüber, sie eingepackt und mitgenommen zu haben. Sie waren seine Lieblingsschuhe, seit er damals in der Highschool mit ihnen schneller gewesen war als der schwulenhassende Sportstar. Er liebte das Gefühl der Sicherheit und Schnelligkeit, das sie ihm gaben.

Mrs Coleman goss ihm eine Tasse Kaffee ein, als er in die Küche kam, und reichte sie ihm, als er an ihr vorbei zum Küchentisch ging. Will lächelte ihr dankbar zu und setzte sich hin.

„Keine Ursache." Sie lächelte freundlich. „Kann ich Ihnen Frühstück machen?"

Bevor er antworten konnte, ging die Küchentür auf und Elijah kam herein. „Wir gehen zum Frühstück aus, Will. Ich lade dich ein."

„Warum?", fragte Will knapp und nippte an seinem heißen Kaffee. In dem Versuch, Elijahs Anordnung zu ignorieren, wandte er sich wieder Mrs Coleman zu.

Elijah packte die Rückenlehne von Wills Stuhl und drehte ihn herum, so dass Will ihn ansehen musste. „Weil ich mit dir angeben will." Eli grinste über Wills völlig verdatterte Miene.

Will hatte instinktiv Elijahs Arme ergriffen, als er ohne viel Federlesens samt Stuhl umgedreht worden war. Es hatte Elijah so viel Mühe gekostet, den Stuhl mit ihm darauf hochzuheben und um hundertachtzig Grad zu drehen, wie ein normaler Mann für das Richten seines Kragens benötigt hätte. Will ließ Elijahs Arme los und blinzelte minutenlang ungläubig zu ihm empor, bis er sich wieder so weit gesammelt hatte, dass er in der Lage war zu antworten.

„Nein, danke", sagte Will so ruhig er konnte. Zu seinem Entsetzen entschuldigte Mrs Coleman sich diskret und verließ die Küche. Er wandte den Kopf, um ihren Blick zu erhaschen und sie wortlos anzuflehen zu bleiben, aber sie hatte ihm bereits den Rücken zugekehrt und verschwand durch die Tür.

Abrupt ergriff Elijah Wills Hand und zog ihn mit einem so heftigen Ruck auf die Füße, dass Will gegen Elijahs Brust prallte. Dort wurde er festgehalten, ihre Gesichter nur Zentimeter voneinander entfernt. Elijahs strahlend blaue Augen blickten forschend hinunter in sein Gesicht, registrierten jede Nuance seiner Reaktion.

„Komm schon, Will", stichelte er, „es gibt nichts, wovor du Angst haben müsstest."

„Nichts... nur dich." Will warf ihm einen eiskalten Blick zu und lehnte sich gleichzeitig so weit von ihm zurück, wie er konnte.

Wills Worte überraschten Eli und machten ihn betroffen. Augenblicklich veränderte sich sein Gesichtsausdruck und wurde weicher. Er blickte suchend in Wills Augen und fand... Furcht, echte Furcht, die er durch misstrauische Wachsamkeit zu überspielen suchte.

„Es ist nur Frühstück", sagte Eli mit viel weicherer Stimme. „Ein Tapetenwechsel würde dir guttun." Er legte einen Arm um Wills Schultern und führte ihn sanft aber entschieden zur Tür.

Widerwillig gab Will nach. Er hatte das Gefühl, dass ihm, was Elijah Hunter betraf, keine andere Wahl blieb, als nachzugeben.

„Ein Tapetenwechsel klingt gut", sagte er wenig enthusiastisch, aber Elijah quittierte es mit einem triumphierenden Lächeln.

Sie nahmen einen der Land Rover, der normalerweise für die Arbeit auf der Ranch genutzt wurde und nicht sehr bequem war. Elijah faltete seine Jacke zusammen und legte sie auf Wills Sitz, damit er weicher saß. Will wunderte sich, dass er mit einem Mal behandelt wurde wie eine Porzellanpuppe, fragte aber nicht nach dem Grund dafür.

Elijah fuhr sie zu einem kleinen Café, das etwa fünfundvierzig Minuten von der Ranch der Hunters entfernt lag. Es erinnerte Will an einige der Familienbetriebe zuhause in Whitefish Point: ein großer Raum mit Tischen in verschiedenen Größen und eine Theke mit etwa zehn Stühlen. Fast alle Plätze waren belegt; viele Familien waren zum Sonntagsfrühstück hergekommen. Als sie eintraten – Will als Erster mit Elijah dicht hinter ihm – wurde es plötzlich totenstill im Raum, und alle sahen sie an. Selbst die Kinder starrten. Sobald Elijah begann, den Raum nach einem freien Tisch abzusuchen, wichen die Blicke aus und alle sahen weg. Keiner wollte dabei ertappt werden, Elijah Hunter angestarrt zu haben.

Ich bin offenbar nicht der Einzige, der Angst vor ihm hat, schoss es Will durch den Kopf, als er sich zu Elijah umdrehte, der nicht einmal zu bemerken schien, welche Wirkung er auf die Leute hatte.

Eine Kellnerin näherte sich ihnen vorsichtig und führte sie zu einem abgeschiedenen Tisch im Café, in der Nähe eines der großen Fenster, die auf die Straße hinaus blickten. Eine riesige, künstliche Pflanze verbarg den Tisch vor den Blicken der anderen Gäste. Will hörte das Summen ihrer Stimmen, konnte aber nicht verstehen, was gesagt wurde. Die Kellnerin sah ihn besorgt und mitfühlend an.

„Was kann ich Ihnen zu trinken bringen, Herzchen?", fragte sie liebenswürdig.

„Eine Kanne Kaffee", antwortete Elijah für sie beide.

Die Kellnerin nickte, und Elijah lächelte ihr zu. Sie war so überrascht von seiner Leutseligkeit, dass sie beinahe über ihre eigenen Füße gestolpert wäre. Sie eilte davon und kam kurz darauf mit ihrem Kaffee und zwei Tassen zurück.

„Vielen Dank." Elijah lächelte erneut, und die Kellnerin sah Will wie um Bestätigung heischend an. Will lächelte ebenfalls.

Elijah Hunter war nicht nur ins Café gekommen, er hatte sie angelächelt... zwei Mal! Davon würde sie jedem, den sie kannte, noch Wochen später erzählen, und niemand würde ihr glauben, dachte die Kellnerin.

Sie bestellten Steak, Eier und Toast, und ihr Essen wurde bereits serviert, bevor sie noch die erste Tasse Kaffee ausgetrunken hatten. Will war beeindruckt – und ein wenig schockiert über die Wirkung, die Elijah auf andere Menschen hatte. Die er aber nicht einmal zu bemerken schien.

„Ich glaube, du machst diesen Leuten Angst", bemerkte Will.

Eli sah sich beiläufig um, aber ihm fiel nichts Ungewöhnliches auf. „Ich komme ab und zu hierher. Sie sind daran gewöhnt, mich zu sehen." Er blickte zu Will zurück.

„Wann warst du das letzte Mal hier?" Will lächelte. Er wusste, dass die Leute hier ganz und gar nicht daran gewöhnt waren, Elijah zu sehen.

Eli dachte einen Moment lang nach, und dann musste auch er lächeln. „Vor ungefähr sieben Jahren." Er lachte. „Die Zeit vergeht wie im Fluge, Will. Man darf keinen Augenblick vergeuden." Er sah Will zu, wie er sein Frühstück aß, und seine Gedanken kreisten erneut um den Vorfall mit John Gerard. Irgendetwas war da zwischen ihnen. Irgendetwas war zwischen ihnen vorgefallen, und Eli war fest entschlossen, herauszufinden, was das war.

Will war beinahe fertig mit Essen, als Elijah sich in seinem Stuhl zurücklehnte und seinen Blick über ihn wandern ließ. Jenen prüfenden, abwägenden Blick. Sofort verkrampfte Will sich.

„Erzähl mir noch mal über die Beziehung zwischen dir und John Gerard", sagte Elijah leise.

Will sah ihm direkt in die Augen. „Es gib keine Beziehung zwischen uns. Das habe ich dir bereits gesagt. Mich noch einmal zu fragen ändert nichts an der Tatsache, dass ich mit John Gerard nichts zu tun habe und auch nie hatte." Die letzten Worte presste er zwischen zusammengebissenen Zähnen hindurch. „Ich glaube, ich bin satt", sagte er und legte seine Gabel nieder.

„Er schien dich aber gut zu kennen, als wir gestern auf der Ranch der Gerards waren", bohrte Elijah weiter und beugte sich über den Tisch vor.

„Er hat mich vom Flieger her wiedererkannt. Darüber hinaus gibt es keine Beziehung und kein ‚gut kennen'." Will stand abrupt auf und sagte: „Ich bin weg." Er drehte sich um und marschierte auf die Tür zu. Elijah legte einen 100-Dollar-Schein auf den Tisch und folgte ihm. Auf dem Parkplatz holte er ihn ein.

„Sag mir dir Wahrheit." Elijahs Ton war hart und fordernd. Er hatte eine Hand in die Hüfte gestützt, und mit der anderen drehte er einen Zahnstocher in seinem Mund.

Will wandte sich zu ihm um und warf ihm einen eiskalten Blick zu, der schwächere Männer in die Knie gezwungen hätte. Plötzlich bemerkte er über Elijahs Schulter hinweg Gesichter in jedem Fenster des Cafés, das auf den Parkplatz blickte. Er hatte den Eindruck, als ob sämtliche Gäste versuchten, sich den besten Platz für das Schauspiel zu sichern.

Wills plötzliches Erröten und der verlegende Ausdruck auf seinem Gesicht, als er den Blick abwandte, veranlassten Elijah, sich umzudrehen. Sofort verschwanden die Gesichter, da niemand dabei ertappt werden wollte, sie angegafft zu haben.

„Ich habe nichts weiter zu sagen." Will marschierte zum Land Rover, stieg ein und knallte die Tür hinter sich zu.

Eli war unzufrieden mit dem Verlauf des Gesprächs, aber er ließ die Sache für den Moment auf sich beruhen.

GLÜCKLICHERWEISE STELLTE sich heraus, dass Elijah und sein Bruder am Nachmittag geschäftlich verreisten und etwa zwei Wochen lang wegbleiben würden.

Will war froh über diese unerwartete Gelegenheit, sich in Ruhe zu sammeln, seine angespannten Nerven zu beruhigen und wieder einen klaren Kopf zu bekommen. Er wollte die Zeit für sich nutzen und sich nur auf sich selbst konzentrieren. Es würde vermutlich sehr viel leichter sein, einen Entschluss zu fassen und diesen zu zementieren, wenn er dabei nicht ständig von unkontrollierbaren Emotionen gestört wurde. Wenn es ihm gelänge, diese widerspenstigen Emotionen unter Kontrolle zu bringen, dann würde er die Zeit auf der Ranch problemlos überstehen und am Ende sogar hoffentlich sein Eigentum behalten.

Elijah war schlau und kreativ, wenn es darum ging, nachzuweisen, dass Will tatsächlich jener unmoralische Lügner war, für den er ihn hielt. Inzwischen musste Will sich vierundzwanzig Stunden am Tag gegen Elijahs zärtliche Manipulationen und seine offenen Anschuldigungen verteidigen, und das war einfach nur erschöpfend.

Während die Hunters weg waren, blieb Will überwiegend für sich allein. Er nahm seine Mahlzeiten mit Mrs Coleman ein und hielt den ein oder anderen Plausch mit ihr. Er vermied jegliche Erwähnung von Katrina oder den Hunter Brüdern. Er wollte – und brauchte – eine Pause, und Mrs Coleman zeigte sich da sehr entgegenkommend.

Abends, wenn Mrs Coleman sich zurückgezogen hatte, saß Will am Klavier und spielte. Im Augenblick war es ihm nur recht, keine Zuhörer zu haben. Das Klavier erlaubte es ihm, seine Gefühle auszudrücken, sie aus sich heraus in die Tasten und in die Musik strömen zu lassen, und er wollte nicht, dass jemand hörte oder analysierte, was er spielte.

Eines Abends teilte Mrs Coleman ihm beim Abendessen mit, dass die beiden Männer am nächsten Morgen zurückerwartet wurden. Sie schien sich auf ihre Rückkehr zu freuen. Ganz anders als Will, der dem mit Grauen entgegensah. Elijah hatte zwei Wochen lang Zeit gehabt, sich neue und noch grausamere Methoden auszudenken, mit denen er die Wahrheit aus Will herausholen konnte. *Was wird er wohl als Nächstes tun?*, fragte Will sich, während er Schmorbraten mit Gemüse aß. Er war nicht sehr glücklich, dennoch rang er sich ein Lächeln für Mrs Coleman ab und sagte: „Ja, es wird schön sein, sie wieder hier zu haben."

Es war bereits nach elf Uhr, als Mrs Coleman ihm eine gute Nacht wünschte und Will im Wohnzimmer allein ließ. Sobald er sich sicher war, dass Mrs Coleman die Treppe hinaufgegangen war, setzte er sich ans Klavier und spielte ein trauriges, wehklagendes Stück nach dem anderen. Dies war sein letzter Abend in Frieden und Freiheit. Der letzte Abend, an dem er über das Klavierspiel seine Gefühle ausdrücken konnte. Er würde nicht spielen können, wenn Elijah wieder da war. Elijah würde ihn zu schnell durchschauen und Wills Schwäche zu seinem Vorteil ausnutzen. Er mochte vorgeben, dass er ihm glaubte; Will wusste, dass es nur der Versuch war, ihn in die Falle zu locken. Ihn in Sicherheit zu wiegen, damit er einen Fehler machte.

Das Schlimmste war, dass Will genau wusste, dass er nachgeben und etwas tun würde, was so gar nicht seinem Charakter entsprach, wenn Elijah ihn weiterhin umgarnte. Es war durchaus möglich, dass Will irgendwann einfach vergaß, dass alles nur ein Spiel war, und dass er das Traumgebilde, das Elijah für ihn spann, für die Realität hielt.

Dieser Gedanke deprimierte ihn so sehr, dass er begann, den Trauermarsch zu spielen. Er endete, auf die Tasten einhämmernd, mit einem dramatischen Crescendo, und erst dann bemerkte er, dass er nicht länger alleine war.

68

„Bist du wirklich so traurig und hoffnungslos, wie dein Spiel es vermuten lässt?"

Will fuhr herum und entdeckte Elijah, der sich entspannt in einem der Sessel zurücklehnte, ein Glas Wein in der Hand. Will wusste nicht, wie lange er schon da gesessen und ihn beobachtet hatte. Sein Körper wurde steif, und langsam klappte er den Klavierdeckel runter und stand auf.

„Gute Nacht." Mehr würde er nicht sagen. Elijah hatte bereits alles gesehen und gehört. Er würde keine Erklärungen mehr von Will bekommen, keine Versuche, irgendetwas zu leugnen. Er wusste es ohnehin. Und Will war müde und würde jetzt ins Bett gehen.

„Du kannst nicht entkommen, mein Schatz", sagte Elijah. Er stellte sein Glas ab, stand auf und folgte Will.

Will blieb am Fuß der Treppe stehen und drehte sich zu ihm um. Er wollte nicht, dass Elijah ihm in sein Zimmer folgte. Auf keinen Fall. „Ja, ich bin traurig und hoffnungslos. Zufrieden? Kann ich jetzt ins Bett gehen?", fragte er gefährlich sarkastisch.

Elijah betrachtete ihn eingehend, Belustigung, Erleichterung und Bewunderung in seinem Blick. „Und warum hast du so düstere und bedrückende Stücke gespielt?"

„Mrs Coleman sagte, dass ihr morgen früh zurückkommen würdet", schlug Will umgehend zurück.

„Der Gedanke an mich hat dich dazu veranlasst, den Trauermarsch zu spielen?" Elijah begann zu lachen und zog Will fest in seine Arme. „Ich habe dich vermisst. Ich habe dich wirklich vermisst. Meine Tage waren einfach nicht dieselben ohne deine scharfe Zunge und... deinen harten Körper." Er küsste Wills Scheitel und ließ eine Hand über seinen Rücken gleiten, zog ihn enger an sich. „Hast du mich denn gar nicht vermisst, William?" stichelte er.

Will wusste nicht, was er sagen sollte. Er war zu sehr damit beschäftigt, seine Reaktion auf Elijahs Umarmung zu unterdrücken, und hatte Angst, das Falsche zu sagen. Schließlich entschied er sich für die Wahrheit.

„Wenn ich sage, dass ich dich vermisst habe, glaubst du doch nur, dass ich versuche, dich und deine Millionen für mich zu gewinnen. Wenn ich sage, dass ich dich nicht vermisst habe, bist du vielleicht beleidigt und beschließt, dass unsere Abmachung nichtig ist, und dann nimmst du mir mein Zuhause weg." Er lehnte sich etwas zurück, um zu Elijah aufschauen zu können. „Ich weiß nicht, welche Antwort die bessere wäre."

Elijah blickte ihn eine Weile lang schweigend an, dann sagte er: „Für den Augenblick akzeptiere ich deine Unentschiedenheit."

Eli war verblüfft über Wills Ehrlichkeit. Es wäre für Will ein Leichtes gewesen, einfach ja oder nein zu sagen. Stattdessen hatte er ihm die Wahrheit gesagt, obwohl diese Wahrheit seine Verwundbarkeit nur noch deutlicher offenlegte. Stellte man Will eine direkte Frage, war die Antwort entweder Schweigen oder die

Wahrheit, aber niemals erzählte er eine Lüge. *Wenn er mir doch nur so vertrauen würde, wie ich gelernt habe, ihm zu vertrauen.*

„Ich frage dich ein andermal noch einmal, und dann möchte ich eine eindeutige Antwort haben. Entweder ja oder nein." Er lachte, aber er meinte es vollkommen ernst. Er ließ Will los und trat zurück. „Gute Nacht, mein Schatz. Bis morgen."

Er schaute Will nach, als er die Treppe hinauf stieg. Will blickte sich mehrmals um, und seine Miene spiegelte Unmut und Ärger wider, aber er sagte nichts mehr.

Eli hatte in den letzten Tagen viel über ihn erfahren. Er hatte mit einigen seiner Kontaktpersonen gesprochen, die eine Vielzahl an Informationen für ihn ausgegraben hatten. Er hatte erfahren, dass Will ein exzellenter Schüler gewesen war; dass jeder, der ihn kannte, ihn sehr schätzte und nur Gutes über ihn zu sagen hatte; und dass niemand verstand, warum seine Eltern ihn so behandelt hatten. Seit Jahren räumte er hinter seiner Schwester auf und hatte dafür im Gegenzug nie etwas verlangt – und auch nie etwas bekommen, außer noch mehr Kummer und Scherereien.

Eli war früher als erwartet von seiner Geschäftsreise zurückgekommen, weil er gar nicht auf einer Geschäftsreise gewesen war. Er hatte Martin die Sache überlassen und war stattdessen nach Michigan geflogen, um mit dem Anwalt zu sprechen, der sich um die Vollstreckung des Testaments der Drakes gekümmert hatte. Außerdem hatte er sich mit einigen Verwandten und ehemaligen Geschäftspartnern getroffen.

Vom Anwalt hatte er eine Kopie des Testaments bekommen. Das war nicht ganz legal, aber Reichtum und Verbindungen waren manchmal ganz nützlich. Eli hatte es nicht gelesen. Es ging ihn nichts an, fand er, aber er wollte, das Will es las – ganz egal, was darin stand, Will musste es lesen, um mit der Vergangenheit abschließen zu können. Außerdem hatte der Anwalt ihm eine verschlossene Stahlbox gegeben. Offenbar hatten Wills Eltern ihm diese Box und deren Inhalt vermacht, aber er hatte sie nie abgeholt. Der Anwalt hatte mehrmals versucht, sie zuzustellen, aber William hatte nie angenommen. *Wovor hat er Angst?* fragte sich Eli.

Elijah hat sich heute Abend sehr seltsam benommen, sinnierte Will, als er sich fürs Bett fertig machte. Er war freundlich und fast schon verspielt gewesen, selbst nachdem Will ihn beleidigt hatte. *Er hat irgendetwas vor*, schloss er.

„Morgen kommt bestimmt eine ganze Reihe neuer Tests auf mich zu", murmelte er müde und zog sich die Decke über den Kopf.

5

DAS KLOPFEN an der Tür war laut. Es klang beinahe so, als würde jemand versuchen, die Tür einzuschlagen. Will fuhr erschrocken aus dem Schlaf hoch. „Herein."

„Habe ich dich geweckt?" Elijah kam ins Zimmer, ein Lächeln auf dem Gesicht.

Will blickte ihn aus zusammengekniffenen Augen an. „Ja, aber ich sollte sowieso langsam aufstehen."

„Gut. Dann mach dich fertig und komm mit mir frühstücken." Elijahs Lächeln blieb unverändert, und seine Augen glitten mehrfach an Wills Körper auf und ab. „In einer Stunde?", fragte er hoffnungsvoll. Will nickte.

Während Will mechanisch unter die Dusche stieg und sich dann anzog, waren seine Gedanken weit weg, in einer anderen Zeit und einem anderen Bundesstaat. Aus irgendeinem Grund konnte er seit dem vergangenen Abend den Gedanken an das Testament seiner Eltern nicht mehr abschütteln. Elijah hatte ihm den Floh ins Ohr gesetzt, es zu lesen, und dass darin vielleicht Dinge standen, die er wissen sollte. Nach einer Weile schob Will den Gedanken entschlossen beiseite. Der Schmerz der Vergangenheit war noch zu nah.

Dazu kam, dass er gerade ganz andere Probleme hatte, um die er sich kümmern musste. Seine Eltern und die Vergangenheit konnten warten. Jetzt galt es erst einmal, einen Weg zu finden, wie er den Hunters entkommen und dennoch sein Zuhause behalten konnte. *So viele Spielchen, so viele Tests. Werde ich sie alle bestehen? Oder werde ich versagen und irgendeinen Test nicht bestehen und so alles verlieren?* Der Druck war so stark, dass Will am Morgen mit hämmernden Kopfschmerzen aufgewacht war.

Es machte ihm Sorgen, wie leicht Elijah ihn zu durchschauen schien, und wie genau er wusste, wie er Will verunsichern und durcheinanderbringen konnte. Will würde noch besser aufpassen und sich noch besser verteidigen müssen, als er es ohnehin schon tat, wenn er die Sache unbeschadet überstehen wollte. Seine Gedanken wanderten zurück zu jenem Abend vor zwei Wochen, an dem Elijah ihm den Heiratsantrag gemacht hatte.

Der Antrag war absurd und einfach nur lächerlich gewesen, doch für einen Moment hatte Will geglaubt, dass er echt war. Einen Augenblick lang war er sich sicher gewesen, dass Elijah den Antrag aufrichtig gemeint hatte. Elijah hatte später zugegeben, dass es nur ein Test gewesen war, um zu sehen, wie Will reagieren und was er tun würde. Aber er hatte so ehrlich geklungen... aber vielleicht hatte Will sich das auch nur eingebildet.

Ich darf nicht vergessen, dass Männer wie Elijah Hunter sich nicht in Normalsterbliche wie mich verlieben. Elijah konnte vermutlich jeden Mann haben, den er wollte – und hatte vermutlich auch schon jeden gehabt. Es gab keine logische Erklärung dafür, warum Elijah gerade ihn haben wollte, außer, dass er sich rächen wollte. *Er will Genugtuung, egal wie, egal von wem, nur schmerzhaft muss es sein.*

In Gedanken malte Will sich all die Möglichkeiten aus, wie Elijah ihn verletzen und vernichten konnte, sollte Will es sich jemals erlauben, sich in ihn zu verlieben. Beim bloßen Gedanken daran rann ihm ein Schauer über den Rücken, und seine Kopfschmerzen wurden stärker.

Elijah wartete vermutlich bereits am Frühstückstisch auf ihn. Will blickte in den Spiegel, und ein sehr besorgt und angespannt aussehender Mann blickte zurück. Es war jetzt schon fast eine Stunde her, dass Elijah gegangen war, und Will war gerade erst mit dem Anziehen fertig. Ob Elijah länger auf ihn warten würde als eine Stunde? Oder würde er einfach aufgeben und gehen? Will war sich nicht sicher, warum er sich darüber überhaupt Gedanken machte.

Es dauerte fast anderthalb Stunden, bis er fertig war und sich auf den Weg in die Küche machte. Beim Eintreten konnte er Elijah nicht sofort entdecken und vermutete, dass er wohl doch schon gegangen war.

„Guten Morgen, Mrs Coleman", sagte er so munter er konnte.

„Guten Morgen, William." Mrs Coleman goss ihm umgehend eine Tasse Kaffee ein.

„Vielen Dank." Er nahm einen großen Schluck und genoss das Aroma. „Schmeckt fantastisch", merkte er an.

„Kann ich Ihnen etwas zum Frühstück machen?", fragte Mrs Coleman.

„Nein, vielen Dank. Kaffee ist alles, was ich brauche." Er lächelte und trank noch einen Schluck. „Der Kaffee zu Hause schmeckt nie so gut."

„Das liegt an unserem Brunnenwasser. Das macht ihn aromatischer, finde ich", sagte Mrs Coleman und setzte sich zu Will an den Tisch. „Elijah musste schon los", fiel ihr einen Moment später wieder ein. „Er wollte auf Sie warten, aber es gab ein Problem, um das er sich kümmern musste. Er bat mich, seine Abwesenheit zu entschuldigen."

„Sicher, das ist schon in Ordnung", erwiderte Will. „Es spielt keine Rolle."

Äußerlich erschien Will unbeteiligt, aber in ihm sah es ganz anders aus. *Warum macht es mir so viel aus, dass Elijah nicht gewartet hat? Was kümmert es mich überhaupt? Es ist doch alles nur ein einziger Test, ein ausgeklügeltes Spiel.* Er musste höllisch aufpassen und immer daran denken, rein gar nichts für bare Münze zu nehmen.

„Um diese Zeit ist er morgens selten noch im Haus. Ich war vollkommen überrascht, ihn hier auf Sie warten zu sehen." Mrs Coleman versuchte, ihn von der Echtheit von Elijahs Interesse an ihm zu überzeugen, oder zumindest nahm Will das an. „Er ist wirklich sehr von Ihnen angetan, William."

„Das bezweifele ich", gab er ein wenig zu kalt zurück. „Er amüsiert sich lediglich auf meine Kosten."

Mrs Coleman sah schockiert aus. „Elijah amüsiert sich ganz sicher nicht auf Ihre Kosten", sagte sie mit Nachdruck.

Will war verblüfft über Mrs Colemans heftige Reaktion. Sie schien sich von seinen Worten persönlich angegriffen zu fühlen. „Es tut mir leid, wenn ich Sie beleidigt habe", sagte er schnell.

„Oh, das haben Sie nicht." Mrs Coleman stand auf und goss Will Kaffee nach. „Elijah liegt wirklich etwas an Ihnen. Ich kenne ihn jetzt schon fast sein ganzes Erwachsenenleben lang, und lassen Sie mich Ihnen sagen, ich habe noch nie erlebt, dass er jemanden so behandelt wie Sie. Er versucht, Sie besser kennenzulernen. Es tut ihm wirklich leid, dass er geglaubt hat, dass Sie mit Katrina unter einer Decke stecken. Er weiß, dass Sie nichts mit dieser Erpressungsgeschichte zu tun hatten, und glauben Sie mir, William, sein Verhalten ist nicht das eines Mannes, der sich nur amüsiert."

Mrs Coleman brachte ihre Meinung klar zum Ausdruck, aber Will war nicht überzeugt. Natürlich verteidigte sie ihn. Er war ihr Arbeitgeber, und sie hatte sehr viel Respekt vor ihm. Sie würde vermutlich für alles, was er sagte oder tat, eine Erklärung finden. Will beschloss, das Thema zu wechseln.

Er fragte sie, ob er ihr bei irgendetwas helfen konnte, aber Mrs Coleman versicherte ihm, dass sie wunderbar alleine zurecht kam. Sie schlug ihm vor, stattdessen einen Spaziergang über die Ranch zu machen, die Arbeit und die Leute näher kennenzulernen, um so einen besseren Eindruck zu gewinnen. *Offenbar gefällt ihr mein derzeitiger Eindruck nicht besonders*, dachte Will, aber er nahm ihren Rat an und verließ das Haus für einen Spaziergang.

Die Luft war kühl und frisch, und die Sonne schien warm und hell. Es war ein wunderschöner Tag. Will schlenderte an einem der Nebengebäude vorbei und bemerkte einen jungen Mann, der auf ihn zueilte. Will blieb stehen, bis er ihn eingeholt hatte.

„Mr Hunter lässt ausrichten, dass Sie ihn im großen Stall treffen sollen", sagte der junge Mann und deutete auf ein Gebäude, das wohl der große Stall war, zu dem Will gehen sollte.

„Warum?", fragte Will desinteressiert. Er weigerte sich, nach Elijahs Pfeife zu tanzen.

„Hab ich ihn nicht gefragt", meinte der junge Mann lässig, aber mit einem leichten Grinsen. Er tippte sich an die Hutkrempe und ging in Richtung des besagten Gebäudes davon.

Er erwartet wohl von mir, dass ich ihm folge, schlussfolgerte Will. *Vergiss es*, dachte er widerspenstig und marschierte in die entgegengesetzte Richtung davon.

„Wenn Mr Hunter mich zu sehen wünscht, dann kann Mr Hunter zu mir kommen. Schließlich bin ich in seinen Augen ja nur der zornige, verbitterte, eigenbrötlerische Bruder einer Erpresserin. Er vertraut mir nicht, und respektieren tut er mich auch nicht, warum macht er jetzt auf einmal einen auf nett und freundlich?

73

Alles was ich sage oder tue wird gegen mich verwendet werden", erklärte er dem verlassenen Pfad vor sich.

In Gedanken wütete er weiter gegen Elijahs herablassende und kontrollierende Art, bis er plötzlich am Ufer eines kleinen Baches stand. Ein Blick auf seine Armbanduhr sagte ihm, dass er jetzt fast vierzig Minuten lang immer geradeaus gelaufen war. *Ich lege erst mal eine kleine Pause ein, bevor ich mich auf den Rückweg mache,* beschloss Will und suchte sich ein bequem aussehendes Büschel Gras unter einer großen Weide, wo er sich hinsetzte, um sich auszuruhen.

Es tat so gut, allein zu sein. Keiner war da, der ihn beobachtete; keiner war da, der ihn analysierte und beurteilte. Das Murmeln des über die Steine plätschernden Wassers und das Rauschen des Windes in den Blättern der Weide lullten ihn ein. Will schloss die Augen, und langsam überkam ihn der Schlaf.

Von weit her konnte er einen Hund bellen hören. Zuerst erschien es ihm wie Teil eines Traums, aber das Geräusch wurde lauter und lauter und kam eindeutig näher, und abrupt wurde Will wach. Desorientiert rappelte er sich auf und blickte sich um. Es dauerte einen Moment bis er sich wieder erinnerte, an seinen Spaziergang und wie er plötzlich am Bach gestanden hatte. Will sah auf seine Armbanduhr und stellte überrascht fest, dass er fast zwei Stunden geschlafen hatte.

„William!" Er konnte Elijah rufen hören, ihn aber nicht sehen.

Plötzlich brach ein großes, dunkles Pferd aus dem Unterholz und schien einen Satz auf ihn zuzumachen. Will wich erschrocken zurück, verlor das Gleichgewicht, stolperte gegen den Baumstamm und landete mit einem dumpfen Geräusch unsanft im Gras. Elijah sprang rasch vom Pferd und half ihm wieder auf die Füße, dann zog er ihn fest an sich.

„Weißt du eigentlich, wie lange du weg warst?", fragte er. Seine Stimme war rau und besorgt, aber er klang nicht wütend, was Will überraschte. Ein bisschen bekam er ein schlechtes Gewissen, dass er Elijah Sorgen gemacht hatte.

„Ich bin spazieren gegangen und habe mich dann hier an den Bach gesetzt, um eine Pause zu machen." Will suchte nach einer glaubhaften Erklärung. „Ich bin eingeschlafen. Es tut mir leid." Er klang wie ein kompletter Vollidiot, das war ihm klar.

„Muss ich dich denn immer suchen?", fragte Elijah mit einem leisen Anflug von Belustigung. Er ließ Will los und trat zurück, und Will vermisste den Halt, den er ihm gegeben hatte. Er lehnte sich gegen den Baumstamm, um sein Gleichgewicht wiederzufinden. Elijah trat ans Bachufer und blickte auf das vorbeirauschende Wasser.

„Ich habe mir Sorgen um dich gemacht", sagte er, ohne sich umzudrehen. Will antwortete nicht. „Es tut mir leid, dass ich dich beim Frühstück versetzt habe."

Erstaunt blinzelte Will Elijahs Rücken an und fragte sich, warum er sich dafür entschuldigte. „Schon okay", sagte er gedankenverloren. „Ist nicht so wichtig."

Elijah wirbelte zu Will herum und durchbohrte ihn mit einem funkelnden Blick. „Natürlich ist es verdammt noch mal wichtig!", schrie er nahezu. „Hast du wirklich eine so geringe Meinung von dir selbst, dass es dir egal ist, wie man mit dir umspringt?"

Elijah stand plötzlich direkt vor ihm und ragte über ihm auf. Will drückte sich rücklings gegen den Stamm der Weide und wünschte sich, er könne durch ihn hindurch entkommen, nur weg von Elijah. Sie waren einander so nahe, dass Will sich nicht mehr bewegen konnte, wenn Elijah es nicht zuerst tat.

„Natürlich ist es mir nicht egal! Deshalb bin ich ja auch nicht wie befohlen zum Stall gekommen", erwiderte Will hitzig.

Elijah lächelte selbstzufrieden. „Das dachte ich mir."

Will erkannte, dass Elijah ihm schon wieder eine Falle gestellt hatte, und dass er mit der Erklärung seines Verhaltens geradewegs hineingetappt war. Noch ein Spiel, noch ein Test; es nahm einfach kein Ende.

„Deshalb bist du auch einfach davonmarschiert, oder?"

Will warf ihm einen finsteren Blick zu. Es war nun wirklich nicht nötig, diese Frage zu beantworten.

Elis Blicke glitten über Wills Gesicht, studierten jede Nuance, jede noch so kleine Änderung seines Gesichtsausdruckes. „Du *bist* wichtig, und du bist mir wichtig." Er beobachtete Will genau.

Will erwiderte seinen Blick, sagte aber nichts. Dieser Mann bedeutete Schwierigkeiten. Er war zu glatt, zu geschickt; er wusste zu viel. Will konnte sich in ihm verlieren. Es war einfach nur lächerlich, wie er Liebe und Leidenschaft für Will vortäuschte. Das sagten Wills Verstand und die Logik. Doch sein Herz schmerzte vor Sehnsucht, und all seine Sinne verlangten nach dem, was Elijah zu versprechen schien. Will wollte ihn so sehr, dass seine Hände zitterten vor Verlangen, ihn zu berühren. Wie sollte, wie konnte er sich verteidigen? Und wie sollte er bis zum einunddreißigsten durchhalten? Es war doch alles nur ein Spiel.

„Es tut mir leid, dass ich dir Sorgen gemacht habe und dass du deinen Arbeitstag unterbrechen musstest, um mich zu suchen." Er wiederholte seine Entschuldigung mit deutlich mehr Sarkasmus in der Stimme.

„Ich dachte, du hättest dich vielleicht verlaufen. Rob sagte mir, dass er dir meine Nachricht ausgerichtet hätte." Eli lächelte auf ihn hinab. „Er sagte mir auch, dass du in die entgegengesetzte Richtung davongegangen bist. Ich bin eine ganze Weile lang auf der Suche nach dir durch die Gegend geritten. Jake hier ist derjenige, der dich gefunden hat." Eli streichelte dem großen Hund, der neben ihm saß, über den Kopf. „Lauf nach Hause, Jake", befahl er, und der Hund schoss sofort davon.

„Dein Hund ist gut abgerichtet", bemerkte Will.

„Wenn ich das doch auch von meinen Männern sagen könnte." Eli lachte über Wills empörten Gesichtsausdruck.

„Ich bin nicht dein Mann", schäumte Will.

„Du kannst jeden hier auf der Ranch oder auch im ganzen Umkreis fragen, jeder wird dir dasselbe sagen: William Drake ist Elijah Hunters Mann." Er lachte lauter und zog Will so fest an sich, dass er ihn fast von den Füßen hob. „Kämpf dagegen an, wenn du willst, du wirst mir doch nicht entkommen können."

„Du bist vollkommen wahnsinnig", verkündete Will und verlangte, abgesetzt zu werden. Er fühlte die sehnige Kraft in Elijahs Körper, so dicht an seinem, und er kämpfte gegen den Drang an, sich ihm zu ergeben. Jede Faser seines Körpers flehte Elijah an, ihn zu nehmen, aber Wills Verstand behielt zumindest für den Augenblick noch die Oberhand.

Plötzlich hob Elijah ihn komplett vom Boden hoch und in seine Arme und trug ihn zu seinem Pferd.

„Lass mich runter!", schrie Will.

„Nein", sagte Elijah nur.

„Was soll denn das?", verlangte Will zu wissen, als Elijah ihn auf den Sattel warf.

„Ich führe dich zum Mittagessen aus", erwiderte Elijah, als er sich hinter Will auf das Pferd schwang. Elijah schlang seine Arme um ihn und zog Will fest an sich. „Sitzt du bequem so?", fragte er.

„Nein, nicht wirklich", antwortete Will wenig überzeugend. „Ich habe das Gefühl, direkt auf deinem Schoß zu sitzen." Zu seinem Entsetzen rieb seine Kehrseite bald mit jedem Schritt des Pferdes gegen Elijahs Körper. *Das sollte nicht so erotisch sein*, schalt Will sich selbst, aber sein Schwanz dachte anders und hörte nicht zu.

„Das tust du", sagte Elijah. Er lenkte das Pferd im Schritt durch das dichte Unterholz, aber sobald sie die freie Ebene erreicht hatten, trieb er es zum vollen Galopp an.

Wills Fingerknöchel wurden weiß, so fest hielt er das Sattelhorn umklammert. Elijah hielt in der einen Hand locker die Zügel, die andere umfasste Wills Hüfte. Je schneller das Pferd wurde, desto fester wurde Elijahs Griff. Will spürte Elijahs Atem über seinen Nacken streichen und den Schlag seines Herzens an seinem Rücken. Er war so ruhig und gelassen; sein Atem und sein Herzschlag gingen beide absolut gleichmäßig. Wills Herz hingegen raste, und er atmete flach und schnell, die Reaktion auf die Kombination aus Elijahs Nähe und der Schnelligkeit des Pferdes.

Nach ungefähr einer Meile verlangsamte Elijah das Tempo zu einem geruhsamen Trab, aber den Arm um Wills Taille lockerte er nicht.

„Ich muss nach den Männern sehen, die am südlichen Zaun arbeiten", sagte Elijah, „und dann gehen wir Mittagessen." Er drückte Will. „Okay?"

„Klar", antwortete Will langsam. *Und wo gehen wir essen?*, fragte er sich. Sie waren meilenweit von jeglicher Zivilisation entfernt.

Sie ritten auf eine Gruppe aus vier Männern zu, die damit beschäftigt waren, einen Teil des Zauns zu ersetzen. Sie schienen äußerst überrascht, Will bei Elijah zu sehen, aber keiner von ihnen sagte etwas. Elijah saß ab und reichte Will die Zügel.

„Hier, halt ihn für mich. Er heißt Buck. Ich bin gleich wieder da", sagte Elijah und ging zu seinen Männern.

Will gefiel es, die Zügel in der Hand zu halten. Allerdings bezweifelte er, dass er Buck würde halten können, sollte das Pferd durchgehen oder es sich in den Kopf setzen, davonzuwandern. Es war wirklich ein prachtvolles Tier. Will wünschte sich, Buck reiten zu können, allein, ohne Hilfe oder Unterstützung von anderen, aber er hatte noch nie vorher auf einem Pferd gesessen und nicht die geringste Ahnung vom Reiten.

Er beobachtete Elijah, während er mit seinen Männern sprach. Elijah hörte ihnen aufmerksam zu und gab dann ein paar Anweisungen, bevor er zum Pferd zurückkam und sich wieder in den Sattel schwang. Elijah war geschickt und wusste, was er tat, so viel war sicher. Sein Arm legte sich fest um Wills Taille, und sie ritten los.

Und was für ein Test wird es heute?, fragte Will sich. Erst die Bankkarte und dann der Heiratsantrag. Was hatte Elijah wohl für heute geplant? Womit würde er Will heute auf die Probe stellen?

Er macht den Eindruck, als würde er sich wirklich darüber freuen, Zeit mit mir verbringen zu können. Aber er ist auch ein sehr guter Schauspieler. Der Antrag neulich hätte jeden, der dumm genug ist, ihn für bare Münze zu nehmen, zum Dahinschmelzen gebracht. Selbst mich hat er ja berührt, und ich bin nicht so dumm, darauf hereinzufallen.

Verstand und kühle Logik gewannen die Überhand und brachten Will schnell wieder in die Realität zurück. Er konnte nichts anderes tun, als durchzuhalten und nicht auf Elijahs vorgetäuschte Aufrichtigkeit hereinzufallen. Ein falscher Schritt, und er würde den Preis für Katrinas Verbrechen zahlen.

Für ihr Mittagessen führte Elijah ihn zu einem wunderschönen Fleckchen auf seinem Land: ein kleiner, Gras bewachsener Hügel an einem glitzernden Bächlein, von dem aus man über Meilen offenen Graslandes blicken konnte. Elijah breitete die Decke aus, die er mitgebracht hatte, und packte das Picknick aus, das Mrs Coleman für sie vorbereitet hatte. Will war hungrig und griff bei Sandwiches und Kaffee dankbar zu. Sie saßen schweigend Seite an Seite bis Will, wie so oft, das Bedürfnis verspürte, etwas zu sagen.

„Was willst du eigentlich wirklich von uns?"

Elijah antwortete nicht. Er blickte hinaus über die Ebene und aß sein Sandwich.

„Du willst nicht, dass Katrina Martin heiratet. Das hast du mir am Telefon selbst gesagt. Du hast gesagt: „Sie wird Martin nur über meine Leiche heiraten", erinnerte Will ihn. „Katrina hat keine 500.000 Dollar. Du weißt genau, dass sie bereits alles, was sie von Vater geerbt hat, durchgebracht hat." Elijah kaute schweigend weiter. „Das Land, das ich besitze, ist keine 500.000 Dollar wert. Vielleicht 250.000, aber wenn du die Kosten für ein Gerichtsverfahren abziehst, bleiben vielleicht noch 100.000 Dollar übrig, wenn du Glück hast."

„Deine Schwester hat zwei Möglichkeiten: entweder sie heiratet oder sie zahlt", sagte Elijah kalt. „Mein Angebot an dich steht nach wie vor", fügte er ernst hinzu.

Will wollte zu gern auf Elijahs Bemerkung eingehen, aber er wusste, dass sie nur ein weiterer Versuch war, ihn in die Falle zu locken, also ignorierte er sie. „Meine Frage ist: Warum das alles? Warum dieser ganze Aufwand? Warum rufst du nicht einfach die Polizei, meldest das Verbrechen und gut ist?"

Eli wandte den Kopf zu ihm um und studierte ihn eingehend, dann sagte er: „Meine Gründe gehen nur mich etwas an."

„Okay", gab Will nach und ließ die Sache auf sich beruhen. „Ich würde sie wahrscheinlich ohnehin nicht verstehen." Will nahm seinen Becher und füllte ihn aus der Thermoskanne nach, die Elijah mitgebracht hatte.

Eli sah Will an, überrascht, dass er seine Worte einfach so akzeptiert hatte. Die meisten Menschen hätten weiter gefragt und nachgebohrt, um die Antwort zu bekommen, die sie haben wollten. Will hingegen zog sich zurück; er wusste, dass er diesen Kampf nicht gewinnen konnte. Will verstand sehr viel mehr, als ihm bewusst war.

„Hier, probier das mal", sagte Eli und wechselte damit das Thema. „Mrs Coleman macht die nur für mich so", prahlte er.

Will biss ein Stück von Elijahs Sandwich ab. „Das schmeckt wirklich gut. Was ist da drauf?"

„Das ist streng geheim", scherzte Elijah.

„Darf ich noch mal beißen?", fragte Will, der wirklich neugierig war, womit das Sandwich belegt war.

Elijah hielt ihm das Sandwich hin, und Will nahm noch einen Bissen und kaute langsam. Er war ganz darauf konzentriert, die einzelnen Bestandteile des Belags herauszuschmecken, als Elijah sich zu ihm beugte und ihn zart auf die Lippen küsste. Die Berührung kam unerwartet, und Will zuckte überrascht zurück. Elijah lehnte sich näher und legte eine Hand an seine Wange.

„Hab keine Angst", flüsterte er. Sein Gesicht war so nahe, dass seine Worte wie ein zarter Hauch über Wills Lippen strichen. Elijahs Daumen fuhr sanft über Wills Wange, und sein Blick glitt suchend über Wills Gesicht.

Langsam bewegte sich die Hand von Wills Wange zu seinem Nacken, umfasste ihn und zog Will noch näher an Elijah heran, überbrückte die letzten Zentimeter. Sanft küsste Elijah Will direkt auf den Mund.

Will war sich bewusst, dass er Elijah widerstehen sollte, dass er es aber wie schon beim ersten Kuss nicht tat. Nicht tun würde. Die Art wie Elijah ihn ansah, ihn berührte, ihn küsste, ließ ihn jedes Mal nur nach mehr verlangen. Elijahs Lippen wurden fordernder, bis Will sich ihm öffnete, und er erwiderte den Kuss mit einer ihm selbst nahezu unbekannten Leidenschaft. Zum ersten Mal hielt Will sich nicht mehr zurück.

Überwältigt von Wills plötzlicher und unerwarteter Hingabe stöhnte Eli laut auf, dann drückte er Will rücklings auf die Decke. Seine Lippen fanden Wills mit einer Heftigkeit, die ihn überraschte, aber nicht ängstigte.

Will wölbte seinen Rücken und hob sich Elijah gierig entgegen, und wurde für seine Mühen mit einem weiteren, tiefen Stöhnen belohnt. Elijahs freie Hand glitt zu Wills Hosenbund und öffnete geschickt Knopf und Reißverschluss. Er zog Will das T-Shirt über den Kopf und entledigte sich dann rasch seines eigenen Hemdes, so dass ihre Oberkörper sich direkt und ohne Barrieren berührten.

Will stöhnte gegen Elijahs Lippen, als Elijahs Hand über seine Hüfte glitt und sich um Wills schmerzendes, in seiner rasch enger werdenden Unterhose gefangenes Glied schloss. Er blickte hoch und tief in Elijahs dunkelblaue Augen und sah dort nur Liebe, Lust und Verlangen. Sein Verstand schrie ihm zu, dass er aufhören musste, ehe es zu spät war, aber Will schlug all seine Warnungen in den Wind und gab sich ganz Elijah und seinen Küssen hin.

Er ließ seine Hände über Elijahs muskulösen Rücken gleiten und versuchte, ihn näher an sich zu ziehen. Elijah knabberte an seiner Schulter, und Will presste seine Erektion gegen Elijahs Oberschenkel, um ihn wissen zu lassen, wie sehr er ihn wollte.

Elijah küsste ihn erneut, dann glitten seine Lippen an Wills Hals hinab, erforschten und neckten und berührten ihn überall. Zwischen den einzelnen Küssen flüsterte Elijah ihm unglaublich wunderschöne Dinge zu. Gleichzeitig massierte und streichelte seine Hand Will durch den weichen Stoff seiner Unterhose und schürte in Will eine Hitze und ein Verlangen, die die letzten Reste seiner reservierten Zurückhaltung hinwegzufegen drohten.

„Oh, Will", stöhnte Eli und plünderte erneut die warme Süße seiner Lippen. Er schob sich über Will und bedeckte Wills Körper mit seinem.

Will staunte darüber, dass ein so großer und muskulöser Mann sich so leicht, beinahe schwerelos, auf ihm anfühlen konnte. Seine Hüften drängten sich ihm entgegen, als Will die Beine um Elijah schlang, so als wolle er ihm Einlass gewähren zu jenem verletzlichsten Teil seines Körpers. Elijahs Hand, die so viele wundervolle, unbekannte und neue Dinge mit ihm anstellte, glitt erneut zum Bund von Wills Jeans und zog sie ihm mit einer raschen, geschickten Bewegung aus, so dass Will nur noch in seine Boxershorts gekleidet dalag.

Kühn ließ Eli seine Hand unter den Bund von Wills Boxershorts gleiten und umfasste seine Erektion. Der Ausdruck von Ekstase auf Wills Gesicht erfüllte ihn mit Ehrfurcht.

Das Gefühl seiner rauen, schwieligen Hand auf Wills hochempfindlichen Glied war exquisit und beinahe überwältigend, und Will musste sich stark beherrschen, um nicht sofort und auf der Stelle zu kommen. Dann entledigte Elijah sich seiner Jeans und Unterhose, entblößte seine eigene, stattliche Erektion, und Will wusste, dass es kein Zurück mehr gab. Er wollte Elijah.

Doch plötzlich überkamen ihn Befangenheit und Scham über sein lüsternes Verhalten. Er lag nackt auf einer Decke auf einer Wiese, und ein anderer Mann berührte ihn, streichelte ihn auf so intime Weise. So etwas tat Will normalerweise nicht, und es machte ihm Angst, dass er Elijah so sehr wollte.

Eli spürte Wills wachsenden Widerstand und hob langsam eine Hand und legte sie um seine Wange. Er hob den Kopf, stützte sich auf einem Unterarm ab und sah Will tief in die Augen. Dann küsste er ihn sanft, zärtlich, und ließ seine Zunge langsam über den fest zusammengepressten Saum von Wills Lippen gleiten.

„Ich will dich, William", brachte er atemlos hervor. „Und du willst mich auch. Akzeptiere, dass unsere Vereinigung unausweichlich ist." Eli schob seine Hüften vor, presste sie gegen Wills, und ihre Körper berührten einander an genau der richtigen Stelle, auf genau die richtige Art. Gleichzeitig küsste er Wills geschlossene Lider, dann seine Wangen, seinen Hals und sein Ohr, und knabberte sanft und verlockend an Wills Ohrläppchen.

Er spürte das Hämmern von Wills Herz in seiner Brust, ahnte seine wachsende Panik. Mit enormer Anstrengung gelang es Eli, sich auf die Ellenbogen hoch zu stemmen, so dass zwischen ihren Körpern ein winziger Abstand entstand. Eli blickte starr zu Boden, während er darum rang, sich wieder unter Kontrolle zu bekommen. Er konnte Will nicht ansehen. Nicht jetzt, in diesem Moment. Nicht, wenn er sein Verlangen nach ihm im Zaum halten wollte.

Er wollte Will, mehr als alles andere, das er jemals gewollt hatte. Will war anders als Katrina, das hatte er vom ersten Moment an, als er Will getroffen hatte, gewusst. Aber da war er noch nicht bereit gewesen, ihm zu vertrauen. Er hatte ihn erst auf die Probe stellen müssen, um sicher zu gehen, dass Will nicht log. Eli war so daran gewöhnt, belogen und hintergangen zu werden, dass er von allen nur das Schlechteste erwartete. Und jetzt würde Will ihm nichts mehr glauben, egal, was er sagte – und das war seine eigene Schuld. Alles war ein Test gewesen, eine Prüfung, und Will wusste das. Er würde nichts von dem, was Eli sagte oder tat, ernst nehmen und nur einen weiteren Test erwarten.

Will bemerkte Elijahs inneren Kampf. Er sah, wie er wiederholt tief ein- und ausatmete. Dabei blickte er Will nicht an, und Will beschlich die Ahnung, dass Elijah wütend auf ihn war und angewidert davon, dass Will ihn erst heiß gemacht hatte und sich nun zierte.

Er denkt vermutlich, dass ich ihn nur scharf machen wollte. Womit sich dann all seine Urteile über meinen Charakter in seinen Augen als wahr erwiesen hätten, dachte er entmutigt und wandte den Kopf ab. Er wollte den Abscheu und die Verachtung in Elijahs Blick nicht sehen. In Elijahs Augen war Will genauso wie Katrina, nur auf Geld und einen reichen Ehemann aus.

„Es tut mir leid", flüsterte Will.

Elijah drehte den Kopf und sah ihn endlich wieder an. Sah zu ihm hinunter und fragte: „Du bist nicht so erfahren, wie es deine Küsse vermuten lassen, oder?" Mit einer Hand strich er Will eine Haarsträhne aus dem Gesicht, eine schlichte aber intime Geste. Er wartete auf eine Antwort.

„Nein, das bin ich nicht", antwortete Will, ohne weitere Erklärungen zu liefern.

„Katrina hat erzählt, dass du über zwei Jahre lang einen festen Freund gehabt hättest, und dass er dich dann plötzlich verlassen und sich einen Neuen gesucht hat." Seine Stimme klang seltsam.

Will hatte eigentlich nicht vorgehabt, sein Privatleben zu diskutieren, aber die Behauptung, dass George ihn für einen Anderen verlassen hatte, wahr schlicht falsch, und er konnte nicht widerstehen, das zu korrigieren.

„Ich war derjenige, der Schluss gemacht hat", sagte er fest.

„Warum?", flüsterte Elijah, und sein Atem strich über Wills rote und erhitzte Wange.

„Wir waren im Grunde genommen nur gute Freunde. Zwischen uns war nie mehr. Ich habe ihn nicht geliebt, und George hat jemand aufregendes und leidenschaftliches verdient", erklärte Will bereitwillig, obwohl er wusste, dass er mit jedem Wort nur noch mehr über sich preisgab.

„Wenn du ihn je so geküsst hättest, wie du mich gerade geküsst hast, dann hätte er dich nie verlassen."

Elijahs Beharren darauf, dass George derjenige gewesen war, der ihn verlassen hatte, machte Will wütend. „Vielen Dank für den Hinweis", sagte er eisig. Mit einem Mal fühlte er sich seltsam leer und kalt. „Wenn ich wieder zu Hause bin, werde ich ihn mal besuchen und es ausprobieren."

„Nein!", explodierte Elijah.

Mit dieser Reaktion hatte Will nicht gerechnet. Er hatte eher damit gerechnet, Beleidigungen, boshafte Anspielungen und höhnisches Gelächter ertragen zu müssen. Elijahs Augen waren noch dunkler geworden, und seine Miene war undurchdringlich.

„Wenn er es in über zwei Jahren nicht geschafft hat, deine Leidenschaft zu entfachen, dann wird es ihm nie gelingen. George ist nicht der Mann, den du brauchst." Elijah küsste ihn, hart und fordernd, raubte ihm in Sekundenbruchteilen jeglichen Widerstand und ließ ihn bebend und nach mehr verlangend zurück.

Abrupt endete der Kuss, und Elijah blickte Will tief in die Augen. „Hab keine Angst, Will." Es war eine Bitte, kein Befehl.

Oh Gott, ich will dich!, schoss es Will durch den Kopf, und mit einem Mal waren all seine Befürchtungen wie weggeblasen, und seine Unerfahrenheit spielte keine Rolle mehr. Er wollte Leidenschaft. Er wollte dieses brennende Verlangen, das in ihm aufstieg und ihn zu vernichten drohte, wenn er ihm nicht nachgab. Er wollte Elijah.

„Ich will dich", hauchte Will atemlos und nahm Elijahs Lippen mit seinen in Besitz.

Seine unerwartete Initiative überraschte Eli, aber bald schon erwiderte er jeden Kuss voller Leidenschaft und Enthusiasmus. Es dauerte nicht lange, bis Will nackt unter ihm lag und er jeden Zentimeter von Wills Körper küsste und berührte.

Will dachte, er müsse zerspringen, wenn Elijah ihn nicht bald nahm. Niemals zuvor hatte er sich so begehrt gefühlt. Niemals zuvor hatte er sich einem Mann so vollkommen hingeben wollen. Niemals zuvor hatte er sich gewünscht, einem anderen Mann zu gehören.

Mit einer raschen Bewegung nahm Elijah Wills Männlichkeit in den Mund, und Will keuchte, als Elijahs Zunge über sein Glied tanzte. Er wand sich unter seinen Liebkosungen, und klammerte sich an der Decke fest, um seinen Höhepunkt weiter hinauszuzögern; er wollte diesen Augenblick festhalten so lange es ging.

Ohne in dem, was er gerade tat, innezuhalten, ließ Eli die kleine Tube Gleitgel aufschnappen, die er mitgebracht hatte. Er hatte sie in den Picknickkorb gepackt in der Hoffnung, dass Will seine Liebe annehmen würde. Behutsam und sorgfältig öffnete er Will; er wollte sicher sein, dass Will bereit für ihn war, bevor er weiter ging.

„Sag mir, dass du es willst", flüsterte Eli und sah Will tief in die Augen.

„Ich will es", antwortete Will ohne zu zögern.

Eli rollte sich rasch ein Kondom über und drang dann ganz langsam in Will ein, behutsam, um ihm nicht weh zu tun. Will verzog zu Anfang das Gesicht, aber dann atmete er tief durch und entspannte sich bewusst, bis Elijah tief in ihn eingedrungen war.

Eli hielt still; es kostete ihn jede Unze seiner Selbstbeherrschung, um nicht vorzustoßen, sich wie ein Wilder in die enge, weiche Hitze, die ihn umschloss, hineinzubohren. Will nickte ihm zu, und Eli begann, sich zu bewegen, langsam zuerst, aber dann immer schneller, als Will ihn um mehr anflehte.

Eine dünne Schweißschicht überzog ihre Körper, als sie sich immer schneller bewegten, miteinander und gegeneinander, vorstoßend und fordernd. Will hob sich Elijahs Stößen entgegen und wand sich in Ekstase, als jeder Stoß seine Prostata berührte.

Bald schon spürte Will seinen Höhepunkt herannahen. „Ich bin... so nah dran", keuchte er, und Elijah nahm ihn in die Hand und streichelte ihn zum besten Orgasmus seines Lebens. Niemals zuvor hatte jemand ihn so berührt. Niemals zuvor hatte er sich so benutzt und gleichzeitig so geliebt gefühlt.

Ein paar harte Stöße später füllte Eli das Kondom und brach dann auf Will zusammen. Sie rangen nach Luft.

Langsam kam Eli wieder zur Besinnung, und mit der Rückkehr des klaren Denkens kamen Schuldgefühle. *Ich habe ihn überrumpelt und die Situation ausgenutzt. Er war noch nicht soweit.*

Will seinerseits war beschämt über seine Schamlosigkeit und seine Unfähigkeit, sich in Elijahs Gegenwart zu kontrollieren. *Ich kann einfach nicht klar denken, wenn er in meiner Nähe ist. Mein Hirn wird zu Brei, wenn er mir zu nahe kommt.*

Sie mieden den Blickkontakt, während sie sich rasch säuberten und wieder anzogen. Elijah sammelte schnell die Reste vom Picknick und die Decke ein und verstaute sie. Dann packte er Will um die Hüfte und warf ihn ohne viel Federlesens in den Sattel. Er stieg hinter ihm auf und zog Will fest an seine Brust. Der Ritt zurück zur Ranch verlief schweigend, beide tief in Gedanken versunken.

Eli war gleichzeitig überglücklich und zutiefst frustriert. Er wusste, dass Will auf ihn reagiert hatte wie noch nie auf einen anderen Mann, dass er aber auch weiterhin Eli und seinen Antrag ablehnen würde. Ursprünglich war der Heiratsantrag als Test gedacht gewesen, aber noch während er ihn gemacht hatte, hatten sich die Worte für Eli echt angefühlt. Würde Will den Antrag annehmen, Eli würde ihn sofort heiraten. Und zwar ohne Bedenken. *Bin ich denn wahnsinnig?*, fragte er sich. *Dass ich mich von gerade diesem Mann so hinreißen lasse?*

Er hatte noch nie für irgendjemanden das gefühlt, was er für Will empfand. Dabei kannte er Will kaum, oder zumindest noch nicht lange und auch nicht sehr gut. Aber er wusste, dass Wills Abreise von der Ranch ihn unglücklich machen würde.

Die plötzliche Erkenntnis überwältigte ihn schier und ließ ihn wie betäubt zurück.

Er würde Will überzeugen, auf der Ranch zu bleiben. Irgendwie. Er musste ihn überzeugen. Eli würde Will beweisen, dass er es ernst meinte, dass seine Absichten aufrichtig waren und er ihn nicht weiter auf die Probe stellte. Ihm blieben noch ein paar Tage Zeit, und er würde nicht eine Sekunde davon verschwenden.

Während er vor sich hin grübelte und über ihn nachdachte, zog er Will immer fester an sich, bis er nahezu sein Gesicht in Wills blondem Haar vergraben hatte. *Ich werde ihn überzeugen. Er wird meine Liebe akzeptieren*, schwor er sich innerlich, wieder und wieder.

Will schrak vor der Erinnerung an sein Verhalten auf der Decke zurück. Er war so lüstern gewesen, so schamlos. Wie konnte es sein, dass er sich so schmerzlich nach einem Mann sehnte, der sich ihm gegenüber immer nur herablassend und hochmütig und so schrecklich kontrollierend verhalten hatte? Gerade diese Eigenschaften verabscheute Will bei Männern am allermeisten, und doch war er beim ersten Hauch von Verführung dahingeschmolzen und hatte mit Elijah geschlafen.

Wie kann es sein, dass Körper und Verstand so vollkommen unabhängig voneinander agieren können? Wenn ich mich nicht zusammenreiße, werde ich nicht nur mein Zuhause, sondern auch meine Würde und Selbstachtung verlieren, bevor ich diese Ranch wieder verlasse. Beim nächsten Mal reiße ich mich zusammen, schwor Will sich selbst.

Als sie die Ranch erreicht hatten, zügelte Elijah Buck. Er winkte Martin, der ihm lächelnd zurief: „Wie ich sehe hast du ihn gefunden!"

Jeder, der sie sah, schien über ihn zu lachen, und Will kochte vor Wut.

Vor dem großen Stallgebäude brachte Eli Buck zum Stehen und saß ab. Er schlang einen Arm um Wills Taille und half ihm beim Absitzen. Aber statt ihn loszulassen, sobald Will mit beiden Füßen auf dem Boden stand, zog er ihn fest in seine Arme. „Du bist wunderschön", flüsterte er Will ins Ohr, und erst dann ließ er ihn langsam los.

Niemand konnte das strahlende Lächeln auf Elijahs Gesicht übersehen, und alle, die es sahen, waren verblüfft von der Wirkung, die William Drake auf ihn hatte. Elijah lächelte nur selten und lachte fast nie. Zumindest konnte sich niemand daran erinnern, wann er das letzte Mal gelacht hatte.

„Geh schon mal vor ins Haus, mein Schatz. Ich komme nach, sobald ich mich um Buck gekümmert habe", sagte Eli. Will wandte sich schweigend um und ging. Eli sah ihm nach, bis er im Haus verschwunden war.

Sam schlenderte herüber und hielt neben Elijah an. „Er scheint ein wirklich netter Kerl zu sein", bemerkte er beiläufig.

„Das ist er, Sam. Er ist ein sehr netter Kerl." Elijah klang verträumt.

„Wie lange bleibt er?", erkundigte Sam sich.

„Für immer, hoffe ich", erwiderte Eli ohne zu zögern. „Ich bin die Sache bisher falsch angegangen, aber ich hoffe, dass ich es von jetzt an besser machen werde."

Sam Arden hatte für Elijah gearbeitet, seit der die Ranch gekauft hatte, was inzwischen wirklich sehr viele Jahre her war. Er hatte ihn als Achtzehnjährigen kennengelernt, der versuchte, sich einen Namen zu machen, und hatte zugesehen, wie er älter wurde und klüger und zu einem harten, unnachgiebigen und unbeugsamen Mann heranwuchs. In einem Alter, in dem die meisten Männer noch nicht einmal in der Lage waren, Verantwortung für sich selbst zu übernehmen, war Elijah in die Vaterrolle für seinen kleinen Bruder geschlüpft.

Elijah Hunter war ein Mann, der seine Verantwortung sehr ernst nahm und der sich nie beschwerte. Sobald er eine Entscheidung getroffen hatte, akzeptierte er keinen Widerspruch mehr und keine Klagen. Steh zu deinem Wort: Das war sein Motto und auch das, was er von seinen Mitmenschen erwartete. Sam bewunderte und respektierte ihn wie keinen anderen Mann, für den er je gearbeitet hatte.

Im Lauf der Jahre hatten viele Männer und auch Frauen versucht, Elijah Hunter für sich zu gewinnen, was bei seinem Reichtum und seinem guten Aussehen auch nicht weiter verwunderlich war. Doch die wenigsten hatten es jemals bis durch die Tore und auf die Ranch geschafft. Und die wenigen, die es schafften, blieben nie lange. Elijah war weder freundlich noch im Mindesten höflich zu denen, die es nur auf sein Geld abgesehen hatten. Und er dachte von den meisten Menschen, dass sie es nur auf sein Geld abgesehen hatten. Katrina gegenüber hatte er sich schrecklich benommen. Ihr Erpressungsversuch hätte sie beinahe vor Gericht gebracht, aber gerade, als er die Polizei rufen wollte – hatte er stattdessen ihren Bruder angerufen.

Dieser Anruf hatte alles verändert. Er hatte Katrinas Zukunft verändert, denn statt finsterer Rachepläne schmiedete Elijah nun eifrige Pläne, um ihren Bruder für sich zu gewinnen.

Als sich auf der Ranch herumgesprochen hatte, dass Katrinas Bruder kommen würde, hatten alle erwartet, dass Elijah sich die beiden zur Brust nehmen und dann umgehend vor die Tür setzen würde. Das war der Plan gewesen. Elijah hatte ihnen eine Lektion erteilen wollen, die keiner der beiden jemals wieder vergessen würde.

Aber so war es nicht gekommen.

William entpuppte sich als vollkommen anders, als Elijah, als sie alle erwartet hatten. Er war intelligent, freundlich und höflich. Er führte nichts anderes im Schilde, als seiner Schwester zu helfen. Elijahs Interesse an ihm schien seit seiner Ankunft mit jedem Tag größer und intensiver geworden zu sein.

„Wenn er derjenige ist, den du willst, dann hoffe ich, dass du ihn bekommst." Sam klopfte Elijah auf die Schulter.

„Ich will ihn", erwiderte Elijah.

Als Will das Haus betrat, nahm ihn Mrs Coleman sofort mit der Nachricht in Empfang, dass Katrina am Telefon war und mit ihm sprechen wollte.

„Das nenn ich mal gutes Timing", kommentierte Will.

„Nicht wirklich. Das ist jetzt das vierte Mal, dass sie heute anruft." An Mrs Colemans Gesichtsausdruck konnte Will ablesen, dass sie und Katrina nicht gut miteinander auskamen.

„Vielen Dank, Mrs Coleman", sagte Will und ging ins kleine Arbeitszimmer, wo er den Anruf entgegennahm.

„Wo zum Teufel bist du gewesen?", schrie Katrina ihn an und beantwortete ihre Frage dann selbst. „Dieses dämliche Hausmädchen hat gesagt, dass du mit Elijah reiten warst. Mit Elijah reiten?" Ihre Stimme wurde zu einem lauten Kreischen. „Du sollst mir helfen und nicht dich amüsieren! Was zum Teufel denkst du dir eigentlich?"

Will ließ diese verbale Attacke schweigend über sich ergehen. Katrina kreischte so laut, dass selbst Mrs Coleman, die draußen direkt vor der Tür Stellung bezogen hatte, sie noch verstehen konnte. Mrs Coleman hatte gewusst, dass Katrina einem Wutanfall nahe gewesen war. Das hatte sie gleich herausgehört, als Katrina nach William verlangt hatte. Dieses verdammte Gör hatte kein Recht darauf, auf irgendjemanden wütend zu sein, und schon gar nicht auf William. *In Herrgotts Namen, er hat mit ihr den Platz getauscht, und sein einziger Dank ist dieses Gekeife?* Mrs Colemans Zorn erreichte einen Punkt, an dem sie nicht länger tatenlos zuhören konnte, sondern etwas tun musste. William verteidigte sich ja nicht selbst.

Sobald Elijah durch die Tür kam, trat Mrs Coleman auf ihn zu. „William telefoniert mit diesem verdammten Gör."

Eli wusste augenblicklich, von wem sie sprach. Er ging schnurstracks ins kleine Arbeitszimmer und hörte Katrinas Kreischen durch den Hörer.

„Wenn du mir nicht helfen kannst, warum verschwindest du nicht einfach von da und gehst nach Hause?", tobte Katrina.

Eli nahm Will den Hörer aus der Hand und legte einfach auf. Er lächelte ihn an. „Das reicht, findest du nicht?"

Will begann zu lachen. Er hatte genau das gleiche tun wollen, aber aus Pflichtbewusstsein war er still geblieben und hatte nur zugehört. „Danke", sagte er. Seltsam, aber es störte ihn nicht im Geringsten, dass Elijah sein Telefonat für ihn beendet hatte.

„Warum lässt du sie so mit dir reden?", fragte Elijah. Er lehnte sich gegen den Türrahmen und verschränkte die Arme. „Du sagst mir nur zu gerne und ohne zu zögern die Meinung, aber von ihr lässt du dich in Grund und Boden reden und schikanieren."

„Ich habe gelernt, dass es leichter ist, sie einfach toben und schreien zu lassen. Wenn du anfängst zu diskutieren, dauern ihre Wutanfälle nur noch länger. Normalerweise warte ich einfach, bis ihr die Puste ausgeht, und dann sage ich ihr meine Meinung."

„Hört sie darauf?"

Will lachte laut auf. „Nie!"

Eli beobachtete mit Genugtuung, wie Will sich langsam entspannte. Endlich erzählte er von sich aus etwas über sich selbst, und er tat es ohne Widerstreben.

„Hast du irgendetwas von ihren Plänen für Martin gewusst, bevor ich dich angerufen habe?" Er brauchte nur noch eine letzte, endgültige Bestätigung.

Wills Lachen verstummte, und sein Gesicht verschloss sich wieder, und augenblicklich bereute Eli seine Worte.

„Nein. Wie ich dir bereits damals gesagt habe. Ich hatte seit fast zwei Jahren nicht mehr mit meiner Schwester gesprochen. Ich habe keine Ahnung, was sie in der Zeit angestellt hat, und ich habe auch kein Interesse daran, es herauszufinden." Wills Antwort war knapp und kalt.

Jetzt konnte Eli auch versuchen, so viele Informationen wie möglich zu bekommen, und so bohrte er nach. „Ist sie dir schon immer so eine Last gewesen?"

„Eine Last nicht, nur eine Enttäuschung." Will lehnte sich mit einer Schulter gegen die Wand und verschränkte ebenfalls die Arme. Wenn Elijah Antworten wollte, dann würde er sie ihm geben, obwohl er bezweifelte, dass Elijah ihm Glauben schenken würde. „Martin ist nicht der erste Mann, den sie versucht hat zu erpressen."

Das erregte Elijahs Aufmerksamkeit, und mit großen Schritten kam er auf Will zu. „Was ist passiert?" Seine Stimme war lauter geworden, und seine Miene hatte sich verfinstert. Seine stahlblauen Augen trafen Wills und hielten sie fest.

Will wünschte sich, den Mund gehalten zu haben. Verdammt, jetzt würde er die ganze, elende Geschichte erzählen müssen.

Will sah ihn an, und Eli erkannte sofort, dass Will nicht vorgehabt hatte, ihm von dieser Sache zu erzählen. Aber jetzt war es zu spät. Er sah unbehaglich aus, fast so, als sei er ertappt worden. Gefangen. Elis konstantes Misstrauen, dass er Will gegenüber gerade erst in den Griff bekommen hatte, erwachte zu neuem Leben. Wills Körpersprache, der Ausdruck auf seinem Gesicht und wie er jedem Blickkontakt auswich, das alles schien Eli ein Zeichen zu sein, dass Will mit diesem ersten Erpressungsversuch etwas zu tun gehabt hatte.

„Katrina war achtzehn und fast mit der Highschool fertig." Will wand sich unter der schmerzhaften Erinnerung und sah Elijah bewusst nicht an. „Sie... hat versucht, sich einen der Geschäftspartner unseres Vaters zu angeln. Unglücklicherweise war der bereits verheiratet und hatte Kinder." Elijah sah Will prüfend und mit undurchdringlicher Miene an, während er erzählte.

„Er war ein erwachsener Mann, ein verheirateter Familienvater, und hätte sich auch so verhalten sollen. Es war nicht allein ihre Schuld, aber... es war hauptsächlich ihre Schuld." Wills Verteidigung seiner Schwester überzeugte nicht einmal ihn selbst. „Sie hatten eine Affäre, und dann fing Katrina an, ihm zu drohen. Er war reich, und wie du weißt will Katrina einen reichen Ehemann mehr als alles andere auf der Welt. Sie sagte ihm, dass er seine Familie verlassen und sie heiraten müsste. Wenn er das nicht täte, würde sie seiner Frau alles erzählen. Er hätte so oder so seine Familie verloren."

Immer noch kein Wort von Elijah, und sein eisernes Schweigen verunsicherte Will mehr, als Fragen oder Bemerkungen es hätten tun können.

„Er kam zu mir und bat mich, mit ihr zu reden. Sie dazu zu überreden, ihn gehenzulassen." Will seufzte tief, und seine Augen wanderten durch den Raum auf der Suche nach etwas, auf das er seinen Blick richten konnte. Er konnte Elijah nicht ansehen während er den Rest erzählte.

„Es kam mir alles so albern vor. Er konnte doch nur verlieren. Egal, was er tat und wie er sich entschied, er würde seine Familie so oder so verlieren. Ich habe ihm geraten, Katrina in Zugzwang zu bringen. Sie zurückweisen und es drauf ankommen lassen und mit den Konsequenzen leben. Das konnte schließlich auch nicht schlimmer sein als das, was sie von ihm verlangte. Ich hielt mich damals noch für ziemlich schlau." Er lächelte grimmig und voller Selbstverachtung und blickte weiterhin starr an Elijah vorbei.

Endlich reagierte Elijah. „Was hat er getan?"

„Er hat genau das getan, wozu ich ihm geraten habe, aber es ging nicht so aus wie erwartet. Er hat seine Familie verloren, als seine Frau von der Affäre erfuhr. Sie hat ihn verlassen, mitsamt den Kindern und dem Großteil seines Vermögens." Will drückte sich von der Wand ab. Er musste sich bewegen, brauchte Luft zum Atmen. Er machte in paar große Schritte von Elijah weg „Katrina hat seiner Frau alles erzählt. Sie hatte sogar Fotos. Ich habe nicht geglaubt, dass sie das tun würde. Sie hatte doch nichts zu gewinnen."

„Sie hat es aus reiner Bosheit getan." Ruhig und gelassen kam Elijah auf Will zu. Sein Gesichtsausdruck war nicht länger vorwurfsvoll, sondern eher verständnisvoll. Er legte leicht den Kopf zur Seite und beäugte Will neugierig. „Gibst du dir die Schuld an diesem Desaster?"

„Absolut."

„Er ist selber Schuld daran. Jeder Mann, der eine Affäre hat, riskiert damit das Ende seiner Ehe. Er wusste, worauf er sich einließ, er wollte nur nicht für sein Verhalten geradestehen." Elijah sprach mit bitterer Endgültigkeit in der Stimme. „Dein Rat war gut. Ich hätte ihm dasselbe gesagt. Und dann war es ja auch seine Entscheidung, ob er deinen Rat annehmen wollte oder nicht. Wenn es deine Schuld wäre, würde ich dir das ohne Umschweife sagen, das kannst du mir glauben, aber es gibt in dieser ganzen Geschichte nichts, wofür du dich schuldig fühlen müsstest. Er war ein Schürzenjäger, und sie ist ein hartherziges Biest, und sie haben sich ihre Suppe selbst eingebrockt. Du warst nur derjenige, der in einer ausweglosen Situation zu helfen versucht hat."

Will dachte ein paar lange Minuten über seine Worte nach, ehe er etwas sagte. Was Elijah sagte machte Sinn, aber er fühlte sich dennoch verantwortlich für das Geschehene. „Ich habe nie versucht, bei Katrina ein gutes Wort für ihn einzulegen. Ich habe nie versucht, ihr die Sache auszureden." Seine Stimme war leise und voller Scham.

„Hast du es jemals geschafft, Katrina zu etwas zu überreden, das sie nicht tun will?"

„Nein, aber ich habe es nicht einmal versucht."

„Das wäre reine Zeitverschwendung gewesen." Eli würde nicht zulassen, dass Will sich weiterhin in dieser Sache die Schuld gab. „Katrina hätte euch beide nur ausgelacht. Es hätte keinen Unterschied gemacht, und das hast du gewusst." Er kam näher, bis er direkt vor Will stand. „Du kennst deine Schwester besser als ich. Denk mal in Ruhe darüber nach und hör auf, dir die Schuld zu geben. Mal davon abgesehen, ein erwachsener Mann mit Frau und Kindern, der etwas mit einer Achtzehnjährigen anfängt, verdient dein Mitleid nicht. Ich würde sagen, dass seine Frau sich glücklich schätzen kann, dass sie ihn los ist."

So hatte Will die Sache noch nie betrachtet. Der Typ war widerlich, und Katrina war nicht die erste Frau, mit der er eine Affäre gehabt hatte. Elijah hatte recht.

Das Lächeln, das sich auf Wills Gesicht ausbreitete, war das strahlendste, das Eli jemals gesehen hatte.

„Du hast recht", sagte Will erleichtert. „Ich habe mir die Schuld gegeben, aber er hat sein Leben ganz alleine ruiniert." Will schüttelte ungläubig den Kopf. *Warum ist mir das nicht schon eher klar geworden?*

Elijah nahm seine Hand und legte die andere an Wills Wange. Sein schwieliger Daumen fühlte sich rau an auf Wills Haut. „Du bist ein ehrenhafter Mann, William Drake. Ein bisschen zu weichherzig vielleicht."

„Ich werde versuchen, weniger weich zu sein", erwiderte Will, unsicher, was genau Elijah damit gemeint hatte.

88

„Nein, ändere dich nicht. Ich liebe dich so wie du bist." Elijah beugte sich hinunter, küsste ihn zärtlich und ließ ihn dann los.

ELIJAH WÜRDE den Rest des Abends außer Haus sein: Er und Martin fuhren in die Stadt zu irgendeiner Art landwirtschaftlichem Treffen. „Ich komme noch mal rein und sage dir gute Nacht", versprach Elijah, bevor er fuhr. Will sah ihm hinterher und hinterfragte erneut alles, das Elijah je gesagt oder getan hatte.

Er aß mit Mrs Coleman zu Abend, und im Lauf ihrer Unterhaltung erfuhr er viel über Elijah und Martin, und sogar einige Dinge über Katrina.

„Katrina hat das ganze Haus auf den Kopf gestellt mit ihren Lügen und Manipulationen. Der arme Martin, er hat sich so geschämt. Er konnte Elijah tagelang nicht gegenübertreten, nachdem die erste Bombe geplatzt war", berichtete sie. „Ich war so froh, als Elijah ihrem Treiben ein Ende gemacht und sie rausgeworfen hat."

„Sie kommt am einunddreißigsten zurück", informierte Will sie.

„Sie kommt nicht zurück. Dafür wird Elijah schon sorgen", sagte Mrs Coleman im Brustton der Überzeugung.

„Wie meinen Sie das?"

„Sie will nicht zurückkommen, und Elijah will sie nicht hier haben", erklärte Mrs Coleman.

Die Worte zeigten sofortige Wirkung. Will beugte sich vor und packte Mrs Colemans Hand. „Mir hat Elijah gesagt, dass Katrina am einunddreißigsten zurückkommen muss. Er sagte, dass er, wenn sie nicht zurückkommt, die Sicherheit einbehält."

Die volle Bedeutung ihrer Worte traf Will wie ein Schlag in die Magengrube. Elijah erwartete überhaupt nicht, dass Katrina zurückkam.

„Was ist die Sicherheit?", fragte Mrs Coleman besorgt.

„Das bin ich", flüsterte Will ängstlich und besorgt. „Ich und mein Besitz. Mein Zuhause."

„Elijah will Ihren Besitz gar nicht, William." Mrs Coleman lächelte. „Er mag Sie wirklich sehr."

„Er vertraut mir nicht, Mrs Coleman. Seit ich hergekommen bin ist jeder Tag eine einzige Abfolge von Tests und Tests und noch mehr Tests. Jedes Wort, das er sagt, dient nur dazu, mich in die Falle zu locken. Er ist davon überzeugt, dass ich etwas mit Katrinas Plan zu tun hatte. Er gibt sogar vor, mich zu mögen – wie Sie sagen – damit ich ihm mein wahres Gesicht zeige. Er glaubt, ich wäre nur hinter seinem Geld her, so wie Katrina." Will nippte an seiner Kaffeetasse und seufzte tief. „Ich erwarte jeden Tag, jede Sekunde, dass das Beil fällt. Dass er endlich beschließt, dass ich doch schuldig bin und sich daran macht, mich zu vernichten. So wie er es von Anfang an gesagt hat."

„Machen Sie sich keine Sorgen, William. Er wird Ihnen keinen Schaden zufügen" versicherte Mrs Coleman ihm beruhigend. „Er ist ein guter und anständiger

Mann. Er weiß so gut wie ich, dass Sie mit Katrinas Plan nichts zu tun hatten, und er wird Sie nicht für Katrinas Taten büßen lassen." Mrs Coleman lächelte in dem Bewusstsein, dass sie William beruhigt und seine Sorgen beschwichtigt hatte.

Der Rest des Abendessens verlief schweigend.

Mrs Coleman kannte Elijah vermutlich so gut, wie ein Mensch ihn kennen konnte. Trotzdem war Will davon überzeugt, dass sie in dieser Angelegenheit nur das sah, was sie sehen wollte. Letztendlich würde es niemanden überraschen, wenn Elijah sich gegen ihn wandte und all seinen Reichtum und seinen Einfluss geltend machte, um sich an ihm und Katrina zu rächen.

Warum besteht Mrs Coleman dann so beharrlich darauf, dass er nur die besten Absichten hat? Vermutlich wollte sie mich nur nicht noch mehr beunruhigen, als ich es nicht ohnehin schon bin. Es wäre ja nun nicht sehr gut, wenn Elijah nach Hause käme und feststellen müsste, dass sein Vögelchen vor Schreck davongeflogen ist. Und Mrs Coleman ist den Hunters, und besonders Elijah, treu ergeben. Sie würde wohl vermutlich für alles, was er sagt oder tut, einen guten Grund finden.

6

SEIN LEBEN war das reinste Chaos geworden. Zumindest kam es Will so vor. *Ich muss mich einfach zusammenreißen und bis zum einunddreißigsten durchhalten. Egal, ob Katrina dann kommt oder nicht, er hat versprochen, dass er sein Wort halten und darüber nachdenken wird, den Vertrag zu zerreißen.*

Wills Gedanken schossen wie Pingpong Bälle durch seinen Kopf, während er ziellos durch die Gegend lief. Nach dem Abendessen hatte er Mrs Coleman gesagt, dass er ein wenig spazieren gehen würde. Er musste den Kopf frei bekommen und Ordnung in seine Gedanken bringen. Elijah konnte ihn nicht einfach hier festhalten.

Seine Ankündigung, dass er die Sicherheit einbehalten würde – dass Will dann ihm gehören würde – kam ihm wieder in den Sinn. *Es gibt doch bestimmt Gesetze, die so etwas verbieten, oder? Ist das nicht Menschenhandel?*

Es war schon fast einundzwanzig Uhr, als Will sich dazu entschloss, Kathy besuchen zu gehen. Vielleicht mit ihr einen Kaffee trinken und sich ein wenig mit ihr unterhalten. Es freute ihn, Kathy auf der Hollywoodschaukel auf ihrer Veranda sitzen zu sehen, wo sie den klaren, warmen Abend genoss.

„Hallo", sagte Will, als er die Stufen der Veranda hinaufstieg, und setzte sich neben sie. „Meinst du, ich könnte auch eine Tasse bekommen?", fragte er und nickte in die Richtung des Bechers, den sie in der Hand hielt.

„Aber sicher doch." Kathy lächelte und goss ihm eine Tasse ein. „Ein schöner Abend heute", bemerkte sie.

„Ja, das ist er", sagte Will und nahm einen tiefen Schluck des heißen Gebräus. „Er wäre noch schöner, wenn ich ihn von meiner eigenen Veranda in Michigan aus genießen könnte."

„Läuft es nicht so gut im Moment?", fragte Kathy mit ehrlichem Interesse.

„Das hängt davon ab, was du gut nennst", sagte Will mit einem nervösen Lachen. „Elijah ist der perfekte Gastgeber, wenn man mal davon absieht, dass er mich nicht gehen lässt und ich nicht ein Wort von dem, was er sagt, glauben kann. Katrina hat mir vorgeworfen, die Dinge für sie schlimmer zu machen anstatt ihr zu helfen. Sie hat wenig Aussicht darauf, das nötige Geld aufzutreiben, und vermutlich auch gar nicht vor, zurückzukommen. Damit werde dann also ich für alles verantwortlich gemacht, was vorgefallen ist, und werde den Preis dafür zahlen dürfen. Mrs Coleman meint zwar, dass dem nicht so sein wird, aber was Elijah angeht trägt sie Scheuklappen." Er hielt inne, um einen Schluck zu trinken, und fügte dann hinzu: „Ach ja, und ich werde nicht einmal mehr nach Hause gehen können, wenn ich hier abreise, weil ich kein Zuhause mehr haben werde. Elijah Hunter wird es mir auf ganz legalem Weg wegnehmen."

Kathy wusste nicht, was sie sagen sollte. Sie sah Will mit großen Augen an und wartete einen Moment, ob er zu Ende gesprochen hatte, dann bemerkte sie:

„Das kling schrecklich." Sie schenkte Will nach. „Bist du dir sicher was Elijah angeht?"

„Ja, das hat er mir gleich am allerersten Tag gesagt. Wenn ich nicht hierbleibe und Katrina nicht zurückkommt, dann nimmt er mir mein Zuhause weg. Ich habe nämlich den Fehler gemacht, Vaters Namen in der Besitzurkunde stehen zu lassen, anstatt sie auf meinen Namen ändern zu lassen. Wenn Katrina den Vertrag bricht, hat Elijah das Recht, jeglichen Besitz meines Vaters einzuklagen. Das hat etwas damit zu tun, wie das Testament meiner Eltern geschrieben ist. Anscheinend wird darin alles Eigentum meines Vaters Katrina zugesprochen. Ich habe das Land und das Haus geerbt, aber ich hätte es auf meinen Namen umschreiben lassen müssen. Ich war sentimental und habe das nicht gemacht, sondern Vaters Namen stehen lassen. Und jetzt droht die Gefahr, dass ich mein Zuhause verlieren werde, weil Elijah auf alles, was Katrina noch von Vaters Eigentum besitzt, Anspruch erheben kann."

Will lachte. Es war einfach zu absurd. So absurd, dass es schon wieder komisch war.

„Fast zwei Jahre lang habe ich keinen Kontakt zu Katrina gehabt, aber kaum hat sie Schwierigkeiten, stecke ich bis zum Hals in der Klemme. Das sollte nicht so sein."

Diesmal lachte er nicht.

„Elijah ist ein gerechter Mann, Will", meinte Kathy. „Ich stimme da mit Mrs Coleman überein: Er wird dich nicht für das Verhalten deiner Schwester verantwortlich machen."

„Aber das hat er schon", widersprach Will ihr. „Ich bin nur Katrinas wegen hier. Er hält mich an ihrer Stelle fest. Er will, dass wir zahlen, so oder so. Er will sich sein Pfund Fleisch holen, ob meins oder ihres, das ist ihm egal."

„Nein, das will er nicht." Kathy seufzte tief, verärgert über Wills Sturheit.

„Wenn du damit auf den Anschein von Interesse an mir anspielst, dann kann ich dir versichern, dass das alles nur geschauspielert ist. Es ist alles Teil seines Plans, ein Spiel, das er mit mir spielt", sagte Will schweren Herzens. „Elijah will mich nicht. Er liebt mich nicht. Er will nur jemanden, den er bestrafen kann. Wenn er zu dem Schluss kommt, dass ich auch nur den geringsten Anteil an Katrinas Plan hatte, dann werde ich seine geballte Wut abbekommen."

„Ich glaube, du verrennst dich da", sagte Kathy, die an ihrem Kaffee nippte. „Du kannst jeden hier auf der Ranch fragen, ob Elijah je einen Mann so behandelt hat wie dich. Elijah hat sich nie für irgendetwas oder für irgendjemanden interessiert, außer für seinen Bruder und für seine Ranch."

Will schüttelte den Kopf, aber Kathy fuhr fort: „Er ist weder gesellig noch gut im Umgang mit anderen Menschen, und er gibt sich nie mit Gästen ab oder macht Small Talk. Selbst wenn Martin mal Besuch hat, was selten genug vorkommt, hat Elijah nichts mit ihnen zu tun. Er isst nicht mit ihnen, ja, er spricht nicht einmal mit ihnen." Kathy nippte erneut an ihrer Tasse.

„Worauf willst du hinaus?", fragte Will eine Spur zu ungeduldig.

„Schau dir doch mal an, wie er sich in deiner Gegenwart verhält. Er versucht, sein Temperament zu zügeln, wenn er mit dir spricht. Das tut er sonst nie. Und er hat dich in aller Öffentlichkeit geküsst."

Will wurde feuerrot.

„Oh, ja, dieser Kuss am ersten Abend, der hat sich hier schnell herumgesprochen", neckte Kathy ihn. „Er beobachtet dich ununterbrochen und hängt dir bei jedem Wort an den Lippen. Er reißt sich ein Bein aus, um dir zu gefallen", sagte sie mit Nachdruck. „Er meint es ernst, Will. Er meint es wirklich ernst. Ich würde mein Leben drauf verwetten."

„Aber es geht hier um mein Leben, und ich glaube nicht, dass er wirklich etwas für mich empfindet. Er hat ja bereits zugegeben, dass er mich auf die Probe gestellt hat, um zu sehen, ob ich mich genauso verhalten würde wie meine Schwester. Er hat mir sogar einen Heiratsantrag gemacht, um zu sehen, ob ich die Chance auf einen reichen Ehemann beim Schopf ergreifen würde. Es ist alles nur ein einziger, fein ausgearbeiteter Test."

Will musste zugeben, dass es von außen alles sehr hübsch aussah und eine wundervolle Geschichte ergab, aber wenn man romantische Schwärmereien mal außen vor ließ, bot die Realität ein ganz anderes Bild.

„Sieh mich an, Kathy", forderte Will sie auf. „Was siehst du? Was ist da, dass einen Mann wie Elijah Hunter verrückt nach mir machen könnte?" Kathy zögerte, und bevor sie etwas sagen konnte, sprach Will weiter. „Nichts. Ich bin ganz und gar durchschnittlich. Ich mache mich hier nicht selbst schlecht", versicherte er ihr. „Ich bin nur realistisch."

Kathy versuchte, etwas zu sagen, aber wieder unterbrach Will sie. „Er ist ein lediger, gutaussehender, millionenschwerer Ranchbesitzer." Will lachte, aber es klang nicht sehr glücklich. „Das einzige Interesse, das er an mir hat, ist Rache. Elijah tut so, als läge ihm etwas an mir, um seine verschlungenen Rachepläne umsetzen zu können."

„Warum sollte er das tun?" Kathy blieb hartnäckig.

„Wie gesagt, es geht ihm schlicht und einfach um Rache."

Kathy erhob Einwände. „Das ist weder schlicht noch einfach. Was soll denn der Sinn daran sein, dich dazu zu bringen, dich in ihn zu verlieben?"

„Ich weiß es nicht. Was ich aber weiß ist, dass sein Verhalten nicht gesetzmäßig ist." Will trank den letzten Schluck Kaffee und stand auf. „Es wird langsam spät, ich sollte mich besser auf den Rückweg machen. Danke, dass du mir zugehört hast, Kathy", sagte Will, als er die Verandastufen hinunterging und sich in Richtung Straße wandte.

„Immer wieder gerne." Kathy stand mit ihm auf und begleitete ihn bis zur Straße. „Verkauf dich nicht unter Wert, Will. Vielleicht stimmen deine Theorien ja alle gar nicht. Ich kenne Elijah jetzt seit zwei Jahren, und er ist nicht der Typ Mann, der ein so hassenswertes Spiel spielt. Du hattest mit dem Plan deiner

Schwester nichts zu tun, und er wird das auch erkennen. Er hat es vermutlich schon", sagte Kathy und sah ihm nach, als Will sich auf den Rückweg in Richtung Haupthaus machte.

Es war fast elf, als er am Haupthaus ankam, und Will beschloss, vor dem Zubettgehen noch eine Runde durch Elijahs Garten zu drehen. Kurz darauf saß er auf der steinernen Bank in der Mitte des Gartens und grübelte über Elijah, seinen Heiratsantrag, Katrina, den Ehevertrag und schließlich über seine eigenen Gefühle nach. Es war verlockend, Kathys Meinung zu dem Ganzen in Betracht zu ziehen, aber Will wagte es nicht, sie ernst zu nehmen. *Wie perfekt wäre es denn, wenn Elijah mich lieben würde, so wie ich langsam anfange, ihn zu lieben?*

Geschockt von dem Gedanken setzte er sich aufrecht hin und schalt sich: *Ich liebe Elijah Hunter nicht! Ich begehre ihn, sicher, aber ich würde ihn nie, ich könnte ihn nie lieben! Ich kann ihn nicht lieben!*

„Oh, Gott, ich bin so ein Idiot", sagte er seufzend zu sich selbst.

„Darf ich mich zu dir setzen?" Martin tauchte so unvermittelt neben ihm auf, dass Will zusammenzuckte.

„Hä?", stammelte er und sagte dann: „Ja, natürlich." Will rutschte auf der Bank zur Seite, um ihm Platz zu machen.

Martin saß einige Minuten lang schweigend da, bevor er sagte: „Ich hab gehört, dass du vor ein paar Tagen auf der Ranch der Gerards Ärger hattest." Martin wandte sich ihm zu. Er lächelte, aber seine Stimme war ernst.

„Ärger?" fragte Will. „Nein, nicht wirklich."

„Irgendwas war mit John?", bohrte Martin nach. Es schien ihm unangenehm zu sein, diese Frage zu stellen.

„Ach, das war nichts", wich Will der Frage aus.

„Will, du musst mir sagen, was John zu dir gesagt hat."

Will war verwirrt über Martins Beharrlichkeit. „Warum interessiert dich das so sehr?", fragte er. Ihre ganze Unterhaltung kam ihm mit einem Mal merkwürdig und aufdringlich vor. „Es lohnt sich wirklich nicht, das zu wiederholen", sagte er bestimmt.

„Lass mich erklären", sagte Martin. Er rieb sich das Kinn und überlegte, wie er es am Besten erklären konnte. „Elijah hat alle Beziehungen zur Ranch der Gerards gekappt." Er hielt inne und quittierte Wills entsetzten Gesichtsausdruck mit einem Nicken. „Das bedeutet für Adam Gerard harte finanzielle Einbußen. Die Hunter Ranch ist nämlich sein bester Kunde. Ohne uns wird die Gerard Ranch vermutlich nicht überleben." Martin holte tief Luft und fixierte Will mit seinem Blick, als er fortfuhr: „Elijah ist davon überzeugt, dass John dich irgendwie beleidigt hat."

Die Verwirrung wich aus Wills Gesicht und wurde von Zweifel und Betroffenheit ersetzt. „Elijah würde so etwas nur meinetwegen tun?"

„Ja. Elijah ist knallhart, und er hat ein paar ganz grundsätzliche Regeln, an die er sich immer hält. Eine davon ist, dass er Respektlosigkeit, sei es ihm gegenüber oder gegenüber jemandem, der ihm nahe steht, nicht toleriert." Martin drehte sich auf der Bank zu ihm um und sah ihn direkt an. „Er wird seine Meinung auch nicht ändern, es sei denn... Es sei denn, einer von uns beiden kann ihn überzeugen, dass die Sache nicht so war wie sie aussah."

Will begriff, dass es wichtig war, dass er den Vorfall erklärte, und dass Martin seine Erklärung hören musste. Er wollte nicht Schuld daran sein, dass die Ranch der Gerards bankrott ging.

„Ich habe John im Flieger von Billings getroffen." Will sprach langsam und wählte seine Worte mit Bedacht. „Ich hätte nicht einen weiteren Gedanken auf ihn verschwendet, wenn ich ihn nicht auf seiner Ranch wiedergetroffen hätte."

„Hat er dich beleidigt?", wollte Martin ungeduldig wissen.

Bevor Will antworten konnte, hörten sie Schritte herannahen. Sie blickten auf und sahen Elijah, der um eine Wegbiegung und auf sie zu kam.

„Ist das ein vertrauliches Gespräch", fragte er, „oder darf jeder mitmachen?"

Ohne auf eine Antwort zu warten, kam er zu ihnen rüber und setzte sich auf der anderen Seite neben Will auf die Bank. Die Bank war nicht sehr groß, und Will fand sich zwischen den beiden Hunter Brüdern eingezwängt. Elijah ergriff automatisch Wills Hand und hielt sie fest in seiner, eine Geste der Vertrautheit, die Will ermutigte und gleichzeitig verwirrte.

„Will wollte mir gerade erzählen, was neulich zwischen ihm und John vorgefallen ist", erklärte Martin. Elijah nickte, und dann saßen sie alle schweigend da und warteten darauf, dass Will weitersprach.

Will blickte zu dem dunklen, sternenklaren Himmel auf und wünschte sich, irgendwo anders auf der Welt zu sein, egal wo, nur nicht hier. *Was soll ich ihnen denn sagen? Ich kann nicht lügen, Elijah würde das sofort durchschauen.* Außerdem war Will sich ziemlich sicher, dass eine weitere von Elijahs grundsätzlichen Regeln besagte, dass Lügner nicht toleriert wurden.

„Es ist mir ein bisschen peinlich, darüber zu sprechen." Will suchte nach Worten. Er dachte sich, dass es sehr viel einfacher gewesen wäre, wenn er nur Martin davon hätte erzählen müssen. Dass sie nun beide hier saßen und darauf warteten, dass er weitersprach, war nervenaufreibend.

„Entspann dich, Will", sagte Elijah, der Wills Unbehagen spürte, beruhigend. „Wir sind es doch nur."

Will musste schmunzeln. Elijah sagte das, als würden sie sich bereits seit Jahren kennen und nicht erst seit ein paar Wochen.

Er holte tief Luft und hob erneut an: „John Gerard hat mich vom Flieger her wiedererkannt und wollte mit mir reden." Er hielt inne und suchte nach einem Weg, John nicht zu schlecht dastehen zu lassen. Er wollte nicht, dass Elijah irgendjemanden auf der Gerard Ranch bestrafte, nur weil John ein paar unbedachte Worte gesagt hatte.

„Er fragte mich, ob ich hier bei euch wohne, und schien überrascht, zu hören, dass das der Fall ist." Er zupfte an seinem Hemdsaum herum und schob sich eine Haarsträhne aus dem Gesicht, während er nach den richtigen Worten suchte.

„Du hast nicht sehr glücklich ausgesehen, als ich zu euch rübergekommen bin", soufflierte Elijah. „Was hat er gesagt, das dich so aufgebracht hat?"

„Ich habe ihn vermutlich nur missverstanden. Er hat es wohl nicht so gemeint", versuchte Will, die Sache abzutun.

„Was hat er gesagt?", fragte Elijah beharrlich.

„Er hat angedeutet, dass ich nur deshalb hier auf der Ranch untergebracht bin ... dass ihr mir nur erlaubt, hier zu bleiben, weil ..." Er fand einfach nicht die richtigen Worte. „Mir schien es, als würde er glauben, dass..." Er holte unstet Luft und versuchte, sich zu sammeln. *Er hat gesagt, dass ich's mit dir treibe. Wie kann man das nett umschreiben?*

Sein Stottern und Zögern sagten Eli alles, was er wissen musste. „Er hat dich beschuldigt, einem von uns oder uns beiden sexuell zu Gefallen zu sein", schlussfolgerte er.

„Nur dir, und dann hat er versucht, mich zu überreden, auch mit ihm ins Bett zu gehen", flüsterte Will.

„Den mache ich fertig", sagte Elijah ruhig, aber mit eiskalter Bestimmtheit.

„Bitte nicht", bat Will dringlich. „Ich wollte es nicht erzählen. Ich wollte keinen Ärger machen. Mir ist es egal, was John Gerard über mich denkt. Von mir aus kann er denken, dass ich mit jedem hier auf der Ranch ins Bett steige. Er ist mir schnuppe. In ein paar Tagen fahre ich wieder nach Hause, und dann ist es sowieso alles nicht mehr wichtig."

Will zuckte zusammen, als Elijahs Hand sich schmerzhaft fest um seine schloss. Irgendetwas, das er gesagt hatte, musste ihn beunruhigt oder getroffen haben.

„Du bist nicht derjenige, der hier Ärger macht", sagte Elijah, wandte sich um und sah ihm fest ins Gesicht. Seine Augen waren dunkel und drohend. Etwas braute sich hinter ihnen zusammen. „John hat sich das selbst zuzuschreiben."

„Ich hatte ja gehofft, dass es nur ein Missverständnis war", meinte Martin. „Aber das ist eine ernste Sache, und was immer du vorhast, ich stehe voll und ganz hinter dir."

„Bitte mach nicht Mr Gerard für etwas verantwortlich, was sein dämlicher Sohn gesagt hat", bat Will beharrlich, aber Elijah hörte ihm nicht mehr zu, oder zumindest nahm Will das an. „Warum müssen denn alle auf der Gerard Ranch dafür büßen?", fragte Will hörbar frustriert, aber Elijah blieb stumm. Er schien Will zu ignorieren. Schließlich hatte Will die Nase voll und sprang auf. Ohne ein weiteres Wort zu verlieren stürmte er davon.

Als Will in seinem Zimmer ankam, kochte er vor Wut. Er knallte die Tür hinter sich zu und fluchte lauthals. „Verdammte Scheiße, das ist ja mal so richtig super!", schrie er. „Jetzt darf ich mir also nicht nur Sorgen um meine beschissene Schwester und um mein Zuhause machen! Nein, hurra, ich darf auch noch Schuld sein, wenn Adam Gerard bankrott geht! Mann, ist dieser beschissene Aufenthalt auf dieser verdammten Hunter Ranch ein supertoller Urlaub!" Er warf sich aufs Bett und vergrub sein Gesicht im Kissen und fluchte aus vollem Herzen.

Eli und Martin blieben noch eine Weile im Garten sitzen und unterhielten sich.

„Ich glaube, er ist wütend", bemerkte Martin.

„Würde ich auch sagen", stimmte Eli zu.

„Was willst du bezüglich der Gerards unternehmen?", fragte Martin.

„Ich rede mal mit Adam. Ich überlasse John dann ihm." Er sah Martin an, der sichtlich erstaunt war über die Macht, die Will über seinen Bruder zu haben schien. Sein enttäuschter Gesichtsausdruck reichte schon aus, um Elijah seine Meinung ändern zu lassen. „Wenn Adam sich nicht darum kümmert, dann werde ich das tun", sagte Elijah sehr deutlich.

Martin lächelte. „Ich stehe hinter dir, egal, was du tust." Er zögerte. „Ich will ja nicht das Thema wechseln, aber darf ich fragen, was zwischen dir und Will ist?", fragte er vorsichtig. „Stellst du ihn immer noch auf die Probe?"

„Was den Erpressungsversuch angeht ist er vollkommen unschuldig. Er wusste nichts von Katrinas Plänen, bis sie ihn angerufen und um seine Hilfe gebeten hatte. Er ist lediglich ein weiteres Opfer ihrer Machenschaften. Will ist ein guter Mann."

Das war das höchste Lob, das Elijah aussprechen konnte. Er war nicht redegewandt und hatte noch nie viele Worte gemacht, aber er brachte seine Meinung immer klar und deutlich zum Ausdruck. Martin wusste, was das Wörtchen „gut" wert war, wenn Elijah es zur Beschreibung eines Menschen verwendete.

„Sieht aus, als hättest du ihn gern."

„Es ist viel mehr als das, Martin." Eli fuhr sich mit den Fingern durchs Haar und blickte hinauf zu den Sternen. „So wahr mir Gott helfe", murmelte er mit einem Grinsen.

WILL DUSCHTE, schlüpfte in eine frische Schlafanzughose und warf sich dann einen Bademantel über. Er würde wohl kaum direkt einschlafen können, und so setzte er sich ans Fenster und blickte hinaus über die Ranch. Sie war wirklich beeindruckend. Elijah hatte hart gearbeitet und kluge Entscheidungen getroffen und sie zu dem gemacht, was sie heute war.

Vermutlich sollte Will seine Methoden nicht hinterfragen – was Ranchführung anging verstand Elijah deutlich mehr als er – aber dieser Vorfall betraf ihn persönlich, und was sich da abzeichnete gefiel Will überhaupt nicht. William Drake würde der Grund für den Bankrott eines kompletten Ranchbetriebs sein, darauf schien die Sache hinauszulaufen. Er würde schuld daran sein, dass viele Menschen ihre Stelle verloren, ihr Zuhause und wer weiß was sonst noch alles.

Ohne dass er es bemerkte traten ihm Tränen in die Augen. Langsam rollte ihm erst eine über die Wange, dann begann er, unkontrolliert zu schluchzen. Er konnte sich nicht erinnern, wann er das letzte Mal geweint hatte. Selbst bei der

Beerdigung seiner Eltern hatte er nicht geweint. „Ich werde später weinen", hatte er damals zu seiner Tante gesagt, aber er hatte es nie getan.

Will hörte, wie es leise an seiner Tür klopfte, aber er reagierte nicht, in der Hoffnung, dass derjenige, der vor der Tür stand, einfach aufgeben und wieder gehen würde. Im Augenblick war ihm nicht danach, jemanden zu sehen – oder gesehen zu werden. Will hielt den Blick stur aus dem Fenster gerichtet, während es wieder und wieder klopfte. Schließlich öffnete sich die Tür und jemand trat ein.

„Darf ich hereinkommen?", fragte Elijah reumütig.

Will antwortete nicht. Rasch hob er einen Arm und rieb sich die Augen. Er wollte nicht, dass Elijah sah, wie sehr ihn die Angelegenheit mitgenommen hatte. Er wollte ihm diese Genugtuung nicht geben.

Augenblicke später stand Elijah neben ihm, nahm sein Gesicht in die Hände und drehte es zu sich um, so dass Will ihn ansah. Sein Gesicht, als er auf Will hinunterblickte, zeigte einen Ausdruck, der wie Sorge und Zuneigung aussah. Mit den Daumen wischte er Wills letzte Tränen weg, dann küsste er ihn auf die Stirn.

In diesem Moment erschien er Will so anders, so ganz anders als der Mann, der ihn bei ihrem Picknick mit solch wilder Leidenschaft genommen hatte. Will fühlte sich mit ihm verbunden, wie es vorher nicht der Fall gewesen war. Er spürte eine tiefe, warme Zärtlichkeit in sich aufsteigen, die sein Herz berührte und die ihm erneut die Tränen in die Augen trieb.

„Es tut mir leid", flüsterte Elijah. „Weine nicht."

Will hatte erwartet, dass er fragen würde, warum er weinte, aber Elijah wusste es bereits. Manchmal wusste er einfach zu viel.

„Schon in Ordnung, spielt keine Rolle. Du... du tust eben das, was du tun musst", sagte Will erstickt. „Ist nicht so wichtig." Er wünschte sich, den sengenden Kontakt mit Elijahs Haut, mit Elijahs Blicken beenden zu können. Elijah musste gehen und ihn mit seinem Selbstmitleid allein lassen.

Elijah beugte sich vor und küsste ihn sacht auf beide Augen, dann auf die Lippen. Der Kuss war sanft und beinahe zaghaft, eine Entschuldigung und keine Forderung. Elijah spendete ihm Trost, als sei Will jemand, der ihm unendlich viel bedeutete.

„Es ist wichtig", sagte Elijah. Er schob einen Arm unter Wills Knie, legte den anderen um seine Schultern und hob ihn in einer mühelosen, fast hypnotischen Bewegung in seine Arme und trug ihn zum Bett. *Ich sollte mich wehren, aber ich tue es nicht*, dachte Will. Elijah ließ sich mit Will auf seinem Schoß auf der Bettkante nieder. Er hielt ihn fest umschlungen und strich ihm über den Rücken, um Wills Anspannung zu lösen.

Will kuschelte sich an seine Brust. Für den Moment würde er einfach vergessen, wer er war und was er tat. Er wollte sich einfach nur gut fühlen, und bei Elijah fühlte er sich so gut. Seine Arme gaben ihm Geborgenheit, Sicherheit, Halt. Nichts davon hatte Will jemals zuvor erfahren. Es war die Gewissheit, einem anderen Menschen am Herzen zu liegen. *Es ist nicht echt*, rief er sich ins Gedächtnis, aber für den Augenblick wollte er sich gerne täuschen lassen.

„Ich werde unsere geschäftliche Beziehung zu Adam Gerard nicht vollständig beenden", flüsterte Elijah an seiner Wange. „Jedenfalls jetzt noch nicht."

„Warum hast du deine Meinung geändert?", fragte Will mit vom Weinen heiserer Stimme. Sein Atem strich über Elis Hals und sandte ihm einen sinnlichen Schauer über den Rücken. Er fragte sich, wie es sich wohl anfühlen würde, wenn Will diese Stelle küsste, an der sein Atem ihn berührt hatte. *Wird er sich in meiner Nähe jemals komplett gehen lassen können? Heute Nachmittag hat er es fast getan, aber etwas schien ihn immer wieder zurückzuhalten. Es waren wohl seine Angst und sein Misstrauen mir gegenüber, die im Weg standen.*

„*Du* hast meine Meinung geändert", antwortete er, drehte Will ein wenig zu sich und schloss seine Arme noch fester um ihn. Er strich mit einer Hand über Wills Rücken und umfasste seinen Oberschenkel, zog ihn enger an sich. Sein Gesicht hatte er in Wills dichtem Haar vergraben, das sich knapp über seinen Schultern ringelte. „Du unterschätzt ganz gewaltig, was für eine bedeutende Rolle du spielst, William." Elis Stimme war belegt und klang ungewohnt verzweifelt und hoffnungslos. Will seufzte tief, erwiderte aber nichts.

Eli hob den Kopf, um ihn anzusehen. Dann strich er ihm mit der Hand über die Wange, fuhr mit den Fingern durch seine Haare und schloss seine Hand fest um Wills Hinterkopf. Er wollte Will sagen, dass er ihn liebte, aber Will würde es nicht hören. Und selbst wenn er es täte, er würde ihm nicht glauben. Er sah mit dunklen, verhangenen Augen zu Eli empor.

Noch nie hatte Eli es so genossen, einen anderen Mann einfach nur zu berühren, ihm nahe zu sein. *Ich kann ihn nicht verlieren. Ich werde alles tun, und wenn ich ihn entführen und in eine entlegene Höhle verschleppen muss. Ich will nicht mehr alleine sein.* Eli musste über die verzweifelte Verbissenheit seiner Gedanken lächeln.

„Ich glaube nicht, dass John mich mit Absicht beleidigt hat", murmelte Will in seinen Hemdkragen. Es war ein Versuch, Normalität herzustellen, aber er schlug fehl. Eli war nicht daran interessiert, was John gesagt hatte oder warum. Nichts interessierte ihn in diesem Moment außer Will und wie sein Körper sich in seinen Armen anfühlte und die hauchzarte Berührung ihrer Lippen.

„Lass uns nicht über John reden", flüsterte er an Wills Lippen, während er ihn langsam aufs Bett zurücksinken ließ. Er schob sich über ihn, so dass er zwischen Wills Beinen lag.

Seine Lippen waren warm, weich und liebevoll. Er forderte nichts, sondern gab: seine Nähe, seine Berührung, einen langen Augenblick puren Genusses. Er konnte so sanft sein, dass Will Mühe hatte, in ihm den Mann zu sehen, als der Elijah ihm von anderen beschrieben worden war. Dabei wusste Will, dass Elijah hart sein konnte, kalt, unbeugsam und unnachgiebig; er hatte es selbst gesehen. Aber er hatte auch eine andere, eine weichere Seite an ihm gesehen: den verständnisvollen, aufmerksamen und fürsorglichen Elijah Hunter.

Elijahs Mund wanderte über Wills Gesicht zu seinem Hals, hinterließ auf dem Weg zu Wills Schulter eine brennende Spur des Verlangens. Langsam streifte er Will den Bademantel ab, dann strich er mit den Händen über Wills Körper, von seinen stoffumhüllten Oberschenkeln über seine festen Bauchmuskeln hinauf zu seiner nackten Brust. Eine Hand schlüpfte auf der Suche nach intimerem Kontakt unter den Bund von Wills dünner Schlafanzughose.

Will keuchte, als Elijah die Finger durch die Löckchen zwischen seinen Schenkeln gleiten ließ und mit ihnen spielte. Diesmal ging es nicht um pulsierende, alles verschlingende Leidenschaft, sondern um Zärtlichkeit und Liebe und die gegenseitige Erkundung ihrer Körper.

Will hob den Kopf und küsste Elijah inbrünstig, als er seine Hand um Will schloss und sein schweres Glied sanft liebkoste. Will zerrte an Elijahs Hemd – er hatte eindeutig zu viel an – und kurz darauf hatte er es ihm abgestreift und beiseite geworfen. Will ließ seine Lippen über Elijahs muskulöse Brust gleiten und schloss sie erst um die eine, dann um die andere Brustwarze, die er mit der Zungenspitze umkreiste.

Eli stöhnte lustvoll und spürte, wie sein Glied anschwoll, schwer und voll gegen den Saum seiner Jeans drückte.

Elijahs Körper, von harter Arbeit auf der Ranch gestählt, berauschte Will; seine sonnengebräunte Haut und die festen Muskeln waren ein Festmahl für seine Sinne. Er drängte Elijah auf den Rücken, bedeckte seinen Oberkörper mit Küssen und fuhr mit den Zähnen spielerisch über seinen Waschbrettbauch, bis er sein Ziel erreicht hatte. Will öffnete den Knopf an Elijahs Jeans und machte kurzen Prozess mit ihr, so dass Elijah vollkommen nackt vor ihm lag. Seine harte Erektion hob sich Will flehend entgegen, und Will ließ sich nicht lange bitten.

In einer raschen Bewegung nahm er Elijah tief in den Mund, und Elijah schnappte überrascht nach Luft. Will konnte kaum glauben, wie sehr er diesen Mann wollte; für ihn war er bereit, Dinge zu tun, die er noch nie zuvor für einen Mann getan hatte. Noch nie hatte er sich mit so viel Enthusiasmus dem Verlangen eines anderen Mannes gewidmet, hatte noch nie einen harten Schaft so leidenschaftlich mit seiner Zunge erregt und verwöhnt. Will entspannte bewusst seine Kehle, legte eine Hand um die Wurzel und nahm Elijahs Erektion so tief in sich auf, wie er nur konnte.

Eli fühlte sich zum Bersten gespannt, so als müsse er explodieren, wenn er nicht bald kam. Wills Liebkosungen setzten seinen Körper in Brand, wie er es noch nie zuvor erlebt hatte. Er packte Will unter den Achseln und zog in zu sich hoch, schloss seinen Mund über Wills Lippen in einem Kuss, von dem Eli hoffte, dass er Will die Tiefe seiner Liebe beweisen würde. Er rollte sich über Will; er musste in ihm sein, in ihn eindringen, jetzt sofort.

Will erkannte den Blick in Elijahs Augen und zog sich auf Hände und Knie hoch, bot sich Elijah an. In diesem Augenblick wollte er nichts anderes, als zu spüren, wie Elijah sich tief in ihn hinein schob.

Eli stöhnte laut bei dem verlockenden Anblick, den Will bot, so offen für ihn. Er konnte nicht anders und fiel über ihn her, leckte ihn und stieß seine Zunge in ihn hinein. Will fielen beinahe die Augen aus dem Kopf, als er spürte, wie Elijahs Zungenspitze in ihn eindrang. Eli hatte das noch nie zuvor bei einem anderen Mann gemacht, hatte es nie für nötig befunden. Aber jetzt erschien ihm nichts mehr gut genug für Will, und er war willens, ihm alles zu geben, seine Zuneigung, seine Hingabe, alles und noch mehr.

Er rollte sich ein Kondom über, brachte sich hinter Will in Position und drang langsam in ihn ein. Er stöhnte, als Wills Hitze ihn eng umschloss. Als er ganz eingesunken war, hielt er inne und strich Will beruhigend über den Rücken, gab ihm Zeit, sich an das Gefühl, erfüllt zu sein, zu gewöhnen. Will gab ihm ein Zeichen, dass er okay war, und Eli begann, sich zu bewegen, hinaus, hinein, und er genoss das Gefühl und die Nähe ihres Liebesaktes.

Will wölbte den Rücken und stöhnte, laut und leidenschaftlich. Er wollte mehr, mehr und tiefer, wollte Elijah ganz in sich spüren. Diese Nähe war es, nach der er sich sein ganzes Leben lang gesehnt hatte. Dieses Gefühl, dass er vollkommen und über alles geliebt wurde. *Wenn es doch nur kein Spiel für ihn wäre*, dachte Will traurig. Dann verdrängte er den Gedanken und gab sich ganz den Empfindungen hin.

Eli zog Will fest an seine Brust, während er wieder und wieder tief in ihn eindrang. Er ließ eine Hand über Wills schweißfeuchte Brust gleiten und weiter hinab, bis sich seine Finger um Wills pralle Erektion schlossen, die bei jedem Stoß auf und ab hüpfte. Er wusste, dass Will kurz davor war und wollte, dass sie gemeinsam kamen. Er passte die Bewegung seiner Hand dem Tempo und Rhythmus seiner Stöße an, um Will zum Höhepunkt zu bringen. Wenig später knurrte Eli und Will keuchte, als Will das Bettlaken mit seinem Samen bedeckte und Eli tief in Will das Kondom füllte.

Sie brachen zusammen, schweißnass und schmierig, und küssten sich, während die letzten Wellen des Orgasmus durch sie hindurch rollten, noch nicht bereit, sich wieder zu trennen. Eli sah, dass Wills Augen sich mit Tränen füllten, und sofort befürchtete er, zu grob gewesen zu sein.

„Oh, Gott, habe ich dir wehgetan?", fragte er mit vor Sorge belegter Stimme.

„Nein, ich bin einfach nur so glücklich. Niemand hat mich je so berührt." *Ich wünschte, es wäre echt. Ich wünschte, du würdest mich lieben*, dachte Will verloren und verzweifelt.

Eli küsste seine Tränen fort, und während Will langsam in den Schlaf sank, zog er die Bettdecke über sie beide. Bald darauf folgte Eli Will in den Schlaf, und beide träumten von einer Welt, in der alles perfekt war.

DAS KLINGELN des Telefons auf dem Nachttisch weckte sie kurze Zeit später wieder auf. Das schrille Geräusch riss Will aus seinen Träumen, und es dauerte einen Augenblick, bis er sich wieder daran erinnerte, wo er war, was passiert war, und warum er in Elijahs Armen in seinem Bett lag.

„Lass es klingeln, Will", stöhne Elijah und küsste Will, feurig und verzehrend. Seine Arme hielten Will umschlossen, hielten ihn fest, so wie sein ganzes Sein ihn hielt.

Oh, wie gern wollte Will es einfach klingeln lassen und sich erneut in Elijah verlieren. Er musste es sich endlich eingestehen: Er liebte Elijah. Aber er wusste auch, dass es für ihn nur ein Spiel war. Doch obwohl er das wusste, wollte Will in seiner Traumwelt bleiben, in der alles gut war und er geliebt wurde. Er wollte Elijah, wollte ihn fühlen und schmecken, wollte ihm gehören und für eine Weile Teil seiner Welt sein.

Das Telefon hörte nicht auf zu klingeln, und jeder schrille Ton brachte ihn weiter auf den Boden der Tatsachen zurück. Der Nebel lichtete sich, und schlagartig wurden ihm die Konsequenzen seines Verhaltens bewusst. Will versuchte, sich aus Elijahs Umarmung zu befreien, aber der hielt ihn so fest, dass er kaum atmen, geschweige denn sich bewegen konnte.

„Nein", seufzte Elijah hörbar frustriert. „Bitte, Will."

Es schien Will, als würde ein Zittern Elijah durchlaufen, aber das konnte nicht sein. Elijah Hunter zitterte nicht. Er war nicht der Typ Mann, der aus Angst oder vor Emotion bebte. Das Telefon hörte schließlich auf zu klingeln, doch das Echo des Geräuschs hallte in Wills Ohren nach.

Eli stöhnte, rollte sich auf die Seite und blickte hinunter in Wills Augen. Er sah Traurigkeit dort, und er sah Schuldgefühle. „Ist schon okay", sagte er. Seine Stimme und seine Miene waren weich und verständnisvoll, aber in beiden lag ein Hauch Frustration, beinahe Enttäuschung.

Will war von dieser Zurschaustellung von Tiefe schwer beeindruckt. *Wenn das wirklich nur geschauspielert ist,* dachte er, *dann hat er einen Oscar dafür verdient.*

„Ich hätte dich nicht drängen sollen." Elijah beugte sich zu ihm hinunter und küsste Will zart, aber besitzergreifend und mit deutlich spürbarem Verlangen. „Aber es ist verdammt schwer, dir zu widerstehen." Er lächelte sanft.

Will blickte zur Seite und bemerkte ihre zerknüllt auf dem Fußboden liegende Kleidung und den Geruch nach Sex, der schwer in der Luft lag. Er wurde feuerrot und konnte nur mit Mühe dem Drang widerstehen, sich unter der Bettdecke zu verstecken, oder vielleicht unter dem Bett.

Langsam löste Eli die Umarmung, setzte sich auf und glitt aus dem Bett. Er wollte nichts mehr, als zu bleiben und Will weiter in seinen Armen zu halten. Aber es war offensichtlich, dass Will das Geschehene peinlich war, und dass er verwirrt und durcheinander war, und jetzt auf mehr zu drängen wäre keine gute Idee. Er musste Will Freiraum lassen. Eli zog die Bettdecke über Will und sammelte dann seine Kleidungsstücke vom Boden auf.

„Es tut mir leid", sagte Will.

„Das muss es nicht." Elijah beugte sich erneut über ihn und küsste Will. „Mir tut es nicht leid." Er drehte sich um und ging zur Tür. „Schlaf gut, Süßer."

Will blickte ihm nach, als er aus der Tür ging und sie leise hinter sich schloss.

Langsam und auf etwas zitterigen Beinen kehrte Eli in sein Zimmer zurück. Seine Beine waren nicht die einzigen, die nicht ganz standfest waren, auch sein Gleichgewicht und selbst sein Orientierungssinn schwankten. Seine Gedanken rasten, und er versuchte herauszufinden, ob er die Sache gerade besser oder schlimmer gemacht hatte. Eli sah hinunter auf das Bündel Kleidung in seinen Armen und lächelte. Ein Kribbeln der Erregung durchrieselte ihn, als er sich daran erinnerte, wie Will an seinem Gürtel gezerrt und mit seinem Reißverschluss gekämpft hatte in seinem fieberhaften Verlangen zu erkunden, was sich unter seiner Jeans verbarg. Das Ausmaß seines eigenen Verlangens nach Will traf ihn wie ein Schlag, und er konnte sich nur mit Mühe davon abhalten, umzudrehen und in Wills Zimmer zurückzukehren und ihn um mehr anzuflehen.

Er brauchte eine sehr kalte Dusche, bevor er schlafen gehen konnte.

Nachdem Elijah gegangen war, lag Will noch einige Zeit wach im Bett. Wie auch Elijah musste er sich wieder sammeln und unter Kontrolle bekommen. Er dachte darüber nach, dass sie, wenn das Telefon nicht geklingelt und sie so geweckt hätte, wohl noch immer eng umschlungen unter seine Decke gekuschelt lägen. Doch bevor er die ganze Tiefe seiner Gefühle erfassen konnte, klingelte das Telefon erneut. Diesmal hob er schnell ab.

„Hi." Es war Katrina. „Tut mir leid, so spät noch anzurufen", entschuldigte sie sich. „Bist du gerade erst zurückgekommen? Ich hab eben schon mal versucht, anzurufen, aber da ist niemand ran gegangen."

„Ja, ich bin gerade erst reingekommen", log er. Er würde Katrina auf gar keinen Fall sagen, warum er bei ihrem ersten Anruf nicht hatte ans Telefon gehen können.

„Was gibt es?", beschloss Will direkt zu fragen in der Hoffnung, damit die Vorwürfe und die Nichtigkeiten zu überspringen.

„Oh, Will, ich habe nur noch drei Tage Zeit, und ich habe noch keinen Cent auftreiben können." Sie klang ehrlich bekümmert und beunruhigt, aber Will wusste nicht, ob er dem trauen konnte. Katrina war eine sehr gute Schauspielerin. „Was soll ich nur tun?"

„Du wirst am Samstag hierher zurückkommen und versuchen, die Sache zu regeln", sagte Will kategorisch.

„Elijah ist verliebt in dich", platze sie heraus.

„Wo kommt das denn jetzt auf einmal her?" Will setzte sich auf und zog die Bettdecke enger um sich. Er sah an sich herab, auf seinen im Moment sehr nackten Körper. *Nur weil er mit mir geschlafen hat heißt das noch lange nicht, dass er mich liebt*, dachte er.

„Ich habe da so meine Quellen", stichelte sie. „Soweit ich gehört habe, hat Elijah dich gefragt, ob du ihn heiraten willst."

103

„Er hat mir einen Antrag gemacht, ja", sagte Will.

„Was hat er gesagt?"

„Was hast du denn gehört?"

„Elijah hat versprochen, meinen Vertrag zu zerreißen und mich vom Haken zu lassen, wenn du zustimmst, meinen Platz einzunehmen. Also, wenn du zustimmst, ihn zu heiraten", sagte Katrina hoffnungsvoll. Sie war nicht die kreischende, fluchende, verzogene Göre des letzten Telefonats. Diesmal wollte sie etwas von Will, und sie würde so süß und lieb und nett sein, wie sie nur konnte. Natürlich würde sich das schlagartig ändern, sobald sie erkannte, dass ihre Masche nicht zog, und dann würde sie sich wieder in das kreischende, fluchende Gör zurückverwandeln. Will hatte das schon unendlich viele Male miterlebt. „Hat er das wirklich so gesagt?", wollte Katrina ungeduldig wissen.

„Ja, das hat er gesagt", bestätigte Will.

Freimütig sagte Katrina: „Du kannst es finanziell nicht besser treffen als mit Elijah Hunter."

„Es ist nicht wahr, Katrina. Er ist nicht in mich verliebt." Wills Stimme klang traurig. „Er ist verliebt in seinen Plan, einen von uns oder uns beide für deinen Erpressungsversuch büßen zu lassen. Mehr ist da nicht."

„Ich habe es auch zuerst nicht geglaubt, aber es war schon seltsam, wie er darauf bestanden hat, dass du zur Ranch kommen musst." Katrina dachte an den Tag zurück, an dem Elijah Will angerufen hatte. Anschließend hatte er Katrina gesagt, dass er sie gehen lassen würde, damit sie das Geld auftreiben konnte, wenn sie ihren Bruder dazu brachte, zu seiner Ranch zu kommen. Sie war so wild darauf gewesen, nur wegzukommen von den Hunters, dass sie ihre eigene Mutter verkauft hätte. Katrina hatte von Anfang an über Elijahs Plan, Will auf der Ranch zu behalten, Bescheid gewusst. Natürlich ahnte Will nichts davon, und sie hoffte, dass das auch so bleiben würde. „Mir schien es ganz so, als wollte Elijah, dass ich schon weg bin, wenn du ankommst. Damit er einen Grund hat, dich dazubehalten."

„Er dachte, ich hätte etwas mit deinem Erpressungsversuch zu tun. Was ich natürlich dir zu verdanken habe", blaffte Will sie an. „Seit ich angekommen bin stellt er mich immer wieder auf die Probe. Ich habe keine Ahnung, ob er mir inzwischen glaubt, dass ich nichts damit zu tun hatte, oder nicht. Er ist sehr gründlich. Er wollte sicherstellen, dass ich, wenn ich etwas mit deinen Plänen zu tun gehabt hätte, genauso hätte büßen müssen wie du. Die Sache mit dem Heiratsantrag war nur ein Test, um zu sehen, ob ich genau wie du sofort auf die Chance anspringen würde, mir einen reichen Ehemann zu angeln. Es war kein echter Antrag." Will spürte wie ihm das Herz bei seinen Worten schwer wurde.

„Und, besteht noch die Möglichkeit, dass du deine Meinung änderst und den Mann heiratetest?", fragte Katrina wie im Scherz, aber Will wusste, dass sie die Frage ernst meinte.

„Du hast mir nicht zugehört", sagte Will barsch. „Es war nicht echt. Nichts zwischen mir und Elijah Hunter ist echt. Von daher kann ich dir nur raten, am

Samstag hier aufzutauchen, ob mit Geld oder ohne. Mit Elijah legt man sich nicht leichtfertig an. Er wird dich vernichten, wenn du dich nicht an die Abmachung hältst. Und wenn er es nicht tut, dann werde ich es tun, da kannst du dir sicher sein."

„Keine Sorge, ich komme." Sie klang nicht sehr erfreut.

Will war alles andere als überzeugt davon, dass Katrina wirklich zurückkommen würde. Er bezweifelte, dass sie jemals vorgehabt hatte, zurückzukommen. Martin und Mrs Coleman hatten recht: Sie würde niemals zurückkommen.

7

WIE ÜBLICH kam Will am nächsten Morgen gegen sieben Uhr die Treppe runter und ging in die Küche, um sich eine Tasse Kaffee zu holen und einen kleine Plausch mit Mrs Coleman zu halten. Er lächelte, als er sah, dass Mrs Coleman am Küchentisch saß, ihr gegenüber ein voller Becher. Er setzte sich zu ihr an den Tisch, trank seinen Kaffee, und sie plauderten wie jeden Morgen über Erfahrungen und Interessen. Nach einer Weile begann Mrs Coleman, ihm Fragen über sein Zuhause zu stellen.

„Ich vermute, Ihre Freunde vermissen Sie schon."

Will lachte, aber es war kein fröhliches Lachen. „Nicht wirklich. Ich habe nicht viele Freunde." Er trank einen großen Schluck und überlegte, wie er am besten erklären sollte. „Ich arbeite in der Regel sehr viel und habe nicht viel Zeit dafür, mich mit Leuten zu treffen. Ich habe ein paar gute Bekannte, aber niemanden, den ich als engen Freund bezeichnen würde."

„Das überrascht mich jetzt." Mrs Coleman klang in der Tat sehr überrascht. „Sie kommen so gut mit den Leuten hier zurecht."

„Vielen Dank." Will goss sich und Mrs Coleman Kaffee nach. „Das liegt wohl daran, dass ich hier mehr Zeit für andere Dinge habe." Er lächelte und fügte hinzu: „Ich arbeite hier ja nicht."

„Langweilst du dich, mein Schatz?"

Die Stimme war unverkennbar, und Will zuckte zusammen. Er hatte gehofft, Elijah den Großteil des Tages aus dem Weg gehen zu können. Nach der letzten Nacht fiel es Will schwer, in seiner Nähe zu sein, ohne nervös zu werden oder voller Scham daran zu denken, wie leicht er einem anziehenden Körper verfallen war und sich der Leidenschaft hingegeben hatte.

Eli lächelte breit, als sich ihre Blicke endlich trafen.

„Ich dachte, du frühstückst immer schon um sechs", sagte Will so ruhig er konnte.

„Normalerweise tue ich das", sagte Elijah, als er sich neben Will an den kleinen Tisch setzte. „Aber nachdem ich dich gestern Morgen versetzt habe, dachte ich mir, ich mache das heute wieder gut."

Ohne zu fragen brachte Mrs Coleman ihm eine Tasse Kaffee, dann machte sie ihnen Würstchen, Rührei und Toast. Will war nicht sehr hungrig, aber Mrs Coleman hatte extra für sie gekocht, also würde er auch essen.

„Zurück zu meiner Frage. Langweilst du dich?" Elijah würde die Sache nicht auf sich beruhen lassen.

„Naja, langweilen nicht direkt, es gibt ja jede Menge zu sehen und viele nette Menschen, mit denen ich mich unterhalten kann. Ich bin es nur einfach gewohnt, mehr zu tun zu haben." Er nippte an seiner Tasse. „Ist ja aber nicht so wichtig. Ich bin ja nur noch bis —"

Elijah unterbrach ihn, bevor er den Satz beenden konnte. „Es gibt da ein paar Dinge, bei denen du mir helfen könntest, wenn du möchtest", sagte er und aß ungerührt weiter.

„Ich bezweifle, dass ich die nötigen Kenntnisse dafür habe." Er bereute seine Wortwahl augenblicklich.

Eli wandte sich ihm zu und sah ihn mit einem komplizenhaften, spitzbübischen Lächeln auf den Lippen an. „Ich finde deine Kenntnisse ganz fantastisch." Er zwinkerte Will zu, der errötete und den Blick abwandte. Eli lehnte sich näher zu ihm und flüsterte leise: „Ich gedenke, deinen Kenntnisstand noch weiter zu erforschen." Dann legte er seinen Arm um die Rückenlehne von Wills Stuhl und begann, mit den Fingern müßig über Wills Oberarm zu streichen, während er seinen Kaffee austrank.

„Ich habe spät letzte Nacht oder früh heute Morgen dein Telefon klingeln hören", bemerkte er beiläufig.

Bei der Erwähnung des klingelnden Telefons lief Will feuerrot an. Es dauerte einen Moment, ehe er antworten konnte. „Das war Katrina", sagte er ihm. „Sie hat Schwierigkeiten, die 500.000 Dollar aufzutreiben."

„Sie versucht es wahrscheinlich nicht einmal", kommentierte Elijah.

„Sie hat in den letzten zwei Jahren viele Brücken hinter sich abgebrochen. Ich glaube nicht, dass es viele Menschen gibt, die bereit sind, ihr jetzt zu helfen."

„Warum hat sie angerufen? Was sollst du diesmal für sie tun?" Elijahs Stimme klang bissig, was Will verriet, dass Elijah Katrina gut genug kannte, um zu wissen, dass sie aus keinem anderen Grund anrufen würde.

„Sie weiß mehr über meine gegenwärtige Situation, als ich dachte", setzte Will an. Er wagte es nicht, Elijah anzusehen. „Sie hat mich gefragt, ob ich nicht doch deinen unechten Heiratsantrag annehmen wollte. Damit wäre sie vom Haken, meinte sie."

„Und was hast du ihr geantwortet?" Elijah lächelte ihn über seine Kaffeetasse hinweg an.

„Ich habe ihr gesagt, sie solle Samstag herkommen, und wehe wenn nicht."

Elijah lachte. „Du gibst dich so taff, aber am Ende bekommt sie von dir doch immer, was sie will."

Will konnte das schlecht leugnen, vor allem wenn man bedachte, dass er hierher gekommen war, zu dieser Ranch, zu diesem Mann, um ihr zu helfen. „Dieses Mal gebe ich nicht nach. Katrina ist zu weit gegangen. Sie kann von mir aus untergehen, ich werde dabeistehen und klatschen", sagte er unerbittlich.

Elijah lachte weiter, während Mrs Coleman still dasaß und sie beobachtete. Sie war erstaunt über den Wandel, der sich in Elijah vollzogen hatte. Er hatte nie für irgendjemanden Zeit gehabt, war immer Befehle bellend umher geeilt, immer ungeduldig und reizbar. Besonders Außenstehende fanden hier auf der Hunter Ranch selten Akzeptanz oder bekamen auch nur die geringste Aufmerksamkeit gewidmet.

Elijah hatte auf die harte Tour gelernt. Erst war es John Gerard, und dann eine nicht enden wollende Anzahl von Männern und Frauen, die sich einen reichen Mann angeln wollten. Er hatte gelernt, misstrauisch zu sein, distanziert, zurückhaltend, schwierig und vollkommen unnahbar.

Aber im Umgang mit William war er nichts davon. Zwar war er ihm zu Anfang mit Vorsicht begegnet, aber auch mit einer ganz uncharakteristischen Wärme und Offenheit. Die Vorsicht war schnell geschwunden, und er hatte begonnen, William zu umwerben. *William Drake hat uns alle überrascht und Elijah am allermeisten.* Mrs Coleman lächelte bei dem Gedanken.

„Ich werde heute den Großteil des Tages mit Martin und Steven oben auf den nördlichen Weiden sein", sagte Elijah. „Aber ehe ich gehe, würde ich dir gern den Papierkram zeigen, von dem ich eben gesprochen habe. Wenn du Zeit dazu hast, versteht sich." Sein Lächeln forderte Will geradezu heraus, nein zu sagen.

„Sicher, ich helfe gern." Er wusste, dass Elijah nicht damit gerechnet hatte, dass er so schnell zustimmen würde.

„Außerdem", fuhr Elijah fort, langte in die Tasche seines Hemdes und zog ein kleines Handy heraus, „hätte ich es gerne, wenn du das hier bei dir trägst."

Will nahm das Handy entgegen und blinzelte es verdutzt an.

„Ich verbringe eine Menge Zeit damit, dich zu suchen. Es würde die Sache sehr erleichtern, wenn ich dich einfach anrufen könnte und du mir sagst, wo du gerade bist." Es gelang ihm erfolgreich, Will ein schlechtes Gewissen zu machen.

„Jawohl, Sir", sagte er ausgesucht höflich.

„Ich hab auch eines dabei", sagte Elijah und ignorierte Wills Sarkasmus. „Ich habe dir meine Nummer in den Kurzwahlspeicher einprogrammiert. Einfach die eins drücken, wenn du etwas brauchst oder wenn du mit mir reden willst." Es war keine Frage, was er damit meinte: Elijah spielte auf letzte Nacht an, forderte ihn dazu heraus, auf seine Anspielung einzugehen.

Will hoffte, dass er nie darüber würde reden müssen. Daran zu denken war schmerzhaft genug. „Ich komme schon zurecht, denke ich", versicherte Will ihm. „Ich habe kein Bedürfnis, über irgendetwas zu reden."

Elijah lächelte ihn so warm an, dass Will alles vergaß und das Lächeln unwillkürlich erwiderte.

„Komm, ich zeige dir die Sachen, die du für mich erledigen kannst." Elijah stand auf und hielt ihm die Hand hin. Will zögerte, aber dann ergriff er sie. Elijah zog ihn auf die Füße und führte ihn den Flur hinunter in sein Arbeitszimmer. Sobald sie das Zimmer betreten hatten, schlug er die Tür zu und zog Will heftig in seine Arme. Ohne ein Wort zu verlieren, küsste er Will mit derselben wilden, ungezähmten Leidenschaft wie in der vergangenen Nacht. Er zog Will dicht an sich und ließ beide Hände über seinen Körper gleiten, rief sich jede Kontur, jedes Detail ins Gedächtnis.

Da sein Verstand sich wie immer bereits verabschiedet hatte, schlang Will seine Arme um ihn, drückte sich an ihn und erwiderte Elijahs Kuss mit derselben Leidenschaft, derselben Inbrunst.

„Will, Liebster", sagte Elijah mit belegter Stimme, als er seinen Mund von Wills löste, um nach Luft zu schnappen. „Vielleicht sollten wir nach oben gehen und dort weitermachen, wo wir letzte Nacht aufgehört haben?"

Will gelang es, sich sanft von ihm loszumachen. „Ich glaube nicht, dass das eine gute Idee wäre."

Elijah strich ihm mit den Fingern übers Gesicht und blickte ihm fest in die Augen. Will konnte der Glut seiner Augen nicht standhalten und wendete den Blick ab, sah hinüber zum Schreibtisch und zu dem Fenster dahinter.

„Bald, William. Sehr bald", seufzte Elijah. Will zog es vor, den Kommentar zu ignorieren, anstatt auf den Köder anzubeißen.

Elijah erklärte ihm die Abläufe einiger seiner Unternehmen und bat Will, sich seine Bücher anzusehen und Verbesserungsvorschläge zu machen. Will fühlte sich geschmeichelt, dass Elijah, was seine Geschäfte anging, an Wills Meinung interessiert war. Und es überraschte ihn, dass Elijah ihm so direkten Zugang zu seinen Finanzen gewährte. Er zeigte Will viele seiner Geldanlagen und forderte ihn auf, sich mit ihnen vertraut zu machen. Er gab Will Informationen und Einblicke, wie nur sehr wenige Männer in seiner Position es jemals tun würden.

Er kennt mich doch nicht einmal wirklich, und jetzt vertraut er mir all seine Geschäftsbücher und privaten Konten an? Die große Frage, die sich da stellt, ist: Warum vertraut er mir so? Er hat keinen Grund dazu. Er denkt doch, ich hatte Anteil an diesem Erpressungsversuch. Warum vertraut er mir jetzt? Oder ist das nur eine weitere Prüfung meines Charakters?

Elijah gab Will sein Passwort, die Kombination für den Safe und die Pin-Nummer für sein Konto. *Er stellt mir eine Falle, um zu sehen, ob ich ihn hintergehen werde. Das ist ja wohl offensichtlich.* So vorsichtig Will auch sein wollte, er war neugierig, mehr über Elijah den Geschäftsmann zu erfahren. Er war schließlich Buchhalter, und er wollte sehen, wie gut Elijah als Geschäftsmann denn nun wirklich war.

Dann ließ Elijah Will in seinem Arbeitszimmer allein mit der Bemerkung, dass er zum Abendessen wieder zurück sein würde. „Ruf mich an, wenn dir langweilig wird." Er küsste Will leicht auf die Wange, dann verließ er den Raum und schloss die Tür hinter sich.

Will konnte nicht glauben, dass Elijah ihn tatsächlich mit all diesen vertraulichen Informationen und seinen privaten Unterlagen und Zugangsdaten allein gelassen hatte. Wenn dies wirklich ein weiterer Test war, dann war es ein extrem waghalsiger. Wenn Will es wollte, konnte er Elijah schweren finanziellen Schaden zufügen mit den Informationen, die Elijah ihm gegeben hatte. Schaden, von dem sich die Ranch nur mühsam wieder würde erholen können. Natürlich würde Will an so etwas nicht einmal im Traum denken, aber die Macht, die er plötzlich besaß, war schwindelerregend.

Will arbeitete sich durch die Konten, Rechnungen und Programme, bis Mrs Coleman an der Tür klopfte. Es war bereits nach zwölf Uhr mittags, aber es kam Will so vor, als sei Elijah vor ein paar Minuten erst gegangen.

„Sie sitzen jetzt seit fast vier Stunden daran", bemerkte sie. „Möchten Sie etwas zu Mittag essen? Ich habe Suppe und belegte Brote vorbereitet."

„Kling gut." Will schloss die Bücher und fuhr den Computer herunter, dann verließ er das Arbeitszimmer.

Bevor sie die Küche erreichten, klingelte es an der Haustür, und Mrs Coleman ging hin, um aufzumachen. Will ging weiter in Richtung Küche, aber er konnte die wütende Stimme eines Mannes hören und blieb stehen und lauschte. Er stellte sich hinter den Türbogen, um zuhören zu können, ohne gesehen zu werden. Wenn es ein privates Gespräch war, wollte er nicht stören, aber er wollte in der Nähe bleiben für den Fall, dass Mrs Coleman Hilfe benötigte.

„Ich will mit ihm reden, verdammt noch mal", schrie der Mann. „Lassen Sie gefälligst ihn die Entscheidung treffen. Wenn er mich nicht sehen will, dann gehe ich."

„Sie werden jetzt gehen oder ich lasse Sie rauswerfen" entgegnete Mrs Coleman resolut.

Will ging weiter in die Küche, als die Tür zuschlug und er Mrs Coleman kommen hörte. „Ist alles in Ordnung?", fragte er, als sie die Küche betrat. Sie sah besorgt aus und verärgert.

„Oh, das war nichts wichtiges, nur ein Vertreter."

Will hatte das Gefühl, dass Mrs Coleman ihn anlog, aber warum? *Was geht mich ein wütender Besucher an?* Der Mann hatte verärgert geklungen und hatte danach verlangt, mit jemandem zu sprechen, aber Will war zu weit weg gewesen, um das gesamte Gespräch zu hören. Die Stimme war ihm vage bekannt vorgekommen, aber er konnte sie nicht zuordnen.

„Er klang wütend."

„Das sind Vertreter oft, wenn sie nicht das bekommen, was sie wollen." Mrs Coleman wechselte schnell das Thema und erzählte von dem Rezept für selbstgemachte Erdbeermarmelade, das sie von ihrer Mutter geerbt hatte. Es war ein ziemlich offensichtlicher Themenwechsel, und Will fragte sich, was Mrs Coleman zu verbergen suchte. Er wünschte sich, dass er doch versucht hätte, einen Blick auf den Mann an der Tür zu erhaschen.

Nach einem angespannten und überwiegend schweigend eingenommenen Mittagessen ging Will hinauf in sein Zimmer, um eine Weile ungestört nachdenken zu können. Er ging auf und ab und zermarterte sich das Hirn, um herauszufinden, was denn nun eigentlich vor sich ging. *Elijahs Spiele, Mrs Colemans Lüge – was bedeutet das alles? Wohin soll das alles führen?*

110

Das Telefon auf seinem Nachttisch klingelte, und Will blieb abrupt stehen und starrte es an. Es klingelte erneut, und rasch hob er ab, in der Erwartung, Katrinas schrille Stimme am anderen Ende zu hören. Er war überrascht, als er stattdessen eine Männerstimme hörte.

„Hier sprich John Gerard", sagte die Stimme. Sie klang noch genauso aufgebracht wie gerade eben an der Tür. Jetzt verstand Will, warum ihm die Stimme so bekannt vorgekommen war.

„Ja", antwortete Will zögernd. Er war neugierig zu erfahren, warum John ihn anrief, andererseits verspürte er kein gesteigertes Verlangen danach, mit ihm zu sprechen.

„Ich dachte mir, dass es Sie vielleicht interessiert zu hören, was die Leute sich so erzählen", begann John.

„Ich bezweifle sehr, dass es das tut, Mr Gerard." Will wollte schon auflegen, als er Johns dringende Bitte hörte, ihm zuzuhören.

„Es ist nur zu Ihrem Besten, dass ich überhaupt anrufe", beharrte John. „Elijah Hunter hat es auf Sie abgesehen und glauben Sie mir, dabei geht es nicht um Liebe."

Damit hatte er Wills volle Aufmerksamkeit. „Wie meinen Sie das?"

„Er hat das schon einmal gemacht. Vor sechs Jahren hat Elijah mit mir genau dasselbe gemacht."

„Hat was gemacht?" Will war schockiert, aber auch irritiert und verärgert.

„Ich war noch jung und leicht zu beeindrucken, und er hat mich ausgenutzt. Er hat so getan, als läge ihm etwas an mir, ist mit mir ins Bett gegangen und hat mich dann vor die Tür gesetzt. Er hat behauptet, er wolle mir damit eine Lektion zum Thema Vertrauen erteilen." John klang aus irgendeinem Grund sehr selbstzufrieden. „Elijah dachte, ich würde nichts Gutes im Schilde führen und wäre nur auf sein Geld aus, so wie Ihre Schwester." Will seufzte ungeduldig bei seiner Stichelei. „Er sagte meinem Vater, dass mir nichts an ihm persönlich läge, sondern nur an seinem Geld."

„Wenn das vor sechs Jahren gewesen ist, dann müssen Sie aber sehr jung gewesen sein", warf Will ein.

„Sehr jung und sehr leicht zu beeindrucken. Elijah ist ein atemberaubend gutaussehender Mann, und ich habe alles getan, um seine Aufmerksamkeit zu gewinnen. Trotzdem hat er gedacht, ich wäre wie Ihre..."

„Ja, ja, ich weiß, wie meine Schwester", unterbrach Will ihn. „Könnten Sie jetzt bitte zur Sache kommen?"

„Er hat mir einen Job auf seiner Ranch angeboten und auch, dort zu wohnen. Er hat angefangen, seinen Charme zu versprühen, und keine achtundvierzig Stunden später hatte er mich ins Bett bekommen. Ich dachte, ich hätte mich in den perfektesten Menschen der Welt verliebt, aber er hat mich zum Narren gehalten." John hörte Wills gequältes Seufzen und gratulierte sich. „Kurz darauf hat er mich

111

rausgeworfen. Es war so demütigend; ich habe geweint und gebettelt, bleiben zu dürfen, und Elijah war vollkommen ungerührt und eiskalt. Es war entsetzlich."

„Was ist danach passiert?"

„Ich bin in Schande nach Hause zurück, nachdem Elijah mich so behandelt hat. Ich konnte eine ganze Weile lang nirgends mehr mein Gesicht zeigen." John genoss Wills Schmerz. Er wünschte sich, er könne Wills Gesicht sehen. Wie konnte er so leicht den Mann für sich gewinnen, dem John schon seit Jahren nachstellte, nur um bei jeder Gelegenheit verächtlich zurückgewiesen zu werden? *Er sagte, ich sei nur auf einen reichen Ehemann aus. Dass mir Geldgeilheit ins Gesicht geschrieben stünde. Na und wenn schon, ich hätte ihm so vieles geben können!. Aber davon wollte er nichts wissen. Und wenn ich Elijah Hunter nicht haben kann, dann soll ihn niemand haben, und schon gar nicht so ein durchschnittlicher Langweiler wie William Drake.* John hatte sich geschworen, jede Möglichkeit, dass Will und Elijah zueinander fanden, zu zerstören. „Ich dachte, Sie sollten das wissen. Wie es aussieht, versucht er dasselbe mit Ihnen."

„Ja, das tut es." Will klang kühl und wie geistesabwesend.

„Ich würde mich vor dem letzten Akt vom Acker machen, wenn ich Sie wäre", betonte John.

„Danke, ich denke darüber nach." Will legte auf.

Es machte Sinn. Es machte alles klar und eindeutig und unendlich schmerzhaft Sinn. *Er tut so, als ob ihm etwas an mir läge, damit er mich dann hinterher eiskalt fallenlassen kann. Er will, dass ich mich in ihn verliebe, und sobald das passiert, wird er zuschlagen. Ich werde plötzlich nicht mehr der Mittelpunkt seines Universums sein. Ich werde die kalte Schulter gezeigt bekommen und nur noch unbeteiligte, verächtliche Blicke kassieren. Und nach ein bisschen mentaler und emotionaler Folter kommt dann der Höhepunkt, die demütigende und wahrscheinlich in aller Öffentlichkeit stattfindende Trennung.*

Will erinnerte sich an etwas, das ihm bei seiner Ankunft durch den Kopf gegangen war: „Man legt sich nicht mit den Hunters an und kommt ungeschoren davon." Damit hatte er mehr recht gehabt, als er damals geahnt hatte.

Will sank auf die Kante seines Bettes. Er liebte Elijah doch schon. Sich selbst gegenüber konnte er das zugeben, auch wenn niemand sonst es jemals erfahren würde. Er wünschte, Elijah wäre der Mann, der zu sein er vorgab. *Wie kann er nur so etwas entsetzliches, hassenswertes tun?*

Sein nächster Gedanke galt der Frage, wie er die nächsten Tage überstehen sollte. Er konnte am einunddreißigsten schon früh morgens abreisen, also musste er sich nur noch um die nächsten zwei Tage Sorgen machen.

Er hatte doch von Anfang an gewusst, dass Elijah etwas im Schilde führte. Will hatte niemals, nicht auch nur für eine Sekunde geglaubt, dass Elijah wirklich etwas für ihn empfand. Warum tat diese Enthüllung dann so weh?

„Das habe ich nicht verdient", klagte er dem leeren Zimmer sein Leid. Und plötzlich waren sie wieder da, seine Tränen, und liefen ihm über die Wangen. Er versuchte, gegen sie anzukämpfen, aber dann gab er nach, vergrub das Gesicht in den Händen und weinte. Er hatte in seinem ganzen Leben nicht so viel geweint wie hier auf der Hunter Ranch. Er hatte seine Gefühle immer eisern unter Kontrolle gehabt, um es zu vermeiden, verletzt zu werden. Elijah hatte erfolgreich jede Mauer durchbrochen, die er um sich errichtet hatte, und nun war es unausweichlich, dass er verletzt wurde.

Er hörte kaum das kleine Handy in seiner Brusttasche klingeln, aber er spürte die Vibrationen. Langsam zog er es heraus und ging ran. Er wusste genau, wer ihn da anrief.

„Hallo." Seine Stimme klang rau und belegt, was sofort Elijahs Aufmerksamkeit erregte.

„Was ist los, Will?" Elijah klang ehrlich besorgt.

„Nichts." Er antwortete zu schnell, war zu kurz angebunden. Eli wusste, dass da etwas nicht stimmte.

„Was ist lost?", wollte er wissen. „Hat Katrina wieder angerufen?"

„Nein."

„Ist etwas passiert?"

„Nein."

„Ich bin sofort da."

Er hatte aufgelegt noch bevor Will ihm sagen konnte, dass er nicht zu kommen brauchte. Als ob er zurückkommen würde, nur weil Will aufgewühlt und traurig war. Elijah wollte nur nicht, dass Will ihm entkam, bevor er mit ihm fertig war. Das war alles. *Ich hätte mich unbeteiligter geben sollen. Jetzt weiß er, dass etwas nicht stimmt, und er wird nicht locker lassen, bis ich ihm nicht irgendetwas erzählt habe.* Er musste sich dringend eine glaubhafte Story einfallen lassen, bevor Elijah kam. Will warf einen Blick in den Spiegel. Seine Augen waren rot und verquollen. Es war offensichtlich, dass er geweint hatte. Er musste sich zusammenreißen, und zwar schnell.

Eli klappte sein Handy zu und rannte zu seinem Jeep. „Ich muss los", war alles, was er zu Martin und Steven sagte, ehe er in Richtung Ranchhaus davonraste. In Wills Stimme hatte etwas gelegen, das ihm Sorgen bereitete. Er hatte sich Mühe gegeben, kühl und distanziert zu klingen, aber darunter hatte Eli den Schmerz gehört. Er musste herausfinden, was geschehen war. Ihm blieb nur noch ganz wenig Zeit, um Will zu überzeugen, dass er hierher gehörte, auf die Ranch, und dass sie zusammen gehörten.

Eli gestand es sich endlich ein: Er liebte William Drake. Die Erkenntnis war ein ziemlicher Schock für ihn, hatte er doch gedacht, dass er Will lediglich auf die Probe stellte, um herauszufinden, inwieweit er in Katrinas Erpressungsversuch involviert war.

Als er den Heiratsantrag gemacht hatte, hatte ein großer Teil von ihm sich gewünscht, dass Will annehmen würde, ganz egal, was seine Motive waren. Wenn Will einen reichen Ehemann gewollt hätte, bitte, Eli hätte ihm einen geben können.

Als die Tage vergingen hatte es ihn dann immer weniger gekümmert, ob Will nur auf sein Geld aus war oder nicht. Alles, was Eli interessierte, war, ob Will ihn eines Tages lieben lernen konnte. Würde er Elis Misstrauen und sein Verhalten ihm gegenüber vergeben können? Eli wusste, dass es ein steiniger Weg werden würde, Wills Vertrauen zu gewinnen. Aber er hatte sich geschworen, dass er sich von nichts und niemandem aufhalten lassen würde.

Der Jeep war kaum auf dem Vorplatz zum Stehen gekommen, als Eli heraussprang und ins Haus rannte. Die Männer, die im Hof arbeiteten, sahen ihm hinterher und wussten sofort, dass etwas vorgefallen sein musste.

Als erstes sah Eli im Arbeitszimmer nach, dann rannte er an einer überraschten Mrs Coleman vorbei, die ihn so früh noch nicht zurückerwartet hatte, und immer zwei Stufen auf einmal nehmend die Treppe hinauf. Wills Tür war nur angelehnt, also schob er sie auf und trat ein.

„William", rief er.

Will kam aus dem Badezimmer, warf ihm einen flüchtigen Blick zu und ging dann zum Fenster. Eli folgte ihm dicht auf den Fersen. Ihm waren Wills Blässe und seine roten Augen sofort aufgefallen.

„Warum hast du geweint? Was ist los?", fragte er mit sanfter Stimme, die nichtsdestotrotz nach einer Antwort verlangte.

Will zuckte mit den Schultern, wie um zu sagen „weiß nicht". Er brachte kein Wort heraus und befürchtete, dass seine Stimme brüchig sein und unnatürlich klingen würde, sollte er versuchen zu sprechen. Elijah packte Will bei den Schultern und drehte ihn sanft zu sich um. Er strich ihm das Haar aus der Stirn und küsste ihn zärtlich.

„Was ist passiert?", bohrte er nach. „Was auch immer es ist, ich kann dir helfen. Du musst mir nur sagen, was es ist."

Er klang so aufrichtig, so besorgt. Will schüttelte den Kopf und lehnte sich an ihn. Elijah schlang seine Arme um ihn und zog ihn fest an seine Brust. Wills Augen waren trocken, aber er zitterte vor Anstrengung, die es ihn kostete, sich zu beherrschen und nicht zu weinen. Elijah hielt ihn eng umschlungen, wiegte ihn sanft hin und her und versuchte, ihm mit sanften und aufmunternden Worten Trost zu spenden.

„Warum hast du geweint?", fragte er erneut. Will blieb still und stumm in seinen Armen und ließ sich von Elijahs Worten und seiner Berührung trösten.

„Ich weiß nicht", log er. Seine Stimme war kaum mehr als ein Hauch.

„Du brauchst dir wegen Adam Gerard keine Sorgen zu machen", sagte Elijah. „Er hat versprochen, dass er sich um John kümmern wird, und ich habe versprochen, weiter mit ihm Geschäfte zu machen. Ich werde ihn in Zukunft genauso behandeln, wie ich es in der Vergangenheit getan habe." Bei der Erwähnung des Namens Gerard wurde Will stocksteif. „Hat John dich schon wieder belästigt?"

„Nein, natürlich nicht", log er erneut. „Vielleicht liegt es einfach nur am Stress."

Will war sich der Fadenscheinigkeit seiner Ausrede bewusst, aber das war alles, was ihm einfiel. Er wollte Elijah nicht die Wahrheit sagen, dass er seinen Plan durchschaut hatte. Was würde Elijah dann tun? Er würde Will sein Land, sein Zuhause wegnehmen und ihn vor die Tür setzen. Das war es, war er tun würde. *Ich kann genauso gut bis zum Ende hin mitspielen*, dachte er. Vielleicht würde Elijah Will ja gehen lassen, wenn er seinem Charme nicht erlag. Die Gedanken schossen ihm in nicht nachvollziehbaren Sprüngen durch den Kopf.

Eli bezweifelte, dass es der Stress war, der für Wills Tränen verantwortlich war. Das war eine Ausrede, aber für den Moment würde er sie gelten lassen. Will war offensichtlich noch nicht bereit, ihm die Wahrheit zu sagen. Aber er würde sie schon noch herausfinden, und egal, was es war, er würde sich für Will darum kümmern. „Alles wird gut, Will. Das verspreche ich dir."

Wie leicht wäre es doch, mich in ihm zu verlieren, sann Will, *und dann... was? Was würde er tun, wenn ich ihm jetzt sagte, wie sehr ich ihn liebe? Wenn ich ihm sagen würde, dass ich bei ihm bleiben will, mit ihm zusammen sein will. Würde er mit mir dasselbe machen wie mit John und mich einfach rausschmeißen?*

Das alles war reine Vermutung. Einer Sache jedoch war Will sich sicher, und dass war die Tatsache, dass Elijahs Verhalten ihm gegenüber davon abhing, dass er niemals herausfand, dass Will sich in ihn verliebt hatte.

„Ich habe noch ein paar Dinge zu erledigen." Elijah lockerte die Umarmung und trat einen Schritt zurück, hielt Will aber weiterhin fest. „Ich möchte gern, dass du mit mir kommst. Ein bisschen frische Luft würde dir guttun."

Will stimmte zu, mitzukommen, aus dem einfachen Grund, dass er ebenfalls der Meinung war, dass ihm frische Luft guttun würde.

Sie nahmen den Land Rover, und wie an jenem Morgen, als sie zum Frühstück ins Café gefahren waren, rollte Elijah seine Jacke zusammen, damit Will sich auf sie setzen konnte. Im Zuge der Dinge, die Elijah zu erledigen hatte, zeigte er Will mehr von seiner Ranch und erklärte ihm alles Wissenswerte über die Unternehmen und Geldanlagen der Hunters, die sie außer der Ranch noch besaßen. Das meiste davon wusste Will schon, hatte es bei der Durchsicht Elijahs' Konten erfahren, aber Elijah darüber sprechen zu hören machte die Dinge realer.

Elijah benahm sich so, als ob Will all diese Dinge in Zukunft wissen müsste, weil sie Teil seines täglichen Lebens sein würden. *Wenn er sich an John auch auf diese Weise herangemacht hat, ist es kein Wunder, dass er sich in Elijah verliebt hat.* Will kannte die ganze Wahrheit und trotzdem war er versucht, Elijah Glauben zu schenken. Er nickte an den richtigen Stellen und warf hier und da Kommentare ein, so dass es schien, als wäre er überzeugt.

Elijah stellte ihn jedem vor, den sie unterwegs trafen. Was Will dabei am meisten zu schaffen machte war, dass Elijah ihn als seinen Verlobten vorstellte. Ein Mann fragte, ob sie schon einen Termin festgelegt hätten, und Elijah lächelte und nannte den Samstag in einer Woche. Der Mann schüttelte ihnen die Hand und wünschte ihnen alles Gute.

115

„Das hättest du nicht sagen sollen", sagte Will peinlichst verlegen und verwirrt.

„Warum nicht?" Eli grinste Will an. „So wie ich das sehe, werden wir heiraten, und warum also nicht nächste Woche Samstag." Er lachte über den Ausdruck auf Wills Gesicht.

„Du lässt es auch nie gut sein, oder?"

„Ich lasse es nie gut sein." Elijahs Stimme wurde sehr ernst. „Ganz besonders nicht, wenn es um etwas so Wichtiges geht wie mein zukünftiges Glück."

Wow, sein zukünftiges Glück hängt also davon ab, ob er sich an mir rächen kann. Der Gedanke war zutiefst beunruhigend.

Als sie wieder am Haupthaus angekommen waren, entschuldigte Will sich dafür, dass er Elijahs Arbeitstag unterbrochen hatte. Elijah nahm seine Hand und erwiderte ernst, dass sein Tag nicht besser hätte sein können.

„Ich würde gerne jeden Tag mit dir verbringen, Will." Er hielt plötzlich inne, als wäre ihm etwas eingefallen. Dann wandte er sich Will zu und blickte ihn mit seinen strahlendblauen Augen eindringlich an. „Bitte zögere nie, dich an mich zu wenden, wenn du Sorgen oder ein Problem hast. Ich bin für dich da. Ich bin immer für dich da." In seiner Stimme schien endlose Liebe gepaart mit einem Hauch Verzweiflung zu liegen.

Will gratulierte ihm im Stillen zu seinen herausragenden Leistungen als Schauspieler. *Diese Worte klangen absolut echt, als kämen sie wirklich von Herzen.* Ein beunruhigender Gedanke schoss ihm durch den Kopf. *Was würde ich nicht alles dafür geben, dass er es wirklich so meint, dass seine Worte wirklich ehrlich gemeint sind.* Er verdrängte ihn. Er hatte keine Zeit für kontraproduktive Gedanken dieser Art. *Bald ist Samstag*, erinnerte er sich selbst, *und mein Leben wird endlich wieder normal sein. Nicht halb so aufregend und spannend, aber normal.*

Mrs Coleman wartete an der Küchentür auf sie. „Ich habe gerade eine frische Kanne Kaffee gemacht. Möchten Sie sich auf eine Tasse zu mir setzen?", fragte sie beide Männer, aber insbesondere Will.

„Geh du schon mal vor", sagte Elijah zu Will, der wirklich sehr gerne eine Tasse Kaffee wollte. „Ich muss mich noch um ein paar Dinge kümmern."

Mrs Coleman und Will verschwanden in der Küche, und Eli ging weiter in sein Arbeitszimmer. Von seiner guten Laune war nichts mehr zu sehen, stattdessen lag ein Ausdruck finsterer Entschlossenheit auf seinem Gesicht. Wills Tränen lagen ihm auf der Seele. Der Auslöser musste eine andere Person sein, sonst hätte Will es ihm gesagt. *Er hält doch sonst mit seiner Meinung nicht hinterm Berg. Er versucht vermutlich, jemanden zu beschützen.* Er musste herausfinden, wen, und die erste Person, die ihm einfiel, war Katrina.

„HALLO?", MELDETE Katrina sich, vorsichtig und zaghaft. Die Haushälterin hatte ihr gesagt, dass ein Elijah Hunter für sie am Apparat war. Katrina hatte keine

Ahnung, was er von ihr wollte, aber sie wusste aus Erfahrung, dass sie sich besser auf das Schlimmste gefasst machen sollte. Elijah rief nicht aus reiner Höflichkeit an, um sich zu erkundigen, wie es ihr ging.

„Was hast du zu Will gesagt?", brüllte er ins Telefon.

„Nichts." Katrina fiel aus allen Wolken. „Ich habe gar nichts zu ihm gesagt."

„Hast du ihn heute angerufen? Und wage es ja nicht, mich anzulügen, ich kann das nachprüfen lassen." Seine Stimme war eiskalt und schneidend.

„Ich habe ihn gestern angerufen, beziehungsweise letzte Nacht. Heute habe ich ihn nicht angerufen, ehrlich." Katrina gefiel seine anklagende Art nicht. Es war eine Sache, eine Lüge zu erzählen, die niemand glaubte, aber es passte ihr überhaupt nicht, dass ihr niemand glaubte, wenn sie die Wahrheit sagte. „Was ist los, vielleicht kann ich ja helfen?"

„Er hat geweint heute Nachmittag, und er will mir nicht sagen, warum." Eli hielt inne, als er Katrina überrascht nach Luft schnappen hörte.

„Will hat geweint?" Katrina lachte. „Na, du musst wirklich eine durchschlagende Wirkung auf ihn haben. Ich habe Will in meinem ganzen Leben noch nie weinen sehen. Nicht eine einzige Träne habe ich ihn je vergießen sehen."

Ihr Mangel an Besorgnis und ihre offenkundige Belustigung über die Traurigkeit ihres Bruders verstörten Eli zutiefst. Er verabscheute dieses Mädchen mehr als jeden anderen Menschen auf der Welt. Wenn er sich nicht so heftig in ihren Bruder verliebt hätte, würde es ihm ein großes Vergnügen sein, sie vollends zu ruinieren. Abrupt legte er auf. Er konnte es nicht einen Augenblick länger ertragen, mit ihr zu sprechen. Sie wusste ohnehin nichts. Will würde sich so jemandem niemals anvertrauen.

Etwa eine Stunde später gesellte Eli sich in der Küche zu Will und Mrs Coleman. Er hielt schnurstracks auf Will zu, der sich gedankenverloren an die Anrichte lehnte, während er seinen Kaffee austrank, schlang von hinten die Arme um ihn und vergrub sein Gesicht an Wills Hals. Mrs Coleman trat hinüber zur Spüle und tat so, als sei sie dort beschäftigt, um den beiden Männern etwas Privatsphäre zu geben.

„Lass uns heute Abend ausgehen", murmelte Elijah an Wills Ohr. „Nur wir beide. Abendessen und danach vielleicht noch Tanzen."

Mrs Coleman ließ beinahe den Teller fallen, den sie gerade abspülte, als sie seine Worte hörte. Elijah war schon seit Jahren nicht mehr ausgegangen. Sie wandte den Kopf ab und verbiss sich ein Lachen.

Will antwortete nicht sofort. Eli drückte ihn fester und fragte: „Und, was hältst du davon?"

„Ja, okay, das fände ich schön", antwortete Will. *Ein Abendessen sollte kein Problem darstellen*, dachte er. *Es werden ja noch andere Leute da sein.* Mit Elijah allein zu sein, das stellte ein Problem dar. „Was ziehe ich an? Ich habe ja keinen Anzug mitgebracht."

„Ich werde etwas für dich bringen lassen", informierte Elijah ihn. „Ich möchte nicht, dass du mir wieder im Shoppingcenter verloren gehst." Er lachte über Wills empörtes Gesicht. „Ich komme dich gegen sieben hier abholen." Mit einem Glitzern in den Augen ließ er Will los und ging mit einem fröhlichen „Bis später" aus der Küche.

Das Paket kam um kurz vor sechs. Mrs Coleman brachte es Will ins Arbeitszimmer, wo er gerade die letzten Unterlagen, die Elijah ihm gegeben hatte, überprüfte. *Versucht er, mich auf diese Weise beschäftigt zu halten, damit mir nicht so langweilig wird, dass ich meine Sachen packe und abreise? Oder liegt ihm tatsächlich etwas an meiner Meinung?* Er würde es vermutlich nie erfahren. Elijahs Geschäftsbücher, oder zumindest die, die Will einsehen durfte, waren tadellos geführt. Es gab nichts, was er hätte anmerken oder vorschlagen können. Elijah war peinlich genau und absolut sorgfältig. Will sah selten so ordentliche und sauber geführte Bücher.

„Hier ist Ihr Anzug." Mrs Coleman trug eine Kleiderhülle, einen kleineren Beutel und eine Schachtel hinüber zum Schreibtisch und legte sie dort ab. „Schuhe und eine Krawatte sind auch dabei, schlicht alles, was man für einen schönen Abend braucht." Sie scherzte, also lächelte Will und nahm ihr die Sachen ab.

„Das hätte er nicht tun müssen", murmelte Will.

„Nein, hätte er nicht", gab Mrs Coleman ihm Recht, bevor sie wieder ging, „aber er hat es trotzdem getan."

Will blickte auf seine Armbanduhr und stellte fest, dass er sich besser fertigmachen sollte. Er räumte alle Unterlagen auf und fuhr den Computer herunter. Bevor er nach oben ging, lugte er neugierig in den Kleidersack, um einen Blick auf den Anzug zu erhaschen, den Elijah für ihn bestellt hatte. Ihm blieb die Luft weg, als er den Inhalt sah.

Es war ein schlichter, schwarzer Anzug aus der Armani-Frühlingskollektion. Will war beeindruckt aber auch beunruhigt über ein so teures Geschenk. Er warf einen Blick auf die Größe und war überrascht, dass sie genau stimmte. *Woher weiß er, welche Größe ich trage? Wie ist er hier draußen überhaupt an Armani gekommen?*, ging es ihm durch den Kopf, während er die Schuhe inspizierte. Sie hatten ebenfalls die richtige Größe und passten perfekt zum Anzug. Will hatte noch nie so teure Kleidungsstücke besessen. Er konnte es kaum erwarten, sie anzuprobieren.

Um Punkt sieben Uhr hörte er das vertraute, laute Klopfen an seiner Tür.

„Komm rein, es ist offen", rief er, während er sich rasch noch die Haare stylte.

„Bist du soweit, Will?" Elijah kam lächelnd auf ihn zu und streckte seine Hand aus. „Du siehst phantastisch aus", sagte er, während seine Augen über ihn glitten, von Kopf bis Fuß und dann wieder zurück zu seinem Gesicht. Der Blick, den er ihm zuwarf, war beinahe schon anbetend, aber Will wusste nur zu gut, was für ein exzellenter Schauspieler Elijah war und weigerte sich, sich zu sehr beeindrucken zu lassen.

„Du aber auch", gab er das Kompliment zurück und nahm seine Hand. Elijah trug einen sehr teuer aussehenden, schwarzen Anzug, eine schwarze Krawatte und ein blütenweißes Baumwollhemd. Seine Manschettenknöpfe waren aus Gold und glänzten dezent an seinen Handgelenken. Sie passten perfekt zu der goldenen Armbanduhr, die er trug.

„Einen Augenblick noch", sagte Elijah, als er in seine Tasche griff, und zog ein schweres, goldenes Herrenarmband heraus. Behutsam legte er es Will um. Will beobachtete ihn, seine großen, starken Hände, die sein Handgelenk so sanft hielten und so vorsichtig das Armband schlossen.

Einen Moment lang begegneten sich ihre Blicke, und etwas geschah zwischen ihnen. Irgendetwas war da, das vorher nicht existiert hatte. Eine Verbindung. Die Wahrheit, oder vielleicht auch nur die Realität, die Will sich wünschte.

Es verschwand so schnell wieder, wie es gekommen war. Will senkte den Blick und sah auf das Armband hinunter, dass so hell an seinem Handgelenk glänzte.

„Ein kleines Geschenk für dich", flüsterte Elijah an seinen Lippen, als er Will für einen Kuss an sich zog.

„Das kann ich nicht annehmen, das ist zu viel", antwortete Will ebenfalls flüsternd. Plötzlich lag zwischen ihnen etwas in der Luft, eine Art Spannung, so dass sich keiner von ihnen traute, laut zu sprechen, aus Angst, etwas zu zerbrechen. Will spürte es in der Atmosphäre des Raums und in seinem Innern.

Was geschieht mit mir? Nur mit Mühe gelang es ihm, seine Aufmerksamkeit von dem Gefühl von Elijahs Händen auf seinem Körper und den Lippen auf seiner Wange loszureißen, und sich stattdessen auf seinen eigenen Herzschlag zu konzentrieren. *Seit wann fällt es mir so schwer, die Kontrolle über mich und über die Situation zu behalten?*, dachte er, als sich ihre Blicke erneut trafen.

„Es gehört dir", sagte Elijah in schroffem Ton. „Ich versuche nicht, dich zu kaufen." Er verschlang Will nahezu mit seinen Blicken, als er hinzufügte: „Würde ich das wollen, dann hätte ich dir mehr gekauft als nur ein einfaches Armband."

Wäre Will ein anderer Mann gewesen, so mutmaßte Eli, dann hätte er seine unsterbliche Liebe mit einem einzigen Blick auf Elis Kontoauszug gewonnen. Allerdings, wenn Will ein anderer Mann wäre, dann würde Eli ihn nicht so sehr lieben. Er liebte ihn, eben weil er Will war.

Eli zog Wills Arm durch seinen und führte ihn aus dem Zimmer und hinunter in die Eingangshalle.

Will fühlte sich wie ein Prinz, als sie Seite an Seite die Treppe hinabstiegen. Trotz seiner Vorbehalte genoss er jede Sekunde.

Bevor sie die Eingangstür erreicht hatten, ertönte hinter ihnen ein lautes Pfeifen. Sie drehten sich um. Martin stand am Fuß der Treppe.

„Wow, seht ihr beiden schick aus." Er lachte. „Ich habe munkeln hören von einer Verabredung heute Abend", scherzte er und kam herüber, um sie genauer in Augenschein zu nehmen. „Du siehst sehr hübsch aus, William", sagte Martin mit einem Lächeln.

„Ja, das tut er", warf Elijah ein.

„Lass es nicht zu spät werden, Bruderherz." Martin warf ihm einen warmen, wissenden Blick zu, den Elijah vielsagend erwiderte. „Und jetzt ab mit euch. Viel Spaß!", stichelte er.

„Den werden wir haben", versicherte Elijah ihm.

Martin sah ihnen nach und winkte, als sie davonfuhren. Er konnte kaum glauben, was er gerade beobachtet hatte. Er hatte Gerüchte gehört über ihre Pläne, zum Abendessen auszugehen, aber er hatte angenommen, dass sie nicht der Wahrheit entsprachen. Er konnte sich nicht daran erinnern, wann Elijah das letzte Mal mit irgendjemandem ausgegangen war. Und jetzt hatte er sich in Schale geworfen und führte Will aus zum Abendessen mit Tanz.

Martin lachte laut auf. Er freute sich so für seinen Bruder. Elijah hatte es verdient, glücklich zu sein. Er hatte Will verdient.

8

WILL SASS zum ersten Mal in dem schnittigen, schwarzen Sportwagen, den Elijah gefahren hatte, als sie sich das erste Mal begegnet waren. Das war jetzt gerade einmal drei Wochen her, aber es kam ihm schon so viel länger vor. Auf der Fahrt in die Stadt fragte Elijah Will nach seiner Meinung über seine Buchhaltung.

„Nach dem zu urteilen, was ich bisher gesehen habe", begann Will, „brauchst du meine Hilfe gar nicht. Du brauchst niemanden."

„Das stimmt so nicht ganz", murmelte Elijah leise, dann sagte er: „Könntest du für mich vielleicht noch die Steuerunterlagen vom letzten Jahr durchsehen? Nur die für die Ranch."

„Das ist immer noch umfangreich genug. Ich glaube nicht, dass ich lange genug hier sein werde, um so eine Prüfung abzuschließen." Will war von Neuem überrascht von Elijahs Offenheit bezüglich seiner Geschäftsunterlagen. Er hoffte, dass das ein Kompliment für seine beruflichen Fähigkeiten war und kein neuer Versuch, ihn in eine Falle zu locken.

„Ist das ein Ja oder ein Nein?" Elijah brachte es wie immer direkt auf den Punkt. Er wollte Antworten, die er analysieren und mit denen er etwas tun konnte.

„Ein Ja", antwortete Will, ohne groß darüber nachzudenken. Hatte er damit jetzt zugestimmt, so lange zu bleiben, bis das Projekt abgeschlossen war? Auch, wenn er bis Samstag nicht fertig werden würde? „Was, wenn ich bis Samstag nicht fertig bin?" Wie Elijah auch wollte er Klarheit haben.

„Dann bleibst du eben länger." Elijah sah sehr zufrieden aus bei dem Gedanken, aber er lachte nicht.

„Ich werde bis Samstag fertig", erklärte Will ernst.

Sie hielten vor einem eleganten Restaurant, und Elijah eilte um den Wagen herum, um Will beim Aussteigen zu helfen. Er legte Will eine Hand in den Rücken und geleitete ihn hinein. Es war ein sehr edles Restaurant, und wie es schien wurden sie bereits erwartet. Wortlos führte der Kellner sie zu einem Tisch in einer abgeschiedenen Nische. Die Kerzen auf dem Tisch brannten bereits. Elijah hielt Will den Stuhl, als er sich hinsetzte.

„Danke", sagte Will automatisch und rückte seinen Stuhl zurecht, während Elijah sich ihm gegenüber hinsetzte.

„Nichts zu danken."

Sie begannen mit der Auswahl des Weins und einer Vorspeise, dann wurde ihnen ein ausgezeichnetes Steak Dinner serviert. Es freute Eli zu sehen, dass Will mit Appetit aß. Er hatte in den letzten Tagen so wenig gegessen, dass Eli begonnen hatte, sich Sorgen zu machen.

Während des Essens unterhielten sie sich über die verschiedensten Themen, von ihren Lieblingsfilmen bis hin zur Tagespolitik. Will fiel auf, dass Elijah an allem, was er zu sagen hatte, interessiert zu sein schien. *Er kann ein wahrer Gentleman sein, wenn er will*, befand er.

„Was für eine Rasse ist dein Hund?", fragte Elijah plötzlich. „Als ich dich das erste Mal angerufen habe, habe ich im Hintergrund einen Hund bellen hören."

„Ein Labrador. Er heißt Todd." Will war stolz auf seinen Hund, auch wenn der nicht der Hellste war.

„Wer kümmert sich um ihn, während du weg bist?" Es schien eine harmlose Frage zu sein, aber es steckte Absicht dahinter. Will bemerkte es nicht, aber Eli versuchte, so viel wie möglich über sein Leben in Whitefish Point herauszufinden.

Will gab ihm bereitwillig Auskunft. „Meine Nachbarin, Mrs Gwyn. Sie ist sehr nett. Ich kenne sie zwar nicht sehr gut, aber sie kommt prima mit Todd zurecht. Sie hat von sich aus angeboten, sich um ihn zu kümmern, also habe ich ihr Angebot angenommen."

„Vermisst du irgendjemanden in Whitefish Point besonders? Von Todd mal abgesehen", fragte Elijah, immer noch in dem Bestreben, möglichst viel zu erfahren.

„Nein, nicht wirklich. Ich habe ein paar Freunde, aber keine besonders engen." Seine Antwort schien Elijah sehr zu gefallen. Will sah, wie seine Augen zufrieden aufblitzten.

„Es gibt viele Menschen hier auf der Ranch, die dich vermissen würden, falls du uns verlässt", sagte Elijah und ergriff Wills Hand.

„Du meinst wohl, *wenn* ich abreise", korrigierte Will ihn.

„Ich meinte es so, wie ich es gesagt habe." Abrupt stand Elijah auf und zog Will auf die Füße. „Lass uns tanzen", wechselte er das Thema. Die Musik hatte begonnen zu spielen, und es war ein langsames Lied. Elijah freute sich darauf, Will in den Armen zu halten.

„Ich bin ein ganz entsetzlich schlechter Tänzer", gestand Will.

„Lass dich einfach von mir führen", flüsterte Elijah ihm ins Ohr, als er seinen Arm um ihn legte. Er war ein ausgezeichneter Tänzer, und er hielt Will eng umschlungen, während sie über die Tanzfläche glitten.

Sie standen im Mittelpunkt der Aufmerksamkeit, obgleich alle Anwesenden zu verbergen versuchten, dass sie sie beobachteten. Elijah Hunter hatte noch nie zuvor in diesem Restaurant gegessen. Die Ortsansässigen kannten ihn alle, aber die wenigsten von ihnen hatten ihn schon einmal zu Gesicht bekommen. Einer der Gäste stellte sogar die Theorie auf, dass es gar nicht Elijah Hunter war, aber es sprach sich schnell herum, dass er die Reservierung selbst gemacht hatte. Er hatte alle Extras bestellt: die Kerzen, die Musik, den abgeschiedenen Tisch. Und er hatte mit Elijah Hunters Kreditkarte bezahlt, also musste er es sein.

Hätte jemand den Abend nach Wills sehnsüchtigsten Tagträumen gestaltet, er hätte nicht wundervoller und perfekter sein können, und Elijah hätte nicht aufmerksamer und liebevoller sein können. Es war beinahe Mitternacht, als sie sich auf den Rückweg machten. Sie hatten die Ranch fast erreicht, als Elijah plötzlich auf eine schmale Straße abbog.

„Wohin fahren wir?", fragte Will, nervös aber nicht ängstlich.

„Ich möchte dir etwas zeigen." In Elijahs Stimme schwang angespannte Vorfreude mit. Will musste lächeln.

Sie fuhren durch eine dicht bewaldete Gegend und hielten auf der Kuppe eines Hügels am Rand eines recht steilen, felsigen Abhangs an. Elijah half Will beim Aussteigen und führte ihn um den Kotflügel herum. Er setzte sich auf die Motorhaube und zog Will zu sich herunter, so dass er an ihn gelehnt auf seinem Schoß saß.

„Schau", sagte Elijah und schlang beide Arme um ihn. Will blickte hinunter auf die Ranch. Die Aussicht von hier oben war wunderschön. Man konnte das gesamte Anwesen überblicken, die Gärten, die Wohnhäuser, Ställe und Weiden und Paddocks, und alles war gebadet in ein warmes, goldenes Licht.

„Das ist mein ganzes Leben." Eli hielt inne und küsste Wills Hals, dann sein Ohr. „Und ich will es mit dir teilen." Er zögerte einen Moment, dann fuhr er fort: „Ich weiß, dass du mir nicht vertraust, aber ich schwöre dir, dass es diesmal kein Test ist. Ich stelle dich nicht auf die Probe, ich stelle dir keine Falle, und ich mache auch keinen Scherz. Ich liebe dich, William, und ich möchte, dass du hier bleibst, hier bei mir, und Teil meines Lebens wirst. Freitag werde ich dich noch einmal bitten, mich zu heiraten, und diesmal möchte ich eine echte Antwort haben."

Elijah drückte ihn fest an sich, und sie saßen da und beobachteten die Lichter und die Sterne. Will blieb stumm. Er wollte einfach den Moment genießen, die kühle Nachtluft und die Stille, und er lehnte sich zurück in die Arme, die ihn hielten. Elijah drängte ihn nicht, ihm zu antworten. Sie saßen mindestens eine Stunde lang so da, genossen die Aussicht, lauschten den Nachtgeräuschen und hielten einander in den Armen.

In jener Nacht lag Will lange wach und dachte über den Abend nach. Er hatte noch nie einen so perfekten Abend gehabt. Wenn es doch nur wahr wäre, wenn Elijah ihn doch nur wirklich lieben würde. Wenn sein Antrag doch nur wirklich ernst gemeint wäre. So sehr Will auch sein Zuhause und Todd vermisste, er wusste, dass es ihm schwerfallen würde, von hier wegzugehen. Er mochte die Ranch, er mochte die Leute hier, und er liebte Elijah.

Was würde er wohl tun, wenn er wüsste, dass ich ihn liebe?, sinnierte Will. Je länger er über diese Frage nachdachte, desto finsterer erschienen ihm die Konsequenzen, und Will malte sich all die demütigenden und erniedrigenden Dinge aus, die Elijah ihm antun konnte. Und je mehr er darüber nachdachte, desto größer wurde seine Angst. Die Freude und das leise Glücksgefühl, die der Abend hinterlassen hatte, verflogen rasch und wurden von wilden Mutmaßungen und Misstrauen ersetzt.

Will setzte sich auf und strich sich fahrig mit den Fingern durchs Haar. Es war bereits drei Uhr durch. Er wollte spazieren gehen, aber ihm war bewusst, dass er das Haus nicht verlassen konnte, ohne dabei jemanden aufzuwecken. Als er aus dem Bett stieg, stieß er unglücklich mit dem Fuß gegen den Nachttisch, und die Lampe, die darauf stand, geriet ins Wanken, fiel zu Boden und zerbrach.

„Ich bin so ein Tollpatsch", schalt Will sich selbst, als er vorsichtig anfing, die Scherben aufzusammeln.

Elijah klopfte nur einmal kurz an und betrat dann ohne auf Antwort zu warten das Zimmer. „Alles in Ordnung? Bist du verletzt?", fragte er und beugte sich zu Will hinunter, um zu sehen, was er tat.

„Vorsicht", warnte Will, damit Elijah nicht aus Versehen in eine Scherbe trat. „Ich habe deine Lampe kaputt gemacht. Entschuldige. Ich werde sie dir natürlich ersetzen."

Elijah ergriff sein Handgelenk und zog ihn auf die Füße, dann hob er Will in einer raschen Bewegung in seine Arme und trug ihn aus dem Zimmer. Will war zu verblüfft, um reagieren zu können. *Noch nie in meinem Leben bin ich so oft getragen oder geführt worden. Was bin ich denn, eine Porzellanpuppe? Er muss noch stärker sein, als ich gedacht habe, wenn er mich ständig so durch die Gegend tragen kann. Wo wir doch gerade von Gentleman sprachen; Ich fühle mich wie in einem dieser Liebesromane. Fehlt nur noch, dass ich auf der Chaiselongue in Ohnmacht falle und mit Riechsalz wiederbelebt werden muss.*

„Es liegen zu viele kleine Scherben herum", erklärte Elijah. „Du bleibst heute Nacht bei mir, in meinem Zimmer. Du könntest dich sonst zu leicht verletzen. Ich schicke morgen früh jemanden, der gründlich sauber macht."

Ohne auf eine Antwort zu warten, trug er Will in sein Zimmer und legte ihn sanft auf seinem Bett ab. Es standen durchaus noch andere Zimmer zur Verfügung, in denen er Will für eine Nacht hätte unterbringen können, aber Eli wollte ihn in seiner Nähe haben. Ursprünglich hatte er Will das Zimmer neben seinem nur deshalb zugewiesen, weil er eine Auge auf Wills Aktivitäten haben wollte, aber jetzt wollte Eli ihn einfach nur noch bei sich haben. Die Scherben waren die perfekte Ausrede, um Will die ganze Nacht in seinen Armen zu halten. Und es war eine weitere Chance, Will zu beweisen, dass er Eli vertrauen konnte.

Will war noch nie zuvor in Elijahs Zimmer gewesen, und definitiv nicht in seinem Bett. Er schaute sich um und sah einen eher kargen und sehr maskulinen Raum. Keine Spiegel, keine dekorativen Staubfänger, keine Bilder an den Wänden, sondern nur das Nötigste an Mobiliar. Will hätte erwartet, dass Elijah ein breites Doppelbett hatte, aber das hatte er nicht. Das Bett war nur ein bisschen breiter als ein normales Einzelbett, dafür aber länger als normal. Es war ein seltsames Gefühl, hier in seinem Bett zu liegen.

„Ich bin mir sicher, dass ich auch in meinem Zimmer hätte bleiben können", beharrte Will. „Wenn ich aufpasse, wo ich hintrete, und einfach von der andere Seite ins Bett steige." Er spürte eine leise Panik in sich aufsteigen. *Wie soll ich das denn machen, die ganze Nacht hier liegen, neben ihm, in seinem Bett, ohne meinem Verlangen nachzugeben?* Das war zu viel verlangt.

„Glasscherben können sich gerade auf Holzfußböden weit verteilen", erwiderte Elijah trocken. „Wahrscheinlich sind im ganzen Raum kleine Splitter verteilt."

Wills Schultern sackten unter seinen Schuldgefühlen zusammen. *Ich habe vermutlich auch den Boden beschädigt.* Mit diesem Gedanken im Hinterkopf platzte er heraus: „Es tut mir wirklich leid. Ich komme für alle Schäden auf."

„Du kommst für gar nichts auf", sagte Elijah und stieg neben ihm ins Bett. „Die Lampe ist nicht wichtig." Er zog Will neben sich hinunter auf die Matratze und deckte sie beide zu. „Versuch zu schlafen", flüsterte er und küsste Wills Stirn, dann bettete er Wills Kopf auf seine Brust und zog ihn eng an sich.

Das Bett war zu schmal, um weit von ihm abrücken zu können. Andererseits genoss Will auch das Gefühl von Elijah neben und unter sich, obwohl er wusste, wie gefährlich das war. Aber in Elijahs Armen fühlte er sich sicher und geborgen.

„Bist du dir sicher, dass das so in Ordnung ist?", fragte Will, seine Stimme gedämpft durch Elijahs T-Shirt. Er fühle Elijahs leises Lachen mehr, als dass er es hörte.

„Ja, das ist so in Ordnung", flüsterte er zurück.

Langsam entspannte Will sich und sank in einen tiefen Schlaf. Eli hingegen war sich Wills Nähe sehr bewusst, und es dauerte lange, bis er einschlief. Er hatte noch nie mit jemandem sein Bett geteilt, aber nach heute Nacht wusste er, dass er nie wieder allein darin schlafen wollte. Es freute ihn, dass Will in seinen Armen, in seinem Bett, so schnell und leicht eingeschlafen war.

Er beginnt langsam, mir zu vertrauen, dachte er. Will empfand etwas für ihn, das konnte Eli spüren. Er hatte lediglich zu viel Angst, seine Gefühle offen zuzugeben. Und selbst wenn Will ihn nicht liebte, oder ihn niemals lieben lernen konnte, Eli war willens, sich mit dem kleinsten Krumen bloßer Zuneigung zufrieden zu geben. Will verlangte nach ihm, und darauf konnte er aufbauen. *Vielleicht, mit der Zeit...* Elis Aufmerksamkeit wanderte zu dem Gefühl von Wills Körper, der eng an seinen geschmiegt lag, und er sank in einen unruhigen Schlaf.

ELIJAH STAND wie immer um fünf Uhr auf, aber zu Will sagte er, dass er noch ein bisschen liegenbleiben und dösen sollte. Es bestünde ja nun kein Grund, warum Will auch so früh aufstehen müsse, meinte Elijah. Er duschte und zog sich dann direkt vor Wills Augen an.

Was Will sah imponierte ihm. Bei keinem der beiden Male, die sie miteinander geschlafen hatten, hatte er die Gelegenheit gehabt, Elijahs Körper einfach nur anzusehen, und das holte er nun nach. Will vermutete, dass Elijah annahm, dass er wieder eingeschlafen war. Tatsächlich aber wusste Eli, dass Will wach war und ihm zusah, und es gefiel ihm. Normalerweise war er in einer Viertelstunde fertig geduscht und angezogen, aber an diesem Morgen brauchte er fast eine halbe Stunde. Bevor er das Zimmer verließ, trat er zu Will ans Bett, beugte sich zu ihm hinunter und küsste ihn sanft auf die Lippen.

„Wir sehen uns dann gegen sieben in der Küche." Er setzte sich auf die Bettkante und küsste Will ein weiteres Mal. Diesmal zog er Will in seine Arme und an seine Brust. Der Kuss war spielerisch, aber auch fordernd, bis Will endlich nachgab, seine Arme um Elis Hals schlang und den Kuss erwiderte.

„Das ist schon viel besser", neckte Eli. Sein Blick glitt über Wills Gesicht, als er ihm das Haar aus der Stirn strich. „Ich hole dir ein paar Klamotten aus deinem Zimmer, so dass du dich hier duschen und anziehen kannst."

„Danke."

„Nichts zu danken." Eli ließ ihn zurück auf die Kissen sinken, deckte Will zu und verließ dann das Zimmer. Innerlich staunte er wieder einmal darüber, dass er von Will scheinbar nicht genug bekommen konnte. Er war sonst nicht die Sorte Mann, die sich viel aus Küssen und schlichten Berührungen machte. Er hatte auch noch nie viel über Nähe oder Romantik nachgedacht; bevor er Will begegnet war, hatte er nicht einmal an romantische Liebe geglaubt. Sie war für ihn nur ein Traumgespinst gewesen, ein Märchen für die Einsamen, die sich nach einem Partner sehnten. Romantische Liebe, die gab es nur in Büchern und Filmen, aber nicht in der Realität.

Er war vierunddreißig Jahre alt, und in seiner Vergangenheit gab es viele Männer, aber bei keinem von ihnen hatte Eli sich gewünscht, dass er bei ihm blieb. Noch nie zuvor hatte jemand ihn so berührt, ihn weit über das Körperliche hinaus berührt. Er musste sich eingestehen, dass er die meisten Männer ziemlich mies behandelt hatte. Aber er hätte es sich nicht einmal träumen können, dass es in seinem Leben eines Tages einen Mann geben würde, bei dem er willens war, auf die Knie zu gehen und ihn anzuflehen, bei ihm zu bleiben, ihn zu lieben.

Und nun stand er da, verliebt bis über beide Ohren, und das so leidenschaftlich und überwältigend und atemberaubend, dass es ihm Angst einjagte. Allein Will anzusehen schmerzte, auf wundervolle Art und Weise.

Eli musste über sich selbst lachen. Er wusste nun, wie er es im Grunde genommen schon seit dem allerersten Tag gewusst hatte, dass er Will niemals verlieren durfte. Er würde tun und geben und werden, was immer er tun und geben und werden musste, um Will zu behalten.

KURZ NACHDEM Elijah ihm seine Kleidung gebracht hatte, stand Will auf. Die Wärme und Geborgenheit, die er in diesem Raum gefühlt hatte, waren zusammen mit Elijah verschwunden, und nun fühlte Will sich seltsam und unwohl, so ganz allein in Elijahs Zimmer. Wie ein Eindringling.

Er duschte, und während er sich anzog, fragte er sich, was die Leute wohl denken würden, wenn sie wüssten, dass er die Nacht mit Elijah verbracht hatte. *Es ist nichts passiert. Er war der perfekte Gentleman. Aber wer würde das glauben?*

Er würde es ja *selbst* nicht glauben – und er war dabei gewesen. Will fühlte sich gefangener denn je in den Fallstricken, die Elijah gelegt hatte.

„Zwei Tage", erinnerte er sich selbst, aber die Worte brachten ihm nicht die Erleichterung, die er sich erhofft hatte. Stattdessen erfüllten sie ihn mit Bedauern und einem Hauch von Enttäuschung.

Entschlossen, seine Gefühle nicht weiter zu analysieren, verdrängte Will sie so gut er konnte. Aber wie es schien war er beim Verdrängen stark eingerostet. Will hatte nicht mehr viel, was er Elijah entgegensetzen konnte.

Nachdem er sich vergewissert hatte, dass niemand auf dem Flur war, schlüpfte Will aus Elijahs Zimmer und huschte in sein eigenes. Vorsichtig, damit er nicht in eine Glasscherbe trat, ging er zum Bett. Er musste Katrina anrufen und dachte sich, dass er in seinem Zimmer die meiste Ruhe dazu haben würde.

„Er hat mich gehen lassen", kreischte Katrina. „Ich bin ja so erleichtert. Was hast du mit ihm gemacht?" Sie kicherte albern. „Er ist ja fast menschlich!"

Wills Magen knotete sich zusammen. „Wann hat er dich angerufen?"

„Gestern. Ich dachte, dass du deswegen anrufst." Katrinas Kichern verstummte.

„Was genau hat er zu dir gesagt?"

„Er hat gesagt, dass ich nicht zurückkommen brauche. Dass du dableiben würdest, und dass er mich nicht zwingen würde, den Vertrag zu erfüllen", berichtete Katrina, dann fügte sie hinzu: „Er ist ja so verliebt in dich, Will. Siehst du das nicht?"

„Nein, tue ich nicht", platzte es aus ihm heraus. „Er ist nicht in mich verliebt! Wie könnte er auch? Irgendetwas anderes muss hier vor sich gehen." Sie schwiegen beide, und Will überdachte die neuen Informationen. „Hast du jemals etwas über einen Mann namens John Gerard gehört?", fragte er schließlich.

„Nur einmal." Katrina hielt inne und versuchte, sich an den Zusammenhang zu erinnern. „Ich hab gehört, wie ein paar der Rancharbeiter über ihn gesprochen haben. Sie wussten nicht, dass ich sie hören konnte. Sie sagten so etwas wie: ‚Wenn Katrina nicht aufpasst, dann wird es ihr noch schlimmer ergehen als John'. Ich hab nicht gewusst, was sie damit meinten, und damals hat es mich auch nicht interessiert."

Ein eisiger Schauer rann Will über den Rücken, und er zitterte. Es war wirklich passiert. Es war nicht einfach nur etwas, das John sich ausgedacht hatte, um ihn zu quälen. Will musste mehr darüber herausfinden, was damals mit John passiert war. Vielleicht konnte Kathy ihm ja mehr erzählen?

„Was ist los, Will?", hakte Katrina nach.

„Nichts", log Will. „Ich freue mich, dass Elijah dich hat gehen lassen. Ich werde vermutlich auch bald nach Hause zurückkehren. Ich denke, die Sache hat sich für alle zum Besten entwickelt. Wir hören uns später. Bis dann." Er legte schnell auf, bevor Katrina weiter fragen und nach Antworten bohren konnte. Er wollte nicht, dass Katrina von seinen Sorgen Wind bekam. Will schnitt eine Grimasse, als ihm aufging, dass er Katrina noch weniger vertraute als Elijah Hunter.

Auf dem Weg nach unten in die Küche hörte er Elijahs und Martins Stimmen aus dem Arbeitszimmer dringen. Die Tür stand offen, und er konnte jedes einzelne Wort verstehen. Will blieb stehen. Er wusste, dass er hören musste, was sie sagten, auch wenn er Angst vor dem hatte, was er hören würde.

„Du wirst es also morgen bekanntgeben?", fragte Martin.

„Ja", erwiderte Elijah mit seltsamer Gewichtigkeit.

„Hat er –?", begann Martin, aber Elijah fiel ihm ins Wort, ehe er den Satz beenden konnte.

„Noch nicht, aber er wird."

Reden sie über mich?, fragte Will sich. Sein Herz sagte ihm, dass sie es taten. Er strengte seine Ohren an, um mehr zu hören, da er nicht näher gehen und damit riskieren wollte, dass sie ihn entdeckten.

„William ist verbissen unabhängig", merkte Martin an. „Er glaubt, dass du nur mit ihm spielst. Er nimmt es dir alles nicht ab."

„Das weiß ich, deshalb mache ich ja morgen die Ankündigung", erklärte Elijah. „Ich habe Katrina bereits angerufen und ihr gesagt, dass sie nicht zurückzukommen braucht. Ich will sie und ihre Dramen nicht hier haben und alle in Aufruhr versetzen. Und wenn Katrina nicht aufkreuzt, muss Will eben ein bisschen länger bleiben."

„Ist das nicht unfair?"

Das war alles, was Will hören musste. Es war alles wahr. All seine Befürchtungen, all seine Vermutungen waren wahr. Elijah log ihn an. Es war alles ein abgekartetes Spiel, um ihn zum Narren zu halten und zu demütigen. Genauso wie bei John.

Will rannte an der Küche vorbei und zur Haustür hinaus und weiter die Straße hinunter zu Kathy Grahams kleinem Häuschen, wo er wild an die Türe klopfte. Er musste dringend mit jemandem reden, und die einzige Person, der er zumindest halbwegs vertraute, war Kathy.

„Ich habe von der Sache gehört", sagte Kathy, als sie ihm eine Tasse Kaffee eingegossen und sie sich zusammen an ihren Küchentisch gesetzt hatten. „Das ist passiert, bevor ich hierhergezogen bin."

„Was hast du gehört?"

„John war gerade mal achtzehn, neunzehn, und er bildete sich ein, in Elijah verliebt zu sein. Ich vermute, das hatte viel mit Elijahs Reichtum und seinem guten Aussehen zu tun. Wie dem auch sei, John hat versucht, Elijah ins Bett zu bekommen und bei der Gelegenheit auch noch etwas von seinem Geld mitzunehmen, und die Sache ging übel aus. Seitdem liegt ein tiefer Graben zwischen den Hunters und den Gerards." Kathy hielt inne und nippte an ihrem Kaffee. „Viele hier auf der Ranch vermuten, dass Elijah wirklich etwas für John empfunden hat. Aber sobald herauskam, dass er es nur auf Elijahs Geld abgesehen hatte, ist die Flamme schnell erloschen. Die beiden Ranches haben geschäftlich noch Kontakt, aber das ist auch schon alles. Den sozialen Kontakt hat Elijah komplett abgebrochen."

„Was hat Elijah mit John gemacht?" Will hatte bereits eine ziemlich genaue Vorstellung davon, was sich abgespielt hatte, aber er wollte es aus Kathys Mund hören.

„Er hat John mehrmals auf die Probe gestellt. Hat ihm Zugang zu seinem Konto gewährt, zum Beispiel, um zu sehen, ob er der Versuchung des Geldes nachgeben würde oder nicht. John hat sein wahres Gesicht gezeigt, so wie deine Schwester, und angeblich hat Elijah ihn dafür bestraft. John konnte sich monatelang nicht mehr in der Stadt blicken lassen, so gedemütigt war er." Kathy verstummte, als sie den Ausdruck auf Wills Gesicht sah. „Er hat seine Familie und seine Ranch beschützt, Will, mehr nicht."

„Ich glaube, dass er das Gleiche auch mit mir vorhat", sagte Will traurig und voller Schmerz.

„Aber warum? Du hast doch nichts getan", argumentierte Kathy.

„Aber Katrina, und es hätte Elijah keine Genugtuung bereitet, Katrina zu demütigen. Sie ist so unempfindlich, ich glaube nicht, dass man sie überhaupt demütigen kann." Will musste widerwillig lächeln. „Es ist besser, sich an demjenigen zu rächen, der dafür empfänglich ist. Der so leidet, wie Elijah es gerne sehen würde."

„Das kann ich mir nur sehr schwer vorstellen. So ein Mensch ist Elijah nicht. Ich hoffe wirklich, dass du dich täuschst", war alles, was Kathy dazu sagen konnte.

„Das wünschte ich mir auch", murmelte Will. Just in dem Moment hörte er, wie sein Handy anfing zu klingeln. Er hatte völlig vergessen, dass er es in die Hosentasche gesteckt hatte. „Hallo?"

„Ich dachte, wir wären zum Frühstück verabredet, Will." Elijah klang so liebevoll, dass die Wahrheit zu kennen Will Übelkeit bereitete.

„Ich komme sofort", sagte Will und legte auf. Er musste hingehen, sonst würde Elijah sofort wissen, dass etwas nicht stimmte, und Will brauchte Zeit, um einen Weg aus diesem Schlamassel zu finden. Zeit, um sich zu retten. Für heute würde er einfach noch weiter mitspielen und morgen würde er es hoffentlich schaffen, vor der großen Ankündigung zu verschwinden.

„HATTEN SIE einen schönen Abend gestern?", fragte Mrs Coleman, als sie ihnen das Frühstück servierte.

„Ja, es war ein netter Abend", antwortete Will.

Seit er sich an den Tisch gesetzt hatte, hatte er Elijah noch nicht einmal direkt angesehen, und Elijah war das offensichtlich aufgefallen. Also wandte Will sich Elijah ganz bewusst zu, während er antwortete – und sofort wusste er, dass er einen Fehler gemacht hatte. Ihre Gesichter waren einander so nahe, dass Elijah nur ein paar Zentimeter überbrücken musste.

Der Kuss war, vorsichtig ausgedrückt, verheerend.

Elijah raubte Will jede Unze Selbstbeherrschung. Seine Lippen waren sanft und doch fordernd und machten Will glauben, dass Elijah ehrlich zu ihm war. Will erwiderte den Kuss, obwohl sein Verstand aufschrie und ihn warnte, wachsam zu sein. Seine Nervenenden kribbelten, und sein Körper brannte unter Elijahs Berührung.

„Es war der wundervollste Abend meines Lebens", hauchte Elijah atemlos an seinen Lippen. „Ein Abend, den wir so hoffentlich noch oft wiederholen werden."

Als Elijahs Lippen mit Wills verschmolzen, drehte Mrs Coleman sich zum Fenster um. Wie es schien war sie bei jedem romantischen und intimen Moment zwischen den beiden ungewollte Zuschauerin. Aber auf der anderen Seite war es ihr auch eine echte Freude, Elijah so glücklich und verliebt zu sehen, und sie freute sich sehr für ihn. William war so ein netter junger Mann, und es war so einfach, mit ihm auszukommen. Es würde überhaupt kein Problem sein, mit ihm in einem Haus zu leben.

Elijah und Will begannen zu essen, und die Spannung, die zwischen ihnen in der Luft gelegen hatte, ließ nach. Gleichzeitig wurden sie beide wachsamer und bewusster für das, was sie sagten.

„Mrs Coleman sagte mir, dass John Gerard gestern hier war. Sie sagte, dass er nach dir gefragt hat und dich unbedingt sehen wollte", bemerkte Elijah wie beiläufig.

„Davon weiß ich nichts", sagte Will und warf Mrs Coleman einen nervösen Blick zu.

„Ich habe Will gesagt, dass es ein Vertreter gewesen sei, Elijah. Ich wollte ihn nicht unnütz beunruhigen", erklärte Mrs Coleman.

„Hätte es dich beunruhigt zu wissen, dass er hier war, Will?", hakte Elijah prompt nach.

„Kommt drauf an, was er wollte."

Eli war belustigt darüber, wie elegant Will der Frage auswich. „Ich werde herausfinden, was er dir so unbedingt sagen wollte, und lasse es dich dann wissen."

Es klang wie ein Scherz, aber in Elijahs Gesichtszügen lag eine gewisse Spannung. Johns Besuch beunruhigte ihn, schlussfolgerte Will. Vielleicht, weil er befürchtete, dass John Will von ihrer Beziehung und deren unrühmlichen und brutalen Ende erzählen würde, und dass Will Elijahs Plan dann durchschauen würde, bevor er ihn mit seiner großen Ankündigung morgen zum Abschluss bringen konnte. Bei dem Gedanken runzelte Will unwillkürlich finster die Stirn.

Natürlich schlug Elijah sofort zu. „Was ist?"

Will schüttelte den Kopf, wie um Gedanke und Stirnrunzeln zu vertreiben, und versuchte ein Lächeln. Es war ein kläglicher Versuch.

Eli zog ihn auf die Füße und aus der Küche. Wortlos führte er Will in sein Arbeitszimmer, schloss die Tür hinter sich und hakte nach. Will lehnte sich mit dem Rücken gegen die Tür, während Eli sich vor ihm aufbaute. Er beobachtete jede Regung Wills ganz genau und zog seine Schlüsse. Seine Augen verloren keinen Augenblick lang an Intensität, während er Will eindringlich musterte. Will versuchte, seinen Blicken auszuweichen, aber Eli verhinderte das, indem er Wills Gesicht in seine Hände nahm und ihn so dazu zwang, Blickkontakt zu halten.

„Irgendetwas macht dir seit gestern zu schaffen", sagte Eli schließlich. „Sag mir, was es ist. Gib mir eine Chance, es dir zu erklären oder dir zu helfen. Was immer es ist, ich werde es in Ordnung bringen."

Das hat er gestern auch schon gesagt. Er muss es gewöhnt sein, Dinge wieder in Ordnung zu bringen. Mit seinem Reichtum und seinem Einfluss gibt es vermutlich auch nicht viel, das er nicht wieder in Ordnung bringen kann. Will überlegte, ob er ihm die Wahrheit sagen sollte, aber dann entschied er sich dagegen. Elijah würde ihm doch nur sagen, dass er sich irrte oder etwas missverstanden hatte oder dass er aus einem Maulwurf einen Elefanten machte. Er würde die Wahrheit nicht zugeben. Warum sich also die Mühe machen?

„Alles in Ordnung." Will suchte nach Worten. Elijahs Augen forderten unnachgiebig die Wahrheit von ihm, und es war unmöglich, diesem Fordern nicht nachzugeben. „John hat mich angerufen", platze es aus Will heraus.

Elijah packte Will bei den Schultern. Er schien bereit, die Einzelheiten aus Will herauszuschütteln, falls er sich weigern sollte, sie ihm von sich aus zu erzählen. „Was hat er gewollt?"

„Er... Er sagte, dass es ihm leid täte. Wegen neulich." Er wollte Elijah sagen, dass er alles wusste, dass sein Plan aufgeflogen war, aber die Worte wollten ihm einfach nicht über die Lippen kommen. Letztendlich war Will noch nicht bereit, Elijah damit zu konfrontieren.

Eli sah Will eindringlich an und versuchte herauszufinden, ob er ihm die Wahrheit sagte – oder nur einen kleinen Teil der Wahrheit. Es schien ihm offensichtlich, dass während des Telefonats mehr gesagt worden war als nur ein paar entschuldigende Worte. Doch Will schien nicht bereit, ihm zu sagen, was das war.

„Das sollte ihm auch leid tun", knurrte Elijah. „Warum hast du mir nicht schon eher von seinem Anruf erzählt?"

„Es schien mir nicht so wichtig zu sein."

Elijah wandte sich ab und ging hinüber zum Schreibtisch.

„Hast du noch mal über meinen Antrag nachgedacht, Will?"

Der plötzliche Themenwechsel traf Will unvorbereitet. „Was?"

„Mein Heiratsantrag. Bist du zu einem Entschluss gekommen?" Er beugte sich vor, holte mehrere Akten aus einer Schublade und legte sie auf die Schreibtischauflage. „Heirate mich", sagte er ausdruckslos. „Wenn du das tust, ist dein Zuhause sicher und dein Land und deine Schwester auch."

„Aber werde *ich* sicher sein?" Die Frage war heraus, bevor Will sie zurückhalten konnte.

131

Elijahs Gesichtsausdruck war unergründlich. Er kam langsam wieder zu Will herüber und zog ihn ebenso langsam in seine Arme. Will versucht nicht, Widerstand zu leisten; es wäre ohnehin sinnlos gewesen. Elijahs starke Hände ließen keinen Widerstand zu. Elijah zwang Will, ihm in die Augen zu schauen, und als er sprach, war seine Stimme rau und fast schon barsch.

„Ich werde dich niemals absichtlich verletzen." Seine Augen glitten suchend, fast flehend, über Wills Gesicht. „Heirate mich, und ich verspreche dir, dich zu lieben und für dich zu sorgen. Ich werde dein Leben so leicht und perfekt wie möglich machen. Das ist die reine Wahrheit. Du hast mich letztes Mal gefragt, ob ich dich auf die Probe stelle, und ich habe ja gesagt. Frag mich jetzt noch einmal, ob ich dich auf die Probe stelle. Ich habe dich damals nicht belogen, und ich werde dich auch jetzt nicht belügen." Er hielt inne, hoffte auf eine Antwort. „Du hast nichts von mir zu befürchten, Will, absolut gar nichts." Elis Hände schlossen sich fester um Wills Schultern. Er sehnte sich nach einer Antwort, die den Schmerz in seinem Herzen lindern würde.

So vorhersehbar Elijahs kleine Rede auch gewesen sein mochte, Will war dennoch tief berührt. Er war nach wie vor fest davon überzeugt, dass Elijahs wahre Absicht es war, ihn zu demütigen und zu verletzen. Wie einfach wäre es doch, ihm zu glauben, sich in ihm zu verlieren, und dann... Am Ende würde er gedemütigt und mit gebrochenem Herzen allein dastehen. Elijah wollte morgen ihre Hochzeit verkünden, und kurz darauf würde es eine öffentliche, bittere Trennung geben. Will hatte nicht vor, ihm bei der Durchführung dieses Plans dadurch entgegenzukommen, dass er seinen Antrag annahm. Er öffnete den Mund, um den Antrag ein für alle mal abzulehnen, aber Elijah kam ihm zuvor.

„Antworte mir jetzt noch nicht." Eli spürte, in welcher Stimmung Will war, und beschloss, auf seine Antwort lieber noch eine Weile zu warten, statt sie jetzt zu erzwingen. Er wollte nicht hören, was Will so offenkundig sagen würde. „Ich frage dich morgen. Du kannst mir morgen antworten." Er machte eine Geste in Richtung Schreibtisch. „Das sind die Akten mit den Steuerunterlagen, die du für mich durchsehen wolltest", sagte er und wechselte erneut abrupt das Thema. „Wir sehen uns dann beim Abendessen."

Ohne Will die Chance zu geben, etwas zu erwidern, verließ Eli den Raum und schloss die Tür mit einem lauten Knall hinter sich. Wut, Ärger und Enttäuschung erfüllten ihn, als er zu den Ställen ging. *Dieser Mann macht mich noch wahnsinnig mit seinen abstrusen Verdächtigungen und seinem Misstrauen,* knurrte er innerlich. Er fuhr sich mit den Fingern durch die Haare, dann schlug er mit der Faust gegen die Stalltür. Hart. Bei dem Aufprall verpuffte ein Teil seines Zorns. *Warum gelingt es mir nicht, ihn dazu zu bringen, mir zu glauben? Irgendwie muss ich einen Weg finden, sein Vertrauen zu gewinnen, aber wie?*

„Hat das wehgetan?", fragte Martin, der plötzlich neben ihm stand.

„Nicht genug", knurrte Elijah unwirsch. „Ich lerne gerade, dass körperlicher Schmerz nichts ist im Vergleich zur emotionalen Variante."

„Gestern Abend sah es noch so aus, als würden die Dinge zwischen euch beiden richtig gut laufen. Heute morgen warst du dir auch noch ganz sicher. Du hast gesagt, dass du morgen die Ankündigung machen würdest. Was ist passiert?"

„Ich weiß es nicht. In der einen Sekunde ist er warm und liebevoll, in der nächsten kalt und distanziert."

„Er vertraut dir eben einfach nicht. Er glaubt nicht, dass du es ernst meinst", sagte Martin.

„Ach sag bloß", gab Elijah schroff zurück. Er schnappte sich eine Bürste und ging seinen neuen Hengst striegeln. Er musste seine überschüssige Energie irgendwie loswerden, und er musste nachdenken.

„Steven hat ihn gerade eben schon gestriegelt", merkte Martin an.

„Dann wird er eben noch mal gestriegelt", fauchte Elijah. „Entschuldige, Martin. Die ganze Sache ist einfach so unglaublich frustrierend. Ich weiß, dass er Gefühle für mich hat, aber er will das einfach nicht zugeben. Irgendetwas hindert ihn daran. Irgendetwas an mir macht ihm Angst, und ich weiß einfach nicht, was das sein könnte oder wie ich ihm klarmachen kann, dass ich ihm nichts Böses will." Wütend warf er die Bürste zurück in den Putzkasten und schloss die Boxentür.

„Laut Mrs Coleman wird Will jedes Mal ganz steif, wenn du ihm zu nahe kommst. Will hat ihr wohl mal gesagt, dass er jeden Tag auf den Moment wartet, an dem du eine Kehrtwende machst und auf ihn losgehst. Er vertraut dir nicht im Geringsten. Nach all den Tests und Drohungen und Fallen, die du ihm gestellt hast, geht er in deiner Gegenwart wie auf Eiern. Er glaubt, dass du einfach nur darauf wartest, dass er einen Fehler macht, und dass du dann zuschlägst. Sagt zumindest Mrs Coleman."

„Ich habe ihm doch bereits klar und deutlich gesagt, was ich für ihn empfinde. Wie kann er nur immer noch glauben, dass alles, was ich tue, ein weiterer Schachzug ist? Es war seit dem Moment kein Spiel mehr, als ich ihn das erste Mal geküsst habe."

Elijah erinnerte sich gut an diesen ersten Kuss. Und an Wills Reaktion. Die Erinnerung zauberte ein Lächeln auf seine Lippen. „Er empfindet etwas für mich. So sehr er auch dagegen ankämpft, er hat Gefühle für mich. Verdammt noch mal, wir haben miteinander geschlafen! Ich habe gespürt, wie sehr er mich liebt!"

„Lass ihn, Elijah. Mit der Zeit wird er sehen, dass du es ehrlich meinst." Martin tröstete seinen Bruder, so gut er konnte.

„Ich habe nicht mehr viel Zeit." Elijah dachte einen Moment lang darüber nach, dann fügte er hinzu: „Ich könnte ihn dazu bringen, länger zu bleiben. Er prüft gerade die Steuerunterlagen vom letzten Jahr. Ich könnte die Agrargenossenschaft anrufen und ihn einstellen." Er lächelte erleichtert. „Ich könnte ihn dafür einstellen, meine Bilanzprüfung durchzuführen. Wenn ich es richtig anstelle, kann das Wochen dauern."

„Klingt nach einem Plan, Bruderherz." Martin lachte.

133

„Bevor du gehst", sagte Elijah und hielt ihn am Ellenbogen fest, „würde ich dich gern um einen Gefallen bitten."

„Was immer du willst", sagte Martin sofort.

„John Gerard war gestern hier und wollte mit Will sprechen. Ich würde gerne wissen, warum. Finde heraus, warum er mit Will reden wollte. Ich vertraue dem Mistkerl nicht, und ich will nicht, dass er Will noch einmal belästigt."

„Ich kümmere mich darum", versicherte Martin ihm.

9

WILL VERBRACHTE den Vormittag damit, die Steuererklärung durchzugehen. Wie schon vorher bei den Konten schien alles in bester Ordnung. Elijahs Unterlagen waren ordentlich und korrekt ausgefüllt. *Warum will er, dass ich mir das ansehe?*, fragte er sich, als er sich die nächste Akte vornahm. Es war komplett sinnlos. *Aber wenn ich hier am Schreibtisch hocke, kann ich nicht im Wald verschwinden oder im Shoppingcenter verloren gehen.*

„Der Mann hat ja echt Nerven", verkündete er dem leeren Zimmer. Er warf einen Blick auf die Suppe, die Mrs Coleman ihm vor einer Stunde gebracht hatte, aber er hatte keinen Appetit. Den Kaffee dagegen nahm er dankbar an und trank die Thermoskanne leer.

Gegen zwei Uhr beschloss er, dass er ein bisschen raus an die frische Luft musste und räumte schnell den Schreibtisch auf. Anstatt das Haus durch die Vordertür zu verlassen, entschied er sich für die Route durch den Garten und ging durch die Fenstertüren hinter dem Schreibtisch. Er wanderte eine ganze Weile lang ziellos durch den Garten, dann machte er sich auf den Weg in Richtung von Kathy Grahams Haus.

„Ich muss verdammt noch mal hier weg. Ich muss hier rauskommen und nach Hause zurück", verkündete er. Sein Verstand akzeptierte das, doch sein Herz sehnte sich danach zu bleiben. Sein Herz befal ihm, Elijah Glauben zu schenken und ihm zu vertrauen und seinen Antrag anzunehmen, aber sein Herz hatte sich schon früher geirrt. Sein Herz hatte ihm gesagt, dass seine Eltern ihn trotz allem liebten, aber ihr Testament hatte eine ganz andere Sprache gesprochen. Er konnte seinem Herzen nicht vertrauen, von daher verließ er sich lieber auf seinen Verstand.

Kathy lud ihn ein, sich zu ihr auf die Veranda zu setzen und ein Glas eisgekühlter Limonade zu trinken. „Tut mir leid, dass ich dich schon wieder belästige, aber es gibt sonst niemanden hier, mit dem ich reden kann", entschuldigte Will sich.

„Überhaupt kein Problem. Ich freue mich immer, wenn du mich besuchen kommst", versicherte Kathy ihm.

Sie sprachen über alles mögliche, nur nicht über Wills Situation. Er wollte einfach mal eine Zeitlang nicht darüber nachdenken und ganz normal sein. Sie unterhielten sich über ihre Schulzeit und wo sie zur Uni gegangen waren, über Freunde und Familie, über ihre peinlichsten Momente und die größten Ziele in ihrem Leben und vieles, vieles mehr. Kathy schien zu wissen, dass Will nicht über Elijah reden wollte, und so erwähnte sie ihn nicht einmal andeutungsweise.

Gegen vier verabschiedete Will sich von Kathy und machte sich auf den Rückweg. Er betrat das Haus wieder durch die Fenstertüren im Arbeitszimmer und machte sich umgehend von Neuem an die Arbeit. Elijah hatte ihm gedroht, dass er am Samstag nicht würde abreisen dürfen, wenn er nicht fertig wurde, und Will nahm Elijahs Drohungen sehr ernst. Er wollte Elijah keinen Grund geben, ihn noch länger hier festzuhalten. Will hatte sich ausgerechnet, dass er die Prüfung locker bis Samstag schaffen konnte, wenn er heute den ganzen Abend und morgen den Großteil des Tages daran arbeitete.

Um sechs Uhr klopfte es und Mrs Coleman kam herein. „Abendessen ist in einer Stunde", verkündete sie. Dann bemerkte sie die unberührte Suppe und runzelte die Stirn. „Sie sollten nicht so viele Mahlzeiten auslassen. Das ist nicht gesund."

„Tut mir leid", entschuldigte sich Will. „Ich war so beschäftigt, und dann bin ich eine Weile an die frische Luft und spazieren gegangen", versuchte er zu erklären.

„Das ist keine Entschuldigung. Wenn ich Ihnen das nächste Mal etwas zu essen bringe, junger Mann, dann werden Sie essen. Haben Sie mich verstanden?", schalt Mrs Coleman, und Will konnte nicht anders und lächelte.

„Ja, Mrs Coleman", sagte er. „Das habe ich."

„Gut. Und jetzt sehen Sie zu, dass Sie sich fürs Abendessen fertig machen. Beide Mr Hunter sind heute zum Abendessen da." Mit diesen Worten wandte sie sich um und marschierte aus dem Arbeitszimmer.

Will sammelte alle losen Papiere und Formulare zusammen und heftete sie wieder in die Akten ein, die er dann in der Schublade verstaute, aus der Elijah sie genommen hatte. Nachdem er mit dem Aufräumen fertig war, machte er sich zögernd auf den Weg zu seinem Zimmer. Der Gedanke, sowohl mit Elijah als auch mit Martin zu Abend zu essen, war kein angenehmer. Es war schon schwierig genug, mitzuspielen, wenn es nur Elijah war – und da war die Schwierigkeit eher, desinteressiert, distanziert und kühl zu wirken. Aber ihnen beiden etwas vorzugaukeln, das würde schwierig bis unmöglich werden. Er würde bestimmt etwas sagen, dass ihnen einen Hinweis darauf gab, dass er Elijahs Pläne durchschaut hatte, oder etwas, das Elijah dazu bewegte, ihn gnadenlos auszufragen.

Will wünschte sich, einfach bis Samstag Zuflucht in seinem Zimmer suchen zu können. Allerdings würde Elijah ihn selbst da finden.

Ihm blieb gerade noch genug Zeit, sich eine gute Jeans und einen frischen Pullover anzuziehen, bevor um Punkt sieben Uhr Elijah vor seiner Tür stand, um ihn zum Abendessen zu geleiten.

„Wie war dein Tag?", fragte Elijah höflich.

„Sehr gut", antwortete Will. *Das Spiel beginnt*, dachte er.

Elijah zog Will an sich, als sie gemeinsam die Treppe hinunter gingen. „Wie kommst du mit meiner Steuererklärung voran?"

„Bis Samstag sollte ich fertig sein", informierte Will ihn kühl.

Entgegen seinem Vorsatz begannen seine Gedanken, sich zu verselbstständigen. Elijah sah so gut aus in seiner engen, schwarzen Jeans und dem weißen Baumwollhemd. Will erinnerte sich daran, wie gut er letzte Nacht in seiner

Schlafanzughose und mit nackter Brust ausgesehen hatte. Ihm stockte der Atem, und schnell dachte er an etwas anderes als an die Erinnerungen an letzte Nacht.

Warum musste ich mich in ihn verlieben?, dachte er, als sie gemeinsam das Esszimmer betraten. *Es könnte alles so einfach sein, wenn ich nichts für ihm empfände. Aber es ist nicht einfach, und es wird auch nicht einfacher werden. Egal, was passiert, eines ist sicher: Es wird nicht einfach werden.*

Das Abendessen verlief überraschend ruhig. Elijah machte ein paar banale Bemerkung über Wills Job in Michigan. Will verteidigte seine Anstellung bei der Agrargenossenschaft, wobei er sich Mühe gab, nicht zu defensiv zu klingen.

Elijah schaute ihn an, und in seinen Augen lag ein seltsamer, sehnsüchtiger Ausdruck. „Wovon träumst du, Will?" Seine Frage war seltsam.

„Privat oder beruflich?", fragte Will vorsichtig.

„Privat", erwiderte Elijah und blickte Will mit seinen dunklen Augen fest an, während er auf seine Antwort wartete. Im Zimmer wurde es totenstill, und selbst Martin sah ihn neugierig an, als wäre er wirklich an Wills Antwort interessiert.

Will erwog seine Antwort, dann sagte er: „Wahre Liebe und Glück, das sind meine privaten Ziele." Dann ging er nahtlos zu seinen beruflichen Zielen über, bevor einer der anderen etwas einwerfen konnte: „Und mein berufliches Ziel ist es, eines Tages mein eigenes Unternehmen zu führen."

Wills Ehrlichkeit überraschte Eli. „Liebe und Glück", wiederholte er und ließ sich die Worte und das, was sie bedeuteten, auf der Zunge zergehen.

Will wandte den Blick ab. Er befürchtete, dass er mit diesen beiden Worten zu viel preisgegeben hatte. „Träumen nicht alle Menschen davon?", versuchte er, seine Antwort zu relativieren.

„Nein", sagte Elijah ohne zu zögern. „Die meisten Menschen träumen von Reichtum und Ruhm."

„Das sind berufliche Ziele, keine persönlichen", wandte Will ein, aber sowohl Elijah als auch Martin schüttelten nachdrücklich den Kopf.

„Für viele sind das persönliche Ziele", sagte Elijah, und Martin nickte zustimmend. Will wollte das nicht weiter diskutieren. Er hatte wirklich keine Lust darauf, die Sache erneut durchzukauen. Es war offenkundig, dass sie Katrina meinten. Also versuchte er, das Gespräch in harmlosere Bahnen zu lenken.

„Ich habe heute Nachmittag Kathy Graham besucht", verkündete er, dann wandte er sich wieder seinem Teller zu. „Sie ist eine sehr interessante Frau. Ich unterhalte mich gern mit ihr."

„Das freut mich zu hören", sagte Elijah, der sich nur mit Mühe das Lachen verkneifen konnte. Will war nicht sehr geschickt darin, elegant das Thema zu wechseln, aber er ließ ihm seinen Willen.

Nach dem Essen entschuldigte Martin sich, und Elijah bat Will, noch eine Runde mit ihm spazieren zu gehen. Will hatte eigentlich gehofft, sich wieder ins Arbeitszimmer zurückziehen zu können, um den Rest des Abends weiterzuarbeiten, aber der wagemutige, verwegene Teil von ihm hatte die Einladung bereits angenommen.

Die Sonne ging gerade unter, und der Abend senkte sich über das Land. Will liebte diese Zeit des Tages. Er mochte die Dunkelheit, wie sie alles verhüllte und beschützte. Das hatte etwas Befreiendes, fand er. Dunkelheit war Abstand und Freiheit und Loslösung von allem. Er hatte noch nie verstanden, wie jemand Angst vor der Dunkelheit haben konnte. *Sicher, man kann nicht sehen, was da vielleicht im Dunkeln ist. Aber das, was im Dunkeln ist, kann einen auch nicht sehen.* Er lächelte über seine schweifenden Gedanken. Bis ihm plötzlich aufging, dass Elijah keine Schwierigkeiten hatte, ihn im Dunkeln zu sehen.

„Ich mag es, wenn du lächelst." Elijahs Arm legte sich um seine Taille, und Will wurde wieder einmal eng an seine Seite gezogen. Sie gingen in die Richtung des großen Stallgebäudes, aber anstatt hineinzugehen, schlenderten sie daran vorbei und folgten einem schmalen Pfad. Der Pfad schlängelte sich durch ein Wäldchen und endete an einem kleinen Paddock. Elijah lehnte sich an den Zaun und blickte hinauf in den Nachthimmel, an dem die ersten Sterne funkelten. Will stand neben ihm und blickte ihn an.

„Warum tust du das alles?" Wills Courage hatte die Zügel in die Hand genommen, und so hatte er es gewagt, diese Frage noch einmal zu stellen.

„Alles was?", versuchte Elijah, auszuweichen.

„Katrina drohen, mich wie eine Geisel festhalten, alles das", sagte er sarkastisch.

„Weil ich es kann."

Die Antwort schockierte Will. Das hatte er zwar vermutet, aber er hätte nie erwartet, dass Elijah ihm tatsächlich die Wahrheit sagen und es zugeben würde.

„Das ist es doch, was du denkst, oder?" Elijah sprach Wills Gedanken laut aus, und wieder war Will überrascht. In Elijahs Stimme hatte eine gewisse Schärfe gelegen, aber Will kümmerte sich nicht darum. Er wollte die Sache ein für allemal geklärt haben.

„Ja, das ist genau das, was ich denke", sagte er im selben Tonfall.

Elijah schlug mit der Faust gegen den Zaunpfahl und wirbelte zu Will herum. Er sah so wütend aus, dass Will einen Schritt zurückwich.

„Warum findest du es so schwer zu glauben, dass ich echte Gefühle für dich habe?", wollte er wissen.

Er versuchte nicht, Will näher zu kommen oder ihn zu berühren, sondern blieb stehen wo er war. Er ließ Will seinen Freiraum und hielt ihn gleichzeitig an Ort und Stelle fest. Denn um zu entkommen, würde Will entweder um ihn herumgehen müssen oder riskieren, durch das Wäldchen zu laufen. Der Pfad endete hier.

„Weil es absolut nicht zu glauben ist", spuckte Will. „Ich habe nichts, ich *bin* nichts und es gibt nichts, woran du auch nur ansatzweise Interesse haben könntest." Seine Stimme wurde lauter, als er die Kontrolle über seine Emotionen verlor. „Ich weiß, dass du Katrina hast gehen lassen. Ich habe heute Morgen mit ihr gesprochen.

138

Und ich weiß, was du John Gerard angetan hast, er hat mir die ganze Sache erzählt, also bitte, spare dir deine unfassbar albernen Liebeserklärungen für jemanden, der dumm genug ist, dir zu glauben."

Er trat näher an Elijah heran, während er mit seiner Schimpftirade fortfuhr. Elijah blieb still und stumm, aber seine Augen blitzten vor Zorn. Die Luft um sie herum war angespannt und schwer wie vor einem Gewitter.

„Ich weiß, wie dein Spiel läuft. Aber glaube mir, ich werde nicht so wie John darauf hereinfallen. Er war leider zu dumm, die Wahrheit zu sehen, oder zu geblendet von der Aussicht auf dein Vermögen, um die Wahrheit auch nur zu erahnen. Aber ich bin weder dumm noch blind, und ich kann dir garantieren, was auch immer du geplant hast, es wird dir nicht halb so viel Genugtuung bereiten, wie du es dir zweifellos erhoffst."

Wills Herz hämmerte wild in seiner Brust, als er schließlich verstummte. Plötzlich riss der Wutschleier vor seinen Augen, und er sah Elijah klar und deutlich, und was er sah erfüllte ihn mit Schrecken. Er war zu weit gegangen, hatte zu viel gesagt, zu viel preisgegeben. Will versuchte, sich an ihm vorbeizuwinden, aber Elijah packte seinen Arm und zerrte ihn vorwärts und stieß ihn mit dem Rücken gegen den Zaun. Dann lehnte er sich vor, nagelte Will mit der Masse seines Körpers an Ort und Stelle fest.

„Für jemanden, der behauptet, nichts zu sein, hast du eine recht hohe Meinung von dir", zischte Elijah zwischen zusammengepressten Zähnen hindurch. „Ich persönlich finde ja, dass du sowohl dumm als auch blind bist, aber vermutlich ist das der Grund, warum ich dich so unwiderstehlich finde. Intelligente Männer haben mich noch nie interessiert."

Sein Sarkasmus und die Abfuhr trafen Will tief, aber er schwieg. Elijah war eindeutig nicht in der Stimmung, sich unterbrechen zu lassen.

„Du hast etwas, das ich will, William, und ich werde es bekommen." Er riss Will in seine Arme und nahm seinen Mund in Besitz in einem Kuss, der so verzehrend und schmerzhaft war, dass Will nichts anderes tun konnte, als sich Halt suchend an Elijah festzuklammern.

Elis Finger gruben sich in Wills Schultern und Rücken, als er ihn zwang, seine Lippen zu öffnen. Rücksichtslos plünderte er Wills Süße in seinem Verlangen nach Befriedigung, nach Erfüllung. Will gab leise Laute von sich und stemmte sich gegen seine Brust, aber Eli nahm seine Versuche, sich zu befreien, kaum wahr. Er wollte, brauchte, und nahm es sich, und ob Will dazu bereit war, es ihm zu geben oder nicht, interessierte ihn nicht.

Elijahs Hände waren rau und grob auf Wills Haut, doch ihre Hitze war berauschend. Sie glitten über Wills Körper, waren überall zugleich; sie strichen über sein Gesicht und umfassten dann seine Oberschenkel und zogen ihn an Elijahs stahlhartes Verlangen. Will spürte seine Lippen heiß und wund unter Elijahs drängendem Fordern, aber er wehrte sich nicht länger. Er stellte seine Versuche ein, sich zu befreien, und klammerte sich stattdessen an Elijahs Hemdbrust.

Es stand außer Frage, dass Elijah sich nehmen konnte, was immer er wollte.

Will versuchte, den Kopf abzuwenden, um so der sengenden, leidenschaftlichen Attacke von Elijahs Mund zu entkommen.

Als Wills Kehle sich ein schmerzerfülltes, ängstliches Keuchen entrang, zuckte Eli zurück, entsetzt und schockiert über sein eigenes Verhalten. Wie war das geschehen? Wie hatte er sich so weit aufstacheln lassen? Er hielt Will sanft in seinen Armen und ließ den Blick von seinen geschwollenen, geschundenen Lippen zu seinen weit aufgerissenen Augen wandern, die ihn angsterfüllt und wachsam anstarrten, so als sei er ein wilder Hund. Abrupt ließ Eli ihn los, und Will verlor die Balance und taumelte gegen den Zaun.

Zornig und tief verwirrt und erschüttert von Elijahs Angriff auf seine bereits angespannten Nerven versuchte Will erneut, sich an Elijah vorbeizudrängen, um zum Haus zurückzukehren und so Elijahs eindringlichem Blick zu entkommen. Er wollte gar nicht hören, was Elijah noch zu sagen hatte. Will kannte die Wahrheit.

Elijah trat einen Schritt vor und versperrte ihm den Weg, aber er kam nicht näher und versuchte auch nicht, ihn erneut in seine Arme zu nehmen. Er hatte offensichtlich noch etwas zu sagen. Will wartete, aber alles, was er hörte, war Schweigen.

Mehrere Augenblicke lang standen sie reglos da, dann trat Eli zur Seite und erlaubte es Will zu gehen. Er sah ihm hinterher, als Will davonlief, am Stall vorbei und zurück zum Haus.

Will rang darum, sich wieder zu beruhigen, bevor er das Haus betrat. Nach außen hin so gelassen wie möglich erscheinend, steuerte er auf die Treppe zu. *Bitte lass niemanden versuchen, mit mir zu reden*, flehte er innerlich, als er die Stufen hinauf zu seinem Zimmer eilte. Er musste dringend allein sein. Er brauchte Zeit, um nachzudenken, Zeit, um zu weinen. Tränen strömten ihm über die Wangen.

Ich muss hier weg, sonst höre ich nie mehr auf zu weinen. Ich will mein altes Leben zurück. Es war langweilig und vorhersehbar, ja, aber wenigstens bin ich nicht so gefoltert und gequält worden. Ich will wieder nichts fühlen. Will sank auf den Stuhl vor dem kleinen Schreibtisch am Fenster und vergrub sein Gesicht in den Händen.

So kraftvoll und fordernd und dominant Elijah auch war, Will hatte nicht wirklich Angst vor ihm. Er hatte mehr als nur genug Möglichkeiten gehabt, Will ernsthaft zu verletzen, wenn er das gewollt hätte. Aber bisher hatte er sich immer zurückgenommen und sich im Zaum gehalten, wenn Will seine Grenzen aufzog. Er hatte Will nie gedrängt, weiter zu gehen, als er wollte... bis heute Abend. Er hatte sich bei Will immer eisern unter Kontrolle gehabt. Heute Abend hatte Will gesehen, gespürt, wie diese Kontrolle nachgegeben hatte. Aber dennoch hatte er keine Angst. Er war wütend und verletzt, das ja, aber er hatte keine Angst.

Warum löst er in mir solche Emotionen aus, soviel Schmerz und Leid? Warum kann ich ihn nicht einfach beiseite schieben?

Will kannte die Antwort, kannte sie so genau, wie er seinen eigenen Namen kannte. So verzweifelt er auch versucht hatte, sein Herz zu schützen und allen emotionalen Verstrickungen auszuweichen, er war schon bei ihrer ersten Berührung verloren gewesen. Das erste Mal, das Elijah ihn angesehen hatte; das erste Mal, das er ihn geküsst hatte; die Nacht, in der sie sich geliebt hatten; in jenem Moment, als Elijah ihn gebeten hatte, ihn zu heiraten, war Will verloren gewesen.

Er musste einen Weg finden zu lernen, damit zu leben. Und er musste lernen zu akzeptieren, dass Elijah seine Gefühle niemals erwidern würde. Es gab nichts Schmerzhafteres als das überwältigende Verlangen nach einem Menschen, der diese Gefühle nicht erwiderte. Will war noch nie zuvor verliebt gewesen, und er hoffte, dass er es auch nie wieder sein würde.

Er trocknete seine Augen und starrte blicklos aus dem Fenster. Die einzige Möglichkeit, die ihm blieb, war abzureisen. Elijah wollte Genugtuung, wollte Rache, und er würde tun, was auch immer nötig war, egal wie abscheulich, um zu bekommen, was er wollte. Das Beste wäre es, Will würde die letzten Reste seiner Würde zusammenraffen und verschwinden. Elijah konnte sein Zuhause und sein Land ruhig haben. Inzwischen war ihm das auch egal.

Als er Elijah den Hof durchqueren und auf das Haus zukommen sah, setzte sein Herz einen Schlag aus. Wäre ihm nicht jener Rest Würde geblieben, Will würde die Treppe hinunter fliegen und sich Elijah zu Füßen werfen und ihn anflehen, bei ihm bleiben zu dürfen und Will zu lieben und bitte, bitte Katrina und den Vertrag und den Betrug zu vergessen. Doch er wusste, dass das unmöglich war. Ihre gesamte Beziehung basierte auf Lügen und Tests, und auf so einem Fundament konnte man nicht aufbauen. Und schließlich war Will in Elijahs Augen nicht viel besser als John Gerard.

Elijah blieb abrupt stehen, als zwei Männer auf ihn zutraten. Er schien wütend darüber zu sein, dass sie ihn angesprochen hatten. Sie sprachen mit ihm, aber er schien nicht zuzuhören. Dann fing er an zu schreien und wies zum Stall. Die Männer sahen verlegen und unglücklich aus. Es war offensichtlich, dass sie so ein Verhalten von Elijah nicht kannten und es auch nicht verstanden. Elijah blickte zu Wills Fenster hoch, dann drehte er sich um und folgte seinen Männern.

Will holte seinen leeren Koffer aus dem Schrank und legte ihn aufs Bett. Es war eindeutig an der Zeit für ihn, abzureisen. Ein weiterer Tag würde an der Sache auch nichts mehr ändern.

Er holte seine Sachen aus der Schublade und warf sie achtlos in den Koffer. Dann nahm er die wenigen Kleidungsstücke, die er mitgebracht hatte, aus dem Schrank. Den schwarzen Armani Anzug ließ er hängen. Der gehörte nicht ihm.

Will beschloss, dass er morgen in aller Frühe aufbrechen würde. So konnte er jeden Streit vermeiden, den eine Abreise zu einem späteren Zeitpunkt vielleicht ausgelöst hätte.

Er schloss den Koffer und hob ihn vom Bett. Seinen Schlafanzug und frische Kleidung für den nächsten Tag hatte er noch draußen gelassen, aber alles andere hatte er eingepackt. Leise und vorsichtig schlich er sich zu seinem Auto und verstaute den Koffer. Morgen früh würde er vielleicht keine Zeit mehr dazu haben, großartig Gepäck durch die Gegend zu tragen.

Er hatte sich entschieden. Er war bereit.

Will zog sich aus und den Schlafanzug an und krabbelte ins Bett. Angespannt lag er da, und seine Gedanken rasten. Normalerweise wurden die Dinger leichter und klarer, sobald er eine Entscheidung getroffen hatte. Normalerweise war es Unentschlossenheit, die ihm Probleme bereitete. Aber dieses Mal nicht. Dieses Mal war anders. Er hatte seine Entscheidung gefällt und trotzdem lag er hier, von schmerzhafter Verwirrung erfüllt. Er war gerade dabei, langsam einzunicken, als es an der Tür klopfte.

Es war nicht Elijahs Hämmern, das davon gefolgt wurde, dass er ins Zimmer marschierte. Wer auch immer vor der Tür stand klopfte dringlich und beharrlich, war aber nicht so dreist, einfach ohne Erlaubnis einzutreten. Will stand auf und warf sich einen Bademantel über, dann ging er zur Tür und öffnete sie langsam.

„Darf ich kurz mit dir sprechen, Will?" Es war Martin, und seine Miene war sehr ernst. Seine Lippen, die sonst immer zu lächeln schienen, waren zu einer schmalen Linie zusammengepresst. Seine Augen, sonst so hell und freundlich, waren dunkel und verhangen. Will trat zurück und ließ ihn eintreten, dann schloss er die Tür hinter ihm.

„Ich habe gerade mit Elijah gesprochen", begann Martin. Will setzte sich auf den Schreibtischstuhl, und Martin ließ sich auf der Bettkante nieder. Sie saßen einander gegenüber, durch die Breite des Raumes getrennt. „Er ist vollkommen außer sich."

„Was hat das mit mir zu tun?", wollte Will wissen. Martins Verhalten und seine Worte verwirrten ihn. *Warum hält er es für nötig, Elijahs Launen mit mir zu diskutieren? Und warum zu so nachtschlafender Zeit?*

Martin lachte unfreundlich und stand auf. Er ging zum Fenster und blickte hinaus. „Mein Gott, mach die Augen auf!", fauchte Martin. „Es hat alles mit dir zu tun!"

Will stand ebenfalls auf und blickte Martin fest ins Gesicht. Er war es leid, dass alle ständig seine Intelligenz anzweifelten. Er hatte keine Angst, auch wenn es so aussah, als wäre Martin dem Temperament nach seinem Bruder sehr viel ähnlicher, als die meisten Leute es vermuteten.

„Wenn ich sage, er ist außer sich, dann ist das noch milde ausgedrückt", fuhr Martin fort. Er drehte sich um und sank auf die gepolsterte Fensterbank. „Es ist ein Uhr nachts, und Elijah ist in der Garage und schraubt am Motor unseres alten Traktors herum. Klingt das für dich nach jemandem, der noch klar bei Sinnen ist?"

„Ich weiß nicht?", antwortete Will vorsichtig.

„Ich kenne meinen Bruder schon mein ganzes Leben, und ich habe ihn noch nie so gesehen wie in den letzten Tagen, das darfst du mir glauben. Ich habe ihn noch nie so hilflos und frustriert erlebt."

„Und was für ein Spiel spielst du gerade, Martin?", unterbrach Will ihn brüsk.

„Es ist kein Spiel, Will. Ich gebe zu, was Katrina anging war es eins. Er hat sie absichtlich gequält. Er wollte, dass sie leidet, und finanzieller Ruin ist der einzige Schmerz, den diese Frau fühlen kann. Ihr ist alles egal außer dem Geld", spuckte Martin bitter, aber Will fühlte sich nicht beleidigt. Schließlich hatte Martin mit seiner Einschätzung vollkommen recht – nichts außer Geld und dem Status, den es brachte, war für Katrina wichtig. Will hatte keinen Zweifel, dass Katrina eines Tages den reichen Mann ihrer Träume finden und heiraten würde. Sie würde sich mit nichts weniger als mehreren Millionen zufrieden geben. Und die würde sie auch bekommen, schließlich war sie bereit, dafür alles zu tun.

„Aber was dich angeht, Will", fuhr Martin beharrlich fort, „war es niemals wirklich ein Spiel. Elijah hat dich hergebracht, weil du ihn am Telefon wütend gemacht hast. Er konnte nicht glauben, wie frech du ihn abgefertigt hast, aber gleichzeitig hat er dich dafür auch respektiert. Er hat dir nichts vorgemacht oder sein Interesse an dir vorgetäuscht. Alles was er dir über seine Gefühle für dich gesagt hat ist die Wahrheit." Es war Martin wichtig, dass Will das verstand. „Sogar der Heiratsantrag. Ja, er hat gesagt, dass er dich auf die Probe gestellt hat, aber ich weiß hundertprozentig, dass er dich geheiratet hätte, wenn du ja gesagt hättest. Seine Gefühle für dich sind so stark, dass es ihn nicht einmal mehr interessiert, ob du bei dem Erpressungsversuch deine Finger im Spiel hattest oder nicht. Er will dich, Will. Er liebt dich wirklich."

„Du bist ein fast genauso guter Schauspieler wie er", bemerkte Will ausdruckslos. „Ihr habt eine seltsame Art, Vertrauen aufzubauen. Ich habe die Schnauze voll von Spielen und Test, und ich habe die Schnauze voll von dieser Ranch. Ich würde es sehr zu schätzen wissen, wenn du jetzt gehen würdest." Will ging zur Tür und hielt sie wartend offen.

„Du bist nicht John Gerard", sagte Martin plötzlich. „John ist Katrina sehr ähnlich. Elijah ist harsch mit ihm umgesprungen, aber so ist er nun mal. John wusste, worauf er sich einließ, und er ist das Risiko eingegangen. Elijah hat getan, was er tun musste, um das zu schützen, was ihm gehört." Martin hielt an der Tür inne und blickte Will direkt in die Augen. „Sei ehrlich mit dir selbst: Du liebst ihn auch."

Will reagierte nicht. Martin verließ schnell das Zimmer und schloss die Tür hinter sich. Will hörte das Echo seiner Stiefel auf dem Holzfußboden im Flur. *Seine Behauptungen sind doch lächerlich. Elijah liebt mich nicht. Er mag ja Martin täuschen und alle anderen hier auf der Ranch ebenfalls, aber mich täuscht er nicht.*

Will lief unruhig in seinem Zimmer auf und ab. Wenn er abreiste, würde Elijah ihm sein Zuhause und sein Land wegnehmen. Wenn er blieb, würde Elijah ihm vermutlich sein Zuhause und sein Land wegnehmen. *Dieses Spiel, das er da gerade spielt*, sinnierte er, *ist nur ein Nebenschauplatz, um von seinen eigentlichen*

Absichten abzulenken. Er will mir mein Zuhause wegnehmen und mich demütigen. Die ganze Sache lässt sich sehr leicht zusammenfassen: Rache.

Er durfte diese Tatsache nicht aus den Augen verlieren, denn alles andere, was geschah, war nur der Deckmantel für diese Absichten.

WILL SASS über den Schreibtisch gebeugt und schlief, als die Sonne durch sein Fenster und in sein Gesicht schien. Sein Nacken war ganz steif geworden, und sein Rücken schmerzte, als er aufstand und sich streckte. Letzte Nacht war ihm abzureisen als die einzige Lösung erschienen, aber bei Tageslicht sah die Sache anders aus. Wenn er bis morgen bliebe, würde er seinen Teil der Abmachung erfüllen. Die Chance, dass Elijah ihn gehen lassen würde, war sehr klein, aber sie bestand.

Die Geräusche, die aus dem Nebenzimmer drangen, erregten seine Aufmerksamkeit. Elijah war aufgestanden. Will fragte sich, wann er wohl ins Bett gegangen war. Laut Martin hatte er den Großteil der Nacht in der Garage gearbeitet. *Wahrscheinlich musste er mir einfach mal eine Zeitlang aus dem Weg gehen.*

Der Gedanke zauberte ein Lächeln auf Wills Gesicht und brachte ihn auf eine Idee. Wenn Elijah ihm aus dem Weg gehen konnte, dann konnte er Elijah ebenfalls aus dem Weg gehen. Er konnte ihm den ganzen Tag lang aus dem Weg gehen – würde ihn weder sehen noch mit ihm sprechen müssen.

Hoffnung durchströmte ihn; wenn es ihm gelang, Elijah den ganzen Tag über zu meiden, dann würde er morgen ohne einen weiteren Zwischenfall abreisen können. Zugegeben, das würde nicht leicht werden. Elijah hatte bereits bewiesen, dass er Will zur Not suchen würde. Und zwar solange, bis er ihn gefunden hatte. Er hatte Will im Shoppingcenter gefunden; er hatte ihn gefunden, nachdem Will am Bachufer eingeschlafen war; er hatte ihn sogar gefunden, als Will Kathy besucht hatte. Elijah hatte noch nie Schwierigkeiten gehabt, ihn zu finden.

Auf der anderen Seite hatte Will die anderen Male vorher auch nicht versucht, sich zu verstecken. *Und wer weiß, vielleicht will er mir heute ja auch genauso dringend aus dem Weg gehen wie ich ihm.* Das Spiel war vielleicht schon vorbei.

Ein Klopfen an der Tür riss Will aus seinen Gedanken. *So viel zum Thema er will mir aus dem Weg gehen*, dachte er. Schnell eilte Will ins Bad und stellte die Dusche an, bevor Elijah hereinkommen konnte.

Eli hörte die Dusche laufen, als er das Zimmer betrat, und er ging hinüber zur Badezimmertür, klopfte und rief: „Ich würde gerne mit dir reden, wenn du Zeit hast." Seine Worte waren knapp und bündig.

Da Will nicht unter der Dusche stand, bedeckte er sein Gesicht mit einem Handtuch, damit seine Stimme gedämpft klang, als er antwortete: „Jawohl, der Herr."

Er lauschte, als Elijah sich entfernte. Als er hörte, wie sich seine Zimmertür schloss, wagte Will sich aus dem Bad und blickte sich nervös um. Schnell sammelte er seine Kleidung zusammen, sprang unter die Dusche und zog sich dann an, Jeans und ein Langarmshirt mit einem T-Shirt darüber. Er holte seine Converse aus dem Koffer und schlüpfte hinein. Er würde bequeme Schuhe brauchen, wenn er Elijah den ganzen Tag über aus dem Weg gehen wollte.

Bevor er das Zimmer verließ, zog er das kleine Handy aus seiner Hemdtasche, und anstatt es mitzunehmen, warf er es in die Nachttischschublade. *Schritt Nummer eins*, sagte er sich, *kein Kontakt per Telefon*. Der zweite Schritt war, ungesehen aus dem Haus zu kommen.

Will nahm sein Buch und seine Kamera mit für den Fall, dass ihn jemand fragte, was er vorhatte. Ihm fiel ein, dass Mrs Coleman ihm von einer Hintertür erzählt hatte, die so gut wie nie jemand benutze. Auf diesem Weg konnte er das Haus verlassen, ohne dass jemand das mitbekam.

Nachdem er mehrere Stunden lang in einem selten genutzten Nebengebäude gesessen und gelesen hatte, beschloss Will, Kathy besuchen zu gehen. Vielleicht mit ihr einen Kaffee zu trinken und sich etwas mit ihr zu unterhalten, damit die Zeit schneller umging.

„Wo bist du gewesen?", fragte Kathy, überrascht ihn zu sehen.

„Wieso? Was meinst du?" Will setzte sich an ihren Küchentisch und nahm dankbar die Tasse Kaffee an, die sie ihm reichte.

„Elijah war vor einer knappen halben Stunde hier und hat nach dir gesucht", teilte Kathy ihm mit.

„Hat er das?", fragte Will betont unschuldig.

„Versteckst du dich vor ihm?", fragte Kathy mit einem ungläubigen Lächeln, als sie sich zu ihm an den Tisch setzte.

„Naja...", setzte Will an und nippte an seinem Kaffee. „Ja, das könnte man so sagen."

„Warum?" Kathy wollte die ganze Geschichte hören.

„Ich dachte mir, dass ich morgen ganz beruhigt, ohne Bedauern und ohne Demütigungen ertragen zu müssen abreisen kann, wenn ich ihm heute aus dem Weg gehe." Kathys Gesichtsausdruck sagte deutlich, dass sie nicht verstand. Also erzählte Will ihr von seinen wachsenden Gefühlen für Elijah und dass er sich selbst in Elijahs Nähe nicht mehr vertraute. „Er ist ein absolut unwiderstehlicher Mann. Ich bin bei einer Sache fest entschlossen, bevor ich ihn sehe, und dann lässt er mich mit neuen, tiefen Wunden zurück. Ich kann bei ihm nicht gewinnen."

„Liebst du ihn?"

„Ja." Will trank seine Tasse in einem Zug leer, und Kathy goss ihm sofort nach. „Aber das tut nichts zur Sache", fuhr er fort. „Er darf es niemals erfahren."

„Und du glaubst, wenn du ihm heute den ganzen Tag über aus dem Weg gehst, er niemals herausfinden wird, was du für ihn empfindest?"

„Ja, genau das glaube ich." Will würde nicht klein beigeben. Kathy wusste ja schließlich nicht, was wirklich vor sich ging. „Ich habe gestern gehört, wie Elijah und Martin über mich gesprochen haben. Elijah hat gesagt, dass er die Ankündigung machen würde, egal, wie ich dabei fühle. Er weiß, dass ich auf seine

Masche nicht hereingefallen bin, also versucht er, mich auf andere Art und Weise zu demütigen. Er hat dutzenden Leuten erzählt, dass wir heiraten würden, aber das hat er nur getan, damit ich gedemütigt, quasi am Altar sitzengelassen dastehe, wenn er die Sache beendet. Erniedrigung, Demütigung, Rache – das ist alles, was ihn interessiert."

„Ich habe von der Hochzeit gehört", bestätigte Kathy. „Außerdem habe ich gehört, dass ihr miteinander ausgegangen seid. Ich habe vom Abendessen gehört, vom Anzug und dem Armband, von dem Klavier und dem Picknick und davon, wie er dich bei den Gerards verteidigt hat. Das alles hätte er wohl kaum getan, wenn es sein einziges Interesse wäre, dich mürbe zu machen." Kathy war nach wie vor davon überzeugt, dass Elijahs Interesse an ihm echt war.

Will versuchte, ihr die Sache begreiflich zu machen, aber es war unmöglich, und schließlich gab er auf. Er trank den letzten Schluck seines Kaffees, stand auf und stellte seine Tasse in die Spüle.

„Sprich mit ihm, Will. Frag ihn nach der Wahrheit. Er wird sie dir sagen", drängte Kathy ihn, als Will sich verabschiedete.

Armer Will, er hat solche Angst, das Falsche zu tun, dass er bereit ist, lieber gar nichts zu tun und alles zu verlieren. Kathy wünschte sich, ihn am Kragen packen und schütteln zu können, bis er wieder zur Vernunft kam.

Aber vielleicht würde Elijah das auch für sie tun. Er war von Natur aus kein sehr geduldiger Mann, und dieser Mann hatte ihn an den Rand dessen getrieben, was zu ertragen er bereit war. Kathy war absolut sicher, dass Will sich nicht den ganzen Tag lang verstecken konnte, und dass er nicht so unbeschadet entkommen würde, wie er sich das erhoffte.

10

KURZ NACHDEM WILL gegangen war, kam Jim Graham zum Mittagessen nach Hause.

„Und, wie war dein Vormittag?", fragte Kathy ihn, wie sie es jeden Tag tat.

„Beschissen", gab Jim zurück. „Ich kann nur hoffen, dass Elijah William bald findet." Er setzte sich an den Tisch und begann zu essen. Kathy setzte sich zu ihm.

„Ist Elijah wirklich so... aufgewühlt?", fragte sie.

„Aufgewühlt?" Er lachte. „Der Mann ist fuchsteufelswild, und er lässt es an uns allen aus." Er verstummte, schmierte sich Butter aufs Brot und nippte an seinem Tee. „Es hat heute Morgen angefangen", begann er. „Elijah hat seinen Arbeitsplan so geändert, dass er um sieben zurück zum Haupthaus kann. Damit er zusammen mit William frühstücken kann. Naja, aber der war heute Morgen nicht da. Mrs Coleman hat ihn nicht gesehen, niemand hat ihn gesehen, und er geht nicht an sein Handy." Gereizt setzte Jim seine Teetasse ab. „Elijah hat ihn überall gesucht. Und je länger er sucht, desto finsterer wird seine Laune. Ich hoffe, dass er ihn bald findet."

„Will war hier, Jim", gestand Kathy. „Kurz nachdem Elijah gegangen war. Er ist vor etwa zwanzig Minuten von hier weg."

„Hat er auch nur die geringste Ahnung, was er Elijah antut?", wollte Jim wissen.

„Nein, hat er nicht."

WILL WARTETE bis nach dem Mittagessen und schlich sich dann durch die Hintertür zurück ins Haus und die Treppe hinauf in sein Zimmer, ohne dass ihn jemand sah. Er setzte sich an den Schreibtisch und beschloss, Katrina anzurufen. Nur um zu hören, was ihre weiteren Pläne waren und um ihr zu sagen, dass er morgen ebenfalls abreisen würde.

Will warf einen Blick aus dem Fenster und entdeckte Elijah. Sein Herz setzte einen Schlag aus. Er stand auf und blickte starr auf ihn hinunter und wünschte sich, dass die Dinge anders wären. Dass alles anders gelaufen wäre. Und dass sie wahr wären.

Elijah war dabei, eine kleine Truppe Männer zusammenzustauchen. Er ließ ganz offensichtlich seinen Ärger und seinen Frust an ihnen aus. *Ich bin ja auch nicht da, und so kann er nicht auf mir herumhacken, sondern muss sich jemand anderen suchen.* Aber noch während er das dachte ging Will plötzlich auf, dass Elijah nie wirklich auf ihm herumgehackt hatte. Und dass er ihn auch gar nicht so schlecht behandelt hatte.

Einen Augenblick lang fragte Will sich, ob er das Richtige tat oder ob er dabei war, den größten Fehler seines Lebens zu begehen.

Plötzlich hörte er ein leises Klingeln aus der Nachttischschublade dringen. Er schaute wieder aus dem Fenster nach draußen und zu Elijah. Elijah sah aus wie eine Gewitterwolke. Er drückte ein kleines Handy an sein Ohr und fuhr sich mit der anderen Hand fahrig durchs Haar. Will nahm das Handy aus der Schublade und ging ran.

„Hallo?", sagte er zaghaft.

„Um Gottes Willen, Will!", tobte Eli. „Wo zum Teufel steckst du?" Das Schweigen am anderen Ende dauerte zu lange. „Sag mir, wo du bist, und ich komme dich holen", verlangte er. Die Antwort war erneut nur Schweigen.

Will wusste nicht, was er sagen sollte.

„Bist du okay?", fragte Eli, den die Sorge wie eine Welle überflutete. „Bist du verletzt?"

„Mir geht's gut", sagte Will schließlich. „Ich bin nicht verletzt. Ich brauchte nur ein bisschen Zeit, um nachzudenken. Ich musste eine Weile allein sein." Ihm schnürte sich die Kehle zu, als nun er derjenige war, dem Schweigen antwortete. „Wir reden später", fügte Will hinzu.

„Bist du noch auf der Ranch?", fragte Elijah.

„Ja, ich bin noch hier." Will glaubte, am anderen Ende der Leitung ein erleichtertes Seufzen zu hören. „Ich muss nachdenken", wiederholte er.

„In Ordnung", sagte Elijah leise. „Aber versprich mir, dass du eine Sache dabei nicht vergisst", setzte er hinzu.

„Und was?", fragte Will. Er dachte, Elijah würde ihn an ihre Abmachung erinnern und an die Tatsache, dass er Will finanziell vollkommen in der Hand hatte. Aber das tat er nicht.

„Ich liebe dich."

Das war alles, was Elijah sagte, und er wartete nicht auf eine Antwort. Will hörte ein leises Klicken in der Leitung, dann ertönte das Freizeichen. Er stand noch immer am Fenster, das Telefon am Ohr, und sah Elijah hinterher, als er in Richtung Stall verschwand. Er sah ruhiger aus, aber traurig, oder bildete Will sich das nur ein?

Will versuchte, Katrina in ihrem Elternhaus in East Lansing zu erreichen, aber sie war nicht da. Die Haushälterin teilte ihm mit, dass Katrina mit einer Freundin für ein langes Wochenende weggefahren war. Sie wusste weder wer diese Freundin war noch wohin Katrina gefahren war, aber sie wusste, dass Katrina nicht vor nächster Woche Dienstag zurück sein würde. Will dankte der Frau und legte auf. Katrina spielte in dieser Geschichte keine Rolle mehr. Das war jetzt eine Sache zwischen ihm und Elijah und niemandem sonst.

Will musste mit jemandem sprechen, der die Wahrheit kannte. Jemandem, der bereit war, ihm zu sagen, was er wusste. Und dabei fiel ihm der Name Adam Gerard ein. Will vertraute John und seiner Deutung der Ereignisse nicht, aber vielleicht konnte Johns Vater ein wenig Licht ins Dunkel bringen und ihm sagen, was wirklich zwischen John und Elijah Hunter vorgefallen war.

Will fand die Visitenkarte, die John ihm vor so vielen Wochen gegeben hatte. Es stand eine Telefonnummer darauf, und Will hoffte, dass er darunter auch Adam erreichen konnte und nicht nur John. Er lauschte auf das Klingeln am anderen Ende der Leitung und wartete nervös darauf, dass jemand abhob.

„Gerard Ranch, wie kann ich Ihnen helfen?" Es war eine weibliche Stimme am Apparat. Will hatte nie in Betracht gezogen, dass es vielleicht auch eine Mrs Gerard gab. Offenbar gab es sie.

„Hier ist William Drake", begann er und konnte förmlich spüren, wie sich die Atmosphäre am anderen Ende der Leitung abkühlte. „Ich hatte gehofft, mit Adam Gerard sprechen zu können. Wäre das möglich?" Er wartete, während die Frau darüber nachdachte.

„Er ist im Moment nicht hier, sollte aber in etwa einer Stunde wieder zurück sein." Sie klang freundlicher, als sie fortfuhr: „Wenn Sie mir Ihre Telefonnummer geben, sage ich ihm, dass er Sie zurückrufen soll."

„Vielen Dank." Will nannte ihr die Nummer. Nachdem sie aufgelegt hatte, fragte Will sich, ob Adam seine Bitte ernst nehmen und ihn zurückrufen würde, oder ob er, aus Angst, die Sache schlimmer zu machen, gleich Elijah anrufen würde anstatt Will. Will las sein Buch, während er auf Adams Anruf wartete und hoffte. Als das Telefon schließlich klingelte, zuckte er zusammen, als wäre es plötzlich in Flammen aufgegangen.

„Adam Gerard hier, was kann ich für Sie tun?" Er klang wachsam und reserviert.

„Ich würde gerne mit Ihnen reden, wenn das möglich ist?", setzte Will an.

„Worüber, William?" Adam war noch immer sehr kühl. Will musste persönlich mit ihm sprechen, nicht übers Telefon. Er musste ihm in die Augen sehen und ihm Fragen stellen können. Aber zuerst musste er Adams Misstrauen beschwichtigen.

„Ich will Ihnen keine Schwierigkeiten machen, Sir. Ich würde Ihnen nur gerne ein paar Fragen stellen. Es geht um private Dinge", schloss er.

Etwas in Williams Stimme berührte Adam, und er taute ein wenig auf. William war ein anständiger Kerl, das wusste Adam.

„Wir können uns gern direkt treffen", sagte er. „Kommen Sie rüber, und wir können reden." Er ahnte Williams Zögern und fügte hinzu: „John ist nicht da. Er kommt erst morgen wieder."

„Dann komme ich gleich vorbei", willigte Will ein. Jetzt blieb ihm nur noch, unbemerkt von der Ranch wegzukommen. Während er mit Adam telefoniert hatte, hatte er gesehen, wie Elijah und die vier anderen Männer weggeritten waren. Elijah würde vermutlich eine Weile fortbleiben; das war zumindest ein Problem weniger. Allerdings musste er immer noch einen Weg finden, Mrs Colemans wachsamen Augen zu entgehen.

Er würde mit seinem Mietwagen fahren müssen. Die Ranch der Gerards war ein gutes Stück entfernt, da kam zu Fuß hingehen nicht in Frage. *Wie kann ich wegfahren, ohne dass das jemand bemerkt?* Er grübelte eine Weile darüber nach, dann beschloss er, es einfach zu wagen. *Einfach losfahren und alle, die versuchen, mich aufzuhalten, ignorieren. Ganz ruhig und entspannt und gelassen*, redete er sich selbst gut zu.

Zur Haustür raus, rein ins Auto und ab durchs Haupttor – es war leichter, als er gedacht hatte. Wenn ihn jemand gesehen hatte, dann hatten sie weder versucht ihn aufzuhalten noch ihm Fragen zu stellen. Will fuhr durchs große Tor auf die Straße, und plötzlich packte ihn die Sorge. *Was ist, wenn mit Adam zu reden nur noch mehr Fragen aufwirft? Was ist, wenn er meine Ängste bestätigt, anstatt sie zu beruhigen?*

Die größte Frage war allerdings, was Will denn eigentlich von Adam hören wollte. Wollte er, dass seine Vermutungen bestätigt wurden? Oder wollte er etwas anderes? Sein Verstand warnte ihn, vorsichtig zu sein, aber sein Herz bestand darauf, alles zu riskieren.

MRS GERARD ließ Will ins Haus und führte ihn in das Arbeitszimmer ihres Mannes. „Adam ist gleich hier drin, Sir. Er dachte, dass Sie bestimmt ungestört mit ihm sprechen wollen." Die Frau lächelte ihn warm an, das völlige Gegenteil der kühlen Zurückhaltung, die Will von ihr am Telefon entgegengeschlagen war.

Adam Gerard kam auf ihn zu und schüttelte ihm die Hand, dann bedeutete er ihm, sich auf die kleine Ledercouch zu setzen. Er selbst nahm Will gegenüber auf einem Stuhl Platz. Als er lächelte wusste Will, dass es richtig gewesen war, herzukommen. Es war ein echtes, ehrliches Lächeln. Mr Gerard würde ihm helfen, wenn er konnte, Will konnte es in seinem Gesicht sehen.

„Das mag sich jetzt erst mal seltsam anhören", begann Will, „aber ich habe ein paar ziemlich harte Tage auf der Hunter Ranch hinter mir, und ich brauche dringend ein paar ehrliche Antworten. Ich dachte, da Sie ja schon lange hier in der Gegend wohnen..." Adam nickte, unterbrach ihn aber nicht. „Ich dachte, Sie könnten mir vielleicht weiterhelfen."

„Was sind Ihre Fragen?", sagte er leise. Er ahnte, dass die Antworten für William von entscheidender Bedeutung waren, auch wenn ihm die ganze Sache sehr eigenartig erschien. Jeder in der Gegend – und er selbst ganz besonders – wusste, wie viel William Drake Elijah bedeutete. Warum war William zu *ihm* gekommen, um Antworten zu bekommen? *Wonach sucht er?*

„Ich weiß nicht so recht, wo ich anfangen soll." Will suchte nach Worten. „Ich nehme an, Sie wissen, dass Elijah mich gebeten hat, ihn zu heiraten." Adam nickte zustimmend. „Ich habe meine Zweifel an seiner Aufrichtigkeit in dieser Sache", fuhr Will fort. „Ich war ziemlich überrascht, als John mich anrief und mir erzählt hat, dass Elijah nur mit mir spielt. Er meinte, dass Elijah nur vorhätte, mich zu demütigen, und dass er vor ungefähr sechs Jahren dasselbe mit John auch gemacht hätte. John hat mir geraten, abzureisen, bevor das passieren und ich verletzt werden kann."

Es war leichter, Adam davon zu erzählen, als Will gedacht hätte. Nachdem er einmal angefangen hatte, strömten die Worte nur so aus ihm heraus.

„Und Sie glauben John?" Adam klang mehr als überrascht, er klang fast schon enttäuscht.

„Zuerst nicht ganz, aber dann habe ich mit ein paar anderen Leuten gesprochen. Die kannten zwar nicht die ganze Geschichte, aber der Teil, den sie kannten, schien Johns Geschichte zu bestätigen." Will rang nervös die Hände und versuchte, seine Gedanken zu sortieren. „Meine Frage an Sie ist: Wissen Sie etwas darüber, was mit Ihrem Sohn auf der Hunter Ranch passiert ist?"

Will sah, wie ein Ausdruck plötzlichen Verstehens über Adams Gesicht glitt.

„Es geht also nur um meinen Sohn?", fragte er.

„Ja, was Elijah mit ihm gemacht hat und warum."

Auf einmal machte Williams Frage für Adam jede Menge Sinn. *Offenbar glaubt er, dass ihm dasselbe blüht wie John damals. Und John hat ihm diesen Gedanken eingeflüstert.* Adam unterdrückte ein angewidertes Knurren.

Will hörte es dennoch, und sein Kopf schoss hoch, und er sah Adam forschend an.

„Was auch immer John Ihnen erzählt hat ist erstunken und erlogen. John zahlt den Preis für einen Fehler, den er gemacht hat, aber anstatt zu seinem Verhalten zu stehen, läuft er durch die Gegend und erzählt Lügen und Halbwahrheiten, damit alle anderen auch für seinen Fehler bezahlen. Ich schäme mich, ihn meinen Sohn zu nennen."

Adam stand auf, kam zu ihm herüber und setzte sich neben Will. „Sehen Sie, mein Sohn ist ein raffinierter Kerl, wenn Sie verstehen, was ich meine. Er hat sich an Elijah rangeschmissen, im wahrsten Sinne des Wortes. Zuerst hat Elijah geglaubt, dass John nur ein Teenager ist, der einen Schwarm hat. Aber dabei blieb es nicht. John wollte Elijahs Geld und einen Platz in seinem Bett. Er wusste, was er tat. Er hat versucht, Elijah von allen, die ihm wichtig waren, zu isolieren, so dass er der Einzige sein würde, der in Elijahs Leben eine Rolle spielte. Er hat keinen Anstand und ist wirklich nichts anderes als das, was man früher einen Mitgiftjäger nannte. Er will Geld, für das er nicht arbeiten muss.

Elijah hat beschlossen, ihm eine Lektion zu erteilen. Er hat John bloßgestellt als das, was er ist, und hat damit sein Image als goldiger Unschuldsengel zerstört. Er hat ihn von seiner Ranch geworfen, ja, aber eine öffentliche Demütigung, die hat es nie gegeben. Männer wie John spielen immer ein Spiel. Gefühle und Herzen spielen dabei keine Rolle. John war nicht am Boden zerstört, nachdem Elijah ihn zurückgewiesen hat, nur enttäuscht. Ich liebe meinen Sohn, aber manchmal kann ich schon seinen bloßen Anblick nicht ertragen. Er war neidisch darauf, wie schnell es Ihnen gelungen ist, Elijah für sich einzunehmen."

Adam lächelte und nahm Williams Hand – eine freundliche Geste der Ermutigung. „Er hat das Spiel gespielt, und Elijah hat gewonnen. Sie haben sich geweigert, überhaupt zu spielen." Er sah William an und bemerkte dessen Verwirrung. „Was John Ihnen erzählt hat, und was andere Ihnen erzählt haben, klang deshalb wahr, weil alle Berichte ein Körnchen Wahrheit enthielten. Aber Sie wissen ebenso gut wie ich, dass ein Körnchen Wahrheit nicht die ganze Wahrheit ist. Die Gerüchte über John und Elijah sind schon seit Jahren im Umlauf, und sie haben ihn nie so gestört, dass er sich die Mühe gemacht hätte, sie zu berichtigen. Elijah interessiert es nicht die Bohne, was seine Nachbarn von ihm denken. Die Menschen, die ihn kennen, kennen die Wahrheit, und das ist alles, was für ihn zählt."

„Aber wie kann ich wissen, dass er nicht auch mit mir spielt? Nachdem ich hergekommen bin, hat er mich tagelang immer wieder auf die Probe gestellt, weil er sich sicher war, dass ich etwas mit Katrinas Plänen zu tun hatte. Meine Schwester ist... ziemlich genauso wie John. Was hindert Elijah daran, seine Wut an mir auszulassen?" Will fühlte sich ein wenig besser, aber er war noch nicht vollkommen überzeugt.

„Ich mag Elijah Hunter nicht und habe ihn auch noch nie besonders leiden können. Aber ich respektiere ihn, und ich kann Ihnen garantieren, dass er Sie nicht für die Taten Ihrer Schwester büßen lassen wird." Adam seufzte. „Lassen Sie sich nicht zu sehr von dem beeinflussen, was John Ihnen erzählt hat. Wenn Sie Fragen haben, sollten Sie sich für Antworten direkt an die Quelle wenden."

„Wie meinen Sie das?"

„Fragen Sie Elijah. Er ist einer der unangenehmsten und barschsten Männer weit und breit, das kann ich nicht leugnen. Aber eine Sache muss man an ihm bewundern, und das ist, dass er auf eine direkte Frage immer eine direkte Antwort gibt. Er lügt nicht, das würde er nie tun. Wenn John ihn gefragt hätte, ob er vorhat, für ihn einen Platz auf der Ranch zu schaffen, dann hätte Elijah ihm die Wahrheit gesagt."

Das war jetzt das zweite Mal, dass jemand Will riet, Elijah selbst zu fragen.

„Das Geheimnis ist, ihm die richtige Frage zu stellen", fügte Adam mit einem Augenzwinkern hinzu.

„Das ist gar nicht so einfach", gestand Will.

„Ist es so schwer, dass Sie bereit sind, Ihre Zukunft mit ihm aufzugeben? Er liebt Sie, William, das sieht selbst ein Blinder. Also hören Sie auf, mit dem Verstand zu denken, und vertrauen Sie Ihrem Gefühl!"

DAS ALLERERSTE was Elijah sah, als er in den Hof ritt, war, dass Wills kleiner Mietwagen fort war. Sein Herzschlag setzte für einen Moment aus, und dann schoss ein brennender Schmerz durch seine Brust, der so stark war, dass er leise ächzte. Er glitt kraftlos von seinem Pferd und reichte Steven die Zügel. Wie in Trance ging

Elijah auf das Haupthaus zu, wo er auf der Suche nach Mrs Coleman in die Küche ging. Sie bestätigte seine schlimmsten Befürchtungen.

„Er ist so gegen vier Uhr gefahren", informierte Mrs Coleman ihn. „Er hat nicht gesagt, wo er hin wollte oder wann er wieder zurück sein würde. Er ist einfach gefahren." Mrs Coleman sah, welche Wirkung ihre Worte auf ihn hatten. Sie hatte Elijah noch nie so erlebt. Er sah am Boden zerstört aus. „Ich bin mir sicher, dass er bald wieder zurück sein wird. Er würde nicht einfach so abreisen, ohne etwas zu sagen. Er kommt zurück."

Elijah schüttelte den Kopf. „Das glaube ich kaum."

In dem Augenblick betrat Martin die Küche. „Was ist los?", fragte er. Er hatte das fehlende Auto auf seinem Weg ins Haus offenbar nicht bemerkt.

„Will ist weg", sagte Elijah. „Er ist heute Nachmittag abgereist."

„Wie, er ist weg?" Martin wusste nicht, was er davon halten sollte.

Elijah verließ die Küche und ging den Flur hinunter in sein Arbeitszimmer. Er knallte die Tür hinter sich zu, ein deutliches Zeichen, dass er nicht gestört werden wollte. Martin und Mrs Coleman sahen ihm hinterher und wünschten sich beide, dass sie etwas tun könnten, um ihm zu helfen. *Aber was?,* fragten sie sich.

„Ich werde ihn finden", platzte es aus Martin heraus. „Ich bringe ihn zurück. Und wenn ich ihn tragen muss, ich bringe ihn zurück."

Mit diesen Worten stürmte er aus dem Haus und ließ Mrs Coleman allein in der Küche zurück, wo sie sich an den Küchentisch setzte und wartete. Das war nicht Williams Art, einfach so zu verschwinden. Er war gefahren, ja, aber er würde wieder zurückkommen. Mrs Coleman hatte da nicht den geringsten Zweifel.

WILL FUHR zu dem Aussichtspunkt, zu dem Elijah ihn nach ihrem gemeinsamen Abendessen gebracht hatte. Er parkte seinen kleinen Wagen und stieg aus. Lange Zeit stand er da und starrte auf die Ranch hinunter und dachte über all das nach, was die Leute ihm erzählt hatten. Dieser abgeschiedene Ort war ideal für solch private Gedanken.

Will war bis über beide Ohren in Elijah verliebt, das wusste er zweifellos. Elijah war der aufreizendste, sturste, schwierigste Mann der Welt, und dennoch liebte Will einfach alles an ihm. Alles außer den Spielen, die er spielte. Obwohl er beteuerte, dass er es ernst meinte, konnte Will einfach nicht glauben, dass Elijah ihn wirklich auf dieselbe Art und Weise wollte, wie Will ihn wollte.

Die Entscheidung die Will treffen musste war, ob er Elijah gegenübertreten sollte, ihm seine Gefühle offenbaren und damit riskieren sollte, gedemütigt und zurückgewiesen zu werden, und dann abzureisen, oder ob er nicht lieber gleich abreisen sollte.

Es war bereits nach sieben Uhr, als er endlich eine Entscheidung traf.

ELI SASS auf dem Sofa in seinem Arbeitszimmer und starrte blicklos auf seine Hände hinab.

Ich könnte Will wahrscheinlich am Flughafen noch einholen, aber was würde das schon bringen? Ich kann ihn zwingen, hierzubleiben, aber ich kann ihn nicht zwingen, etwas für mich zu empfinden. Ein Sprichwort aus seiner Jugend fiel ihm wieder ein, das besagte, dass man jemanden, den man liebt, gehen lassen sollte. Wenn derjenige aus freien Stücken zurückkam, dann gehörte er einem voll und ganz.

Eli lächelte reumütig. Er wusste, dass er das nicht konnte. Er konnte Will nicht einfach gehen lassen. Er würde ihm genug Zeit geben, um nach Hause in Michigan zu reisen, und dann würde er ihm folgen. Er würde seinen Piloten anweisen, sich bereitzuhalten, ihn morgen nach Whitefish Point zu fliegen. Vielleicht würde Will ihm ja eher glauben, wenn er ihm auf seinem Grund und Boden den Antrag machte.

Er fragte sich, wo Will wohl gerade war und was er dachte. *In Anbetracht der Uhrzeit würde ich sagen, dass er wahrscheinlich in der Pension am Flughafen ist. Bestimmt hat er auch schon alles für seinen Flug morgen geregelt.* Flüge in Richtung Helena gingen nur am frühen Morgen, also würde Will über Nacht in der Stadt bleiben müssen.

Einen Augenblick lang spielte Eli mit dem Gedanken, noch heute Abend zur Pension zu fahren und Will zu zwingen, mit ihm zu reden. Er erwog gerade das Für und Wider, als es ganz leise an der Tür klopft. Eli ignorierte das Klopfen; er wollte mit niemandem reden. Dann hörte er, wie die Tür geöffnet wurde und jemand eintrat, aber er wandte sich nicht um und wartete stattdessen darauf, dass derjenige, der hereingekommen war, etwas sagte. *Und wer hat denn heute Todessehnsucht?*, dachte er wütend. Aber niemand sprach, und so drehte er sich schließlich doch um, um zu sehen, wer es wagte, ihn zu stören.

„Will!" Er sprang auf und eilte um das Sofa herum auf ihn zu, blieb dann aber ein paar Schritte von ihm entfernt stehen. „Wo warst du?"

„Ich musste nachdenken." Will sprach sehr leise, aber in der Stille seines Arbeitszimmers hörte Eli jedes Wort laut und deutlich.

„Über was?" Auch er sprach leise, aber eindringlich, und Will sah, dass Elijahs herabhängende Hände sich zu Fäusten geballt hatten.

„Ich habe über vieles nachgedacht – über dich, mich, die Ozonschicht und ob es Leben auf anderen Planeten gibt." Er lehnte sich gegen die geschlossene Tür in seinem Rücken und senkte den Blick zu Boden.

„Und zu welchem Schluss bist du gekommen?" Elijah trat vorsichtig einen Schritt auf ihn zu.

„Ich denke, dass wir ziemlich gelackmeiert sind, was die Ozonschicht angeht, und ich glaube, dass es Leben auf anderen Planeten gibt, auch wenn mir noch keins begegnet ist." Will zwang sich zu einem schwachen Lächeln.

„Was ist mit dir und mir?", fragte Elijah mit vor Anspannung heiserer Stimme.

Will seufzte tief, dann begann er: „Wie ich schon sagte, ich weiß, was du mit John Gerard angestellt hast, und ich bin mir ziemlich sicher, dass du mir dieselbe Behandlung angedeihen lassen wolltest. Aber auch wenn das der Fall sein sollte", fuhr er hastig fort, „muss ich dir trotzdem sagen, was ich fühle. Ich habe nie glauben können, dass du wirklich etwas für mich empfindest. Ich dachte, es wäre alles nur ein Spiel, von Anfang an." Will holte tief Luft und sprach schnell weiter. „Ich habe gegen meine Gefühle für dich angekämpft, habe auf Schritt und Tritt mit ihnen gekämpft, weil ich wusste, dass sie mein Untergang sein würden." Er hielt einen Moment inne, dann sagte er: „Aber du hast gewonnen."

„Wie meinst du das?" Hoffnung flammte auf, und Eli trat noch einen Schritt näher.

Will richtete sich auf und blickte ihm fest in die Augen. „Ich liebe dich, Elijah." Er hätte nie geglaubt, dass er tatsächlich den Mut haben würde, diese Worte zu sagen, aber offenbar hatte er ihn. „Ich wollte es nicht, und Gott weiß ich habe alles versucht, meine Gefühle zu verleugnen, aber ich liebe dich. Ich hatte nicht vor, es dir zu sagen. Mein Plan war, am Samstag so früh wie möglich abzureisen und zu hoffen, dass ich alles ganz schnell hinter mir lassen und vergessen würde. Aber zum Teufel, was soll's? Ich kann dir auch genauso gut noch deinen Spaß lassen, bevor ich gehe." In seiner Stimme schwang Trotz mit, und er hielt seinen Blick fest auf Elijah gerichtet. „Tu was immer du meinst tun zu müssen, um deine Rache zu bekommen."

Will wartete auf den Schlag, wartete auf Elijahs Reaktion, wartete darauf, dass Elijah ihn zurückweisen und vor die Tür setzten würde. Er wartete.

Eli war so überascht, dass ihm die Worte fehlten. Sein Herz glaubte nicht, was seine Ohren gehört hatten. Er stand einfach nur da und sah Will fassungslos an. Bis Will sich umdrehte und die Hand nach der Türklinke ausstreckte, um die Tür zu öffnen, um zu gehen. Da reagierte Eli sofort. Er packte Will und wirbelte ihn herum, drängte ihn gegen die Tür und hielt ihn dort mit der überlegenen Stärke seines Körpers fest. Seine Hände legten sich um Wills Gesicht, und er zwang Will, ihm in die Augen zu blicken.

„Sag es noch einmal!", verlangte er rau.

Will spürte, wie Elijahs Hände zitterten, und er sah die Leidenschaft in seinen Augen. „Ich liebe dich."

Seine Stimme war kaum mehr als ein Flüstern, aber seine Worte hallten in Elis Ohren, als ob er sie geschrien hätte.

„Oh, Will, warum hast du mich so gequält?", sagte er, dann küsste er Will, so heftig und sinnlich fordernd, dass Wills Knie weich wurden und er sich an ihn klammern musste. Die Heftigkeit seiner Gefühle war überwältigend. „Ich liebe dich so sehr", stöhnte Eli an seinen Lippen. Dann schwang er Will in seine Arme und trug ihn zum Sofa, wo er sich hinsetzte und Will in seinen Schoß zog.

„Ich glaube, ich habe mich gleich zu Anfang in dich verliebt. Ich kann nicht genau sagen, wann oder was du gesagt hast oder was ich gedacht habe. Ich kann dir nur sagen, mein Herz, dass mich die Sache genauso verwirrt und frustriert hat wie dich", erklärte er und bedeckte Wills Gesicht mit besitzergreifenden Küssen. „Ich habe nie an die Liebe geglaubt – bis du daher kamst. Ich wollte dich so sehr, ich dachte, ich werde wahnsinnig." Er vergrub sein Gesicht an Wills Hals und drückte ihn fest an sich.

Wills Antwort bestand darin, seine Arme fest um Elijah zu schließen und zu sagen: „Ich wollte dich auch, aber ich hatte solche Angst. Ich hätte es nie für möglich gehalten, dass du mich lieben könntest."

Elijah ächzte laut und drückte ihn nur noch fester an sich. „Es tut mir so leid." Er küsste Will, tief und leidenschaftlich, und saugte Wills Zärtlichkeit und Zuneigung in sich auf wie ein Schwamm. Er gehörte jetzt ihm. Will gehörte ihm. Elis einzige Sorge war noch, dass alles nur ein Traum war und er beim Aufwachen wieder allein sein würde.

„Sag es noch mal, Will, bitte sag es noch mal. Ich kann es gar nicht oft genug hören", flehte Eli und küsste Will, wieder und wieder, in dem Versuch, ihm zu beweisen, wie sehr er ihn liebte und wollte.

„Ich liebe dich, Eli", erwiderte Will bereitwillig und voller Liebe und Zuneigung zu diesem Mann. Die Offenheit, mit der Elijah seine Verletzlichkeit zeigte und ihm sein tiefes Verlangen offenbarte, berührten Will tief. Elijah liebte ihn wirklich, daran hatte er nun keinen Zweifel mehr.

Lange Zeit hielten sie einander im Arm, küssten sich und tauschten geflüsterte Geständnisse. Dann hob Elijah den Kopf, um Will zu fragen: „Was hat dich dazu bewogen, zurückzukommen? Ich war mir sicher, dich verloren zu haben."

Er blickte forschend in Wills Gesicht, auf der Suche nach Beweisen dafür, dass Will wirklich war, dass er wirklich in seinen Armen war und ihn liebte. Will lieferte diesen Beweis bereitwillig, indem er ihn küsste.

„Ich hatte solche Angst. Nach all deinen Spielen und Tests wusste ich nicht mehr, was ich glauben sollte. Ich hatte Angst, dir zu glauben." Will fühlte, wie Elijah tief seufzte, dann zog er Will so fest an sich, dass Will dachte, er würde ihm die Rippen brechen. „Ich habe mit Kathy und Martin gesprochen, und sie haben mir beide gesagt, ich solle meinem Herzen trauen, aber letztendlich war es Adam, der mir die Augen geöffnet hat und mich überzeugt hat, dass du es ernst meinst."

Das überraschte Elijah so sehr, dass er den Kopf hob und sich ein Stück zurücklehnte, um Will ansehen zu können. „Adam Gerard ist für mich in die Schranken getreten?" Er klang absolut fassungslos.

Will lachte. „Ja, er hat mir die Wahrheit über die Sache mit John erzählt." Elijah zuckte zusammen, als er den Namen hörte. „Und er hat mir gesagt, dass du mir die Wahrheit sagen würdest, wenn ich dich fragen würde. Er hat mir geraten, zu dir zu kommen und die Karten offen auf den Tisch zu legen, das Risiko einzugehen. Also habe ich das getan."

„Ich mag Adam", sagte Elijah mit einem breiten Lächeln. „Ich mag ihn wirklich sehr", wiederholte er voller Enthusiasmus und begann, Will erneut mit leidenschaftlichen Küssen zu überschütten.

Adams Zukunft und die seiner Ranch waren gesichert. Elijah würde dafür sorgen. Adam hatte ihm das gegeben, worum er so hart gekämpft hatte. Adam hatte ihm Wills Vertrauen geschenkt. Er würde ihm das nie vergelten können, aber er würde es versuchen.

„Ich habe etwas für dich." Elijah ließ Will von seinem Schoß gleiten und stand auf, ging zu seinem Schreibtisch und brachte einen Umschlag und eine mittelgroße Holzkiste zurück. Er reichte Will beides, setzte sich wieder neben ihn und zog Will an sich, einen Arm fest um ihn gelegt. „Ich dachte mir, dass du das vielleicht selber einmal durchlesen möchtest. Es dürfte einige Missverständnisse aufklären, die du jahrelang mit dir herumgetragen hast."

Verdutzt nahm Will die Papiere aus dem Umschlag, nachdem er die Holzkiste beiseite gestellt hatte. Ihm stockte der Atem, als er sah, was er da in den Händen hielt. Elijah hatte ihm eine Kopie des Testaments seiner Eltern besorgt. Ängstlich und besorgt blickte er zu Elijah empor, aber Elijah drückte ihn lediglich an sich und bedeutete ihm, es zu lesen.

„Als Martin und ich letzte Woche auf Geschäftsreise waren, war ich in Wirklichkeit damit beschäftigt, Informationen über dich einzuholen." Er sah Will bewundernd an. „Unter anderem habe ich mit dem Notar gesprochen. Bitte lies es, Will."

Und mit Elis Unterstützung tat Will das.

Sein Gesicht leuchtete von innen heraus, und er saß aufrechter, nachdem er das mehrseitige Dokument gelesen hatte. Es war, als sei eine enorme Last von seinen Schultern genommen worden.

„Sie haben alles Katrina hinterlassen weil sie nicht wollten, dass du den Rest deines Lebens damit zubringen musst, dich um sie zu kümmern", sagte Elijah. „Dir haben sie das hinterlassen, was ihnen wichtig war und was sie nicht verlieren wollten."

„Sie haben mir den Besitz im Norden und den Schmuck meiner Mutter vermacht, der schon seit Generationen im Besitz der Familie ist." Will lachte. „Sie haben es mir vermacht, weil sie wussten, dass ich beides in Familienbesitz lassen würde. Das Land hat ursprünglich mein Urgroßvater gekauft und bebaut. Ich habe nie gewusst, dass es ihnen so viel bedeutet hat."

Will nahm den Schlüssel, den Eli ihm reichte, und öffnete die Kiste. Darin waren all die Schmuckstücke, an die Will sich aus seiner Kindheit erinnerte, zusammen mit der Taschenuhr seines Urgroßvaters. Es waren wertvolle Familienerbstücke, und nun gehörten sie ihm. Sie waren sehr wertvoll und würde bei einer Auktion hohe Preise erzielen, aber Will würde sie niemals hergeben, niemals, und seine Eltern hatten das gewusst. „Ich werde sie meinen Kindern vermachen", erklärte Will liebevoll.

„Das hört sich schön an", warf Eli mit einem sanften Lächeln ein.

„All die Jahre über habe ich geglaubt, ich hätte sie irgendwie enttäuscht. Dass ich etwas falsch gemacht hätte. Ich dachte, sie hätten mich abgelehnt, weil ich schwul bin."

„Das Geld und das Haus in East Lansing waren ihnen nicht wichtig. Genauso wenig wie deine sexuelle Orientierung. Sie haben das meiste Katrina hinterlassen in dem Wissen, dass sie es verschwenden würde", fügte Elijah hinzu. „Sie haben dich genug geliebt, um dir Katrina nicht aufzuhalsen."

„Danke, dass du dafür gesorgt hast, dass ich es lese. Ich hätte es schon vor langer Zeit tun sollen." Will seufzte und lachte und umarmte Elijah.

„Ich wusste, dass hinter der Geschichte mehr stecken musste. Kein Elternteil hätte sich von jemandem wie dir abwenden können." Er küsste Will gründlich und zog ihn dann auf die Füße. „Es gibt da etwas, das ich dich schon eine ganze Weile lang fragen wollte."

„Was denn?", fragte Will, obwohl er ahnte, was die Frage war.

„Willst du mich heiraten, William?" Elijah fiel auf die Knie und küsste ritterlich Wills Hand.

„Ja, ich will", antwortete er mit Tränen in den Augen. „Und ich verspreche, dass ich dich immer lieben werde."

„Was kann ein Mann sich noch mehr wünschen." Er griff in seine Tasche, zog einen schlichten Goldring heraus und steckte ihn Will an den Finger. „Damit ist es offiziell."

„Vielen Dank, er ist wunderschön." Will strahlte.

„Ich trage das Ding jetzt schon seit Tagen mit mir herum und habe immer auf den richtigen Moment gewartet. Er hat meinem Großvater gehört."

Will fand, dass sie genug geredet hatten, und ergriff die Initiative. Er verschloss Elijah den Mund mit einem glühenden Kuss und machte sich daran, ihm zu beweisen, wie sehr er ihn liebte.

Elijah reagierte umgehend, und bald schon fand Will sich gegen das Sofa gedrängt wieder. Es bedurfte nur einer sanften Berührung, und er sank in die Kissen zurück, Elijah über ihm. Er blickte hinauf in Elijahs anbetende Augen und sah dort all die Dinge, die Elijah für ihn empfand, aber nicht in Worte fassen konnte. Er verschmolz seine Lippen erneut mit Elijahs, und dann begannen sie, den Körper des anderen mit nie zuvor dagewesener Faszination zu erkunden.

Die Male zuvor waren es Lust und Verlangen gewesen, die sie zusammengeführt hatten; diesmal war es die Besiegelung ihres Bunds der Liebe. Eli zog Will das T-Shirt über den Kopf und entblößte die weiße Haut darunter seinen Blicken. Dann begann er, Wills Brust mit Küssen zu bedecken. Will seufzte glücklich und strich mit den Händen über die festen Muskeln in Elis Rücken.

Will staunte von Neuem darüber, wie schwer ihm Intimität zuvor stets gefallen war, und wie leicht und natürlich sie mit Elijah war. Das war es, wonach er sich sein Leben lang gesehnt hatte, wonach er gesucht hatte, und er hatte es nicht einmal gewusst.

Eli brachte ihn ins Hier und Jetzt zurück, als er sich das Hemd auszog und den Blick auf seinen muskulösen, von der Arbeit auf der Ranch gestählten Oberkörper freigab. Will strich mit den Händen über die gebräunte Haut, und sein Verlangen überwältigte ihn nahezu. Er schloss die Lippen um eine harte Brustwarze, dann neckte er die andere, was einen überglücklichen Ausdruck auf Elijahs Gesicht zauberte.

Schnell übernahm Eli wieder die Kontrolle und machte kurzen Prozess mit Wills Jeans und Unterhose, dann sank er auf die Knie und nahm in derselben, fließenden Bewegung Wills Erektion in den Mund. Will wölbte den Rücken und hörte sich selbst lüstern stöhnen. Niemand hatte jemals eine solche Reaktion in ihm hervorgerufen. Niemand war je so gut gewesen.

Eli ließ einen Finger tiefer zwischen Wills Beine gleiten und strich sanft, neckend, über den Eingang zu Wills Körper. Will drängte ihm seine Hüften entgegen und flehte Eli an, in ihn einzudringen.

Eli gab sich Mühe, den engen Ring langsam und vorsichtig zu öffnen. Er wollte sicher sein, dass Will bereit war. Er war noch nie zuvor bei einem Mann so vorsichtig gewesen, aber er hatte auch noch nie zuvor einen Mann so geliebt. Als er sicher war, dass Will bereit für ihn war, rollte er ein Kondom über sein schmerzendes Glied, strich großzügig Gleitgel darüber und drang dann langsam in Wills Körper ein. Die Enge und Wärme überwältigten ihn nahezu.

Zweimal hatten sie es bereits getan, aber mit jedem Mal erkundeten sie den Körper des anderen ein wenig mehr und entdeckten empfindsame Stellen und neue Wege, einander Genuss zu bereiten. Jedes Mal war absolut neu und aufregend. Will schlang die Beine um Elis Taille und flehte ihn an, sich schneller zu bewegen, und Eli kam dieser Bitte mit Freuden nach. Die Luft wurde schwer von ihrem Geruch und erfüllt von den Geräuschen ihres Liebesakts: das leise Klatschen von Haut auf Haut, lautes Stöhnen und leise Schreie der Lust und zärtlich ins Ohr des anderen geflüsterte Liebeserklärungen.

„Ich bin...so nah", knurrte Eli und beschleunigte das Tempo seiner Stöße. Er streichelte Wills Erektion und flehte: „Komm mit mir."

Kurz darauf schrie Will auf, als er kam, sich über seine und Elis Brust ergoss. Eli kam einen Augenblick später und füllte tief in Will das Kondom. Er brach neben Will auf dem Sofa zusammen und zog ihn ungeachtet der Körperflüssigkeiten, die sie beide bedeckten, in seine Arme und an seine Brust.

„Ich war noch nie so glücklich", hauchte Eli in Wills Ohr und küsste liebevoll seinen Nacken. „Wir sollten einen Schlachtplan aufstellen, wann wir nach Michigan fliegen und Todd und deine Sachen holen. Ich habe das Gefühl, dass du für eine Weile hierbleiben wirst", fügte er mit einem liebevollen Grinsen hinzu.

„Das ist doch jetzt kein neuer Test, oder?" Will warf Elijah ein listiges Grinsen zu. „Ich musste das fragen."

„Keine Tests mehr, keine Spiele mehr, kein Misstrauen mehr." Er küsste Will, wie um seine Worte zu unterstreichen.

„Ich schätze, wir sollten uns anziehen und Martin suchen, damit wir ihm die guten Nachricht mitteilen können", sagte Eli und reichte Will sein T-Shirt. Ein paar Minuten später nahm er Wills Hand und führte ihn zur Tür. „Aber bevor wir gehen..." Eli drängte Will gegen die Tür und flüsterte: „Sag mir noch mal, dass du mich liebst."

„Ich liebe dich, Elijah Hunter. Mehr als ich jemals für möglich gehalten hätte", sagte Will und besiegelte die Worte mit einem leidenschaftlichen Kuss.

DIE HOCHZEIT fand wie geplant am folgenden Samstag statt. Niemand schien besonders überrascht davon, wie schnell die Sache gegangen war.

„Sobald er sich einmal entschieden hat", sagte Mrs Coleman zu dem Leiter des Party-Services, der das Catering übernommen hatte, „kann ihn nichts und niemand mehr aufhalten."

„Ich glaube, Elijah hat in dem Moment mit der Planung dieser Hochzeit begonnen, als er Will das erste Mal gesehen hat", sagte Martin scherzend zu Adam, während sie vor der kleinen Kapelle in Boston warteten. Seit er von der Rolle gehört hatte, die Adam Gerard bei Wills Rückkehr gespielt hatte, war aus einem alten Feind ein enger Freund geworden.

Selbst Katrina war zu ihrer Hochzeit gekommen. Zweifellos, um sich bei ihrem plötzlich extrem reichen Bruder einzuschmeicheln. Aber sie musste schnell feststellen, dass sie beinahe vollkommen ignoriert wurde. Nur Will war nett genug, sie zu begrüßen und ihr für ihr Kommen zu danken. So sehr er sie auch verabscheute, sie war immerhin Familie, und seine Eltern hätten gewollt, dass sie in Kontakt blieben – wenn auch nur in sehr, sehr losem Kontakt.

Alles klatschte und jubelte, als die beiden Männer durch die großen, verzierten Türen traten und die Treppen hinunter zu ihrem Wagen gingen.

Eli hielt Wills Arm fest eingehakt und lächelte den Gratulanten zu. „Und, Mr Drake-Hunter, glauben Sie immer noch, dass alles nur ein Test ist?", scherzte er zu Will.

„Ich bin mir nicht sicher. Vielleicht spielen Sie ja nur mit mir", scherzte Will zurück. „Ich habe gehört, dass Sie vor nichts zurückschrecken, um zu bekommen, was Sie wollen."

„Das, mein lieber William, ist eine sehr wahre Bemerkung", verkündete Elijah. „Aber alles, was ich will, bist du."

Will sah zu ihm hinauf, und in seinem Blick spiegelte sich seine ganze Liebe und sein tiefes Vertrauen. Eli zog ihn in seine Arme und küsste ihn und schwor sich, dass er ihn nie wieder gehen lassen würde.

B.A. Stretke begann zu schreiben, nachdem im fünften Schuljahr ein Lehrer zu ihm gesagt hatte, er könne es nicht. Dieser Ansporn und reine Sturheit führten zur Entdeckung einer waschechten Begabung. B.A. verbringt seine Tage mit Lesen, angewandtem Sarkasmus und dem Schmieden von Plänen, sich einen reichen, kanadischen Ehemann zu angeln, damit er seiner Mutter einen Lamborghini kaufen kann. Er träumt davon, Lehrer und Schriftsteller zu sein, sowie davon, einen Kleiderschrank zu besitzen, der groß genug ist, um darin seine Strickjackensammlung unterzubringen. B.A. schreibt, um dem Alltag in einer Kleinstadt zu entfliehen – der Ansporn, den nächsten großen, amerikanischen Roman zu schreiben, existiert immer noch.

B.A. lebt in Sault Ste. Marie, Michigan, zusammen mit zwei nach Strich und Faden verwöhnten Katzen, lieben Freunden und seiner Familie.

B.A. twittert unter twitter.com/DramaticPause10 und bloggt unter www. mypridemarch.net.

ALLES IST MÖGLICH

MARGUERITE LABBE

Nach nur einer Nacht mit Ash Gallagher ist sich Eli Hollister sicher, dass er schließlich den richtigen Mann zum richtigen Zeitpunkt gefunden hat. Gut, dass er darauf nicht gewettet hat, denn wie sich herausstellt, ist Ash Student in einem seiner Kurse am örtlichen College. Eli kann die Anziehung nicht leugnen, doch jetzt wird es kompliziert. Er hat schon genug Probleme mit dem Leiter seiner Abteilung, dem es am liebsten wäre, Eli bekäme nicht die Festanstellung oder würde sogar gekündigt werden.

Ash freut sich darauf, seinem Leben eine neue Richtung zu geben. Nachdem er bei den Marines und in der Reserve gedient hat, möchte er nun sein militärisches Leben hinter sich lassen. Der Lust zu seinem Englisch-Professor zu verfallen, war das Letzte, womit er in diesem Semester gerechnet hat, doch je mehr Eli sich ihm widersetzt, desto hartnäckiger ist Ash. Als er feststellt, dass Eli auf der Suche nach einer festen Beziehung ist, wo er selbst doch nur an einer Affäre interessiert ist … oder etwa nicht? Alles ist möglich zwischen den beiden, wenn es um die Liebe und das Leben geht.

Auf der Suche nach Zach

Rowan Speedwell

Fünf Jahre lang war Zach Tyler, Sohn eines der reichsten Software - Mogulen der Welt, als Geisel gefangen, gefoltert und missbraucht worden. Als er endlich aus dem venezolanischen Dschungel befreit wird, ist er physisch und psychisch zerrüttet. Doch langsam beginnt er das Leben aufzubauen, das er hätte haben sollen, wenn ihn nicht ein unschuldiger Kuss in diese Hölle geschickt hätte.

Sein bester Freund aus der Kindheit, David, hat diese Jahre mit überwältigenden Schuldgefühlen und Trauer verbracht. Jede Beziehung die David einging fiel auseinander, wegen seiner Gefühle für einen Jungen, von dem er glaubte, dass er tot sei. Als Zach gerettet wird, ist David überglücklich – und dann am Boden zerstört, als Zach ihn zurückweist.

Zwei Jahre später kehrt David nach Hause zurück, und er und Zach müssen sich mit der Kluft zwischen ihnen auseinander setzen, mit dem, was sie füreinander empfinden und dem, was ihnen die Zukunft bieten könnte. Aber Zach hat Geheimnisse, und eines von denen könnte sehr wohl ihre zerbrechliche Liebe zerstören.

ZAHRA OWENS

Clouds and Rain

Ein Lichtblick für Gable

Ein Titel der Clouds and Rain Serie

Flynn Tomlinson hat sich mehrere Jahre herumgetrieben, hat irgendwelche Jobs angenommen, wenn er das Geld brauchte und ist weitergezogen, wenn er es nicht brauchte. Er ist zufrieden mit seinem ungebundenen Leben, wo er für niemanden verantwortlich ist außer sich selbst. Dann sieht er eine Kleinanzeige „Aushilfe gesucht" in einem Postamt in Idaho und trifft Gable Sutton. Gable kann Flynn nicht bezahlen, bis er seine Pferde verkauft hat, aber nach einem schweren Unfall kann er seine Ranch nicht mehr alleine bewirtschaften.

Mit Pferden zu arbeiten ist um Längen besser als Regale im Supermarkt einzuräumen, daher erklärt sich Flynn mit Gables Bedingungen einverstanden. Womit Flynn nicht gerechnet hat, ist die Anziehung des sanften, einsamen Mannes, der sein Herz erobert und Flynn dazu bringt, eine große Aufgabe anzunehmen: Gables Ranch zu retten.

Anna Martin

Andere Wege

Ein Titel der Neue Wege Serie

Nach außen hin führt Jesse Ross ein ganz normales Leben und eine ganz normale Beziehung mit seiner Studienliebe Adele. Aber was seine Freundin nicht weiß: Jesse hat eine Affäre mit einem Mann und erkundet seine Sexualität auf Wegen, die sie sich nicht einmal vorstellen kann. Jesse fühlt sich ausgesprochen wohl in seinem Doppelleben und hat keineswegs vor, sich zu outen – weder als bisexuell noch als devot veranlagt.

Als jedoch Jesses Master Will ihm eingesteht, dass er mehr will, dass er ihn nicht nur als Sub, sondern als Partner haben will, gerät Jesse ins Schleudern. Plötzlich ist sein so zweckmäßig zweigeteiltes Leben gar nicht mehr so bequem. Am Ende kann Jesse die Wahrheit nicht länger verleugnen – weder vor seiner Freundin, noch vor seinem Geliebten. Und schon gar nicht vor sich selbst.

Ethan und Carter -

Du bist meine Melodie

Ryan Loveless

Im Alter von vierundzwanzig Jahren ist Carter Stevenson aufgrund seines Stotterns und seiner Tics völlig verschüchtert. Er entschließt sich, von Los Angeles in eine kalifornische Kleinstadt zu ziehen, auch wenn seine Freunde ihm vorwerfen, dass er sein Tourette-Syndrom über sein Leben bestimmen lässt. Carter beabsichtigt, sich bedeckt zu halten und andere Menschen zu meiden. Aber er hat nicht erwartet, dass sein neuer Nachbar, Ethan Hart, in seine Einsamkeit eindringt und ihn dazu zwingt, hervorzukommen und zu leben.

Ethan macht aus seiner Liebe zu Carter von Anfang an kein Geheimnis. Aber er hat Angst, dass Carter nur seinen Hirnschaden sehen könnte, obwohl er dadurch besser auf seine eigenen Gefühle eingehen kann als andere Menschen. Aber Carter hat ein größeres Problem: er hat sich bisher an sogenannten Traumpartnern immer die Finger verbrannt und möchte sein Herz nicht noch einmal riskieren.

Ethan will Carter unbedingt zeigen, dass sie zusammengehören. Aber dann erhält er traurige Neuigkeiten und braucht Carter, damit er ihm Kraft und Beistand spendet. Aber wird Carter für ihn da sein, wenn Ethan ihn am meisten braucht?

Großstadtfalke

FELIZ FABER

New York, 1994

Was in aller Welt macht ein waschechter Falke mitten im JFK Flughafen? Auf der Suche nach der Antwort sieht sich PAPD-Officer Mark Bowman mit dem Falkner Hunter Devereaux konfrontiert und gerät mitten in einen faszinierenden Feldversuch, bei dem Falken benutzt werden, um die Rollbahnen frei von störenden Vögeln zu halten. Die Falken sind faszinierend, doch es ist der arrogante, offen schwule Hunter selbst, von dem sich Mark am meisten angezogen fühlt. Zu schade, dass Mark dieser Anziehung nicht nachgehen kann. Er verbirgt seine Homosexualität vehement, und da er seinen Job behalten möchte, muss er das auch weiterhin tun.

Doch jedes Mal, wenn sich ihre Wege kreuzen, geht Hunter Mark noch ein wenig mehr unter die Haut, bis Mark seine Gefühle nicht mehr leugnen kann. Diesem Verlangen nachzugeben, macht Mark glücklicher als alles bisher dagewesene. Doch Hunter ist nicht bereit, ihre Beziehung für immer zu verbergen. Falls ihr Zusammenleben funktionieren soll, muss sich etwas ändern. Bald wird Mark sich entscheiden müssen, oder das Leben wird die Entscheidung für ihn treffen, ehe er bereit dafür ist.

www.ingramcontent.com/pod-product-compliance
Lightning Source LLC
Chambersburg PA
CBHW022158240626
47153CB00007B/2725